小学館文庫

# 廃妃は青き深淵に微睡む

## 耀帝後宮異史

はるおかりの

小学館

# 登場人物

劉 美凰……先帝の皇后となるも婚礼の日に起きた政変によって廃妃となる。名は婸。通称、翡翠公主、非馬公主とも呼ばれる。祲華という力を持ち鬼道を操る。外見年齢は十六歳、実年齢は二十六。

司馬天凱……復位した新帝。名は炯。天凱はあざな。美凰を皇太后として皇宮に戻した。晟烏鏡を身に宿す。

司馬白遠……天凱の異母兄で栄周王。名は恒。白遠はあざな。天凱が皇宮をあけることになり、監国に任じられる。

高牙……美凰の明器（使い魔）。妖虎。

如霞……美凰の明器。蛇精。

星羽……美凰の明器。童子の溺鬼。

丘 文泰……民間の巫師だったが、見鬼病の騒動後禁大夫となる。

宋麗詩……五夫人のひとり、祥妃。宋祥妃と呼ばれる。

袁勇成……宗正寺の次官である宗正少卿。

過貪狼……紫衣内侍省次官で、皇帝付き首席宦官。吝嗇家。

圭鹿鳴……紅衣内侍省の次官、内侍監。

葉眉珠……皇太后付き筆頭女官。

孔綾貴……皇城司の次官である皇城副使。

侑蒼梧……晟烏鏡で生み出された天凱の代役。

司馬雪峰……名は莞。雪峰はあざな。廟号は敬宗。美凰の夫だった先帝。

劉 彩麟……名は瓔。彩麟はあざな。太后として権力をほしいままにした毒婦。通称、凶后。美凰を溺愛していた。

それは、吉報からはじまった。


「あいさつはよい。そのままで」

牀榻からおりようとした銭貴妃をとめて、司馬天凱は彼女のそばに座った。

「めまいを起こしたと聞いたが、もう具合はよくなったのか？」

「はい。ご心配をおかけして申し訳ございません」

銭貴妃はしとやかに目をふせた。先帝・司馬雪峰――廟号は敬宗――の御代に権勢を誇った湯太宰が廟堂を去ったいま、金光燦然たる伏魔殿を仕切るのは湯太宰の腹心であった銭太宰だ。銭貴妃は彼の愛娘で、齢十八の嫋々たる美姫である。

「めまいとは剣呑だ。なにかの病か？」

尋ねてみたが、銭貴妃は花のかんばせを恥ずかしそうに赤らめているだけだ。

「ご安心くださいませ、主上。病ではございません」

老齢の太医が手柄顔でうやうやしく首を垂れる。

「お慶び申しあげます。貴妃さまは身ごもっていらっしゃいます」

「それはめでたい。予の即位以来はじめての慶事だ」

天凱は微笑んで、銭貴妃の手を握った。

「よくよく身体を厭え。出産までに必要なものはこちらで手配するが、不足があれば、圭内侍監に命じて用意させよ。なにせ、予の第一子だ。おろそかにはできぬ」

圭内侍監は後宮の諸事をとりしきる紅衣内侍省の次官である。

「かならずや、お世継ぎを産みますわ」

「まずは無事に産むことだ。皇子でも公主でもよい」

側仕えたちに主の世話を怠らぬよう命じて、天凱は臥室を出る。小ぬか雨が降る内院を横切り、門前で待たせていた輿に乗って貴妃の殿舎をあとにした。

かたく門扉が閉ざされた壮麗な殿舎のそばをとおりかかったとき、天凱はふと扁額を見あげた。扁額には寿鳳門と記されている。皇太后の居所・寿鳳宮の表門だ。

数日前まで寿鳳宮の主であった女人は、もはやここにはいない。

──あなたが住まうべきは鸞晶宮だったんだ。寿鳳宮ではなく。

皇后の居所たる鸞晶宮。先月末から無人となったその宮は、遠からずあたらしい主をむかえるだろう。彼女はきっと、彼女ではない。そんなあたりまえの事実に、なぜか喪失感をおぼえてしまう。あたかもそれが天凱の過ちであるかのように。

大耀王朝、盛徳元年初夏。貴妃銭氏が懐妊した。新帝の御代にあかるいきざしをもたらすはずだったこの慶事は、ほどなく後宮を揺るがす凶事のさきがけとなった。


炎天であった。早くも真夏の色を帯びた日輪が矢のような陽光を降らせるなか、劉美凰は野良着姿で一心に草むしりをしていた。

「なあ、美凰。今日はこれくらいにして休憩しようぜ」

衫姿の青年が雑草を籠にほうりこみながら、ぼやくように言う。

「まだはじめたばかりだろうが。音をあげるのが早すぎるぞ」

「朝っぱらからやってんだ。もう一刻だぞ。くそ暑くて死にそうだよ」

「安心しろ。そなたはとうの昔に死んでいる」

「ちぇっ。妖鬼だと思ってこき使いやがって。雑草なんか鬼火で一気に焼いちまえばいいんだよ。ちまちま引っこ抜くなんざ、どんくせえ人間どものやることだぜ」

「そなたも昔は人だったのだ。たまには初心に返るのもよかろう」

「けっ、あいつらにも言ってやれよ。楽しそうに水遊びなんかしてやがるぞ」

畑のそばの泉で、美女と童子がきゃっきゃと戯れている。

「おいこら怠け者ども！　おまえらも手伝えよ！」

「やなこった。草むしりなんざ、あたしみたいな手弱女の仕事じゃないよ」

「なにが手弱女だ、千歳老婆子め！　そっちの小鬼も遊んでねえでこっち来いよ！」

「ぼくが手伝っても役に立たないよ。だってぼく、こーんなに小さいんだもん」

「くそどもが！　言い訳ばっかしやがって！」

「かっかするな。ただでさえ暑いのに、ますます暑くなるではないか」

ひたいの汗を拭いつつ、美凰はせっせと手を動かす。没頭できる作業が好きだ。黙々と仕事に打ちこめば、余計なことを考えずにすむ。じりじりと肌を焼かれる感覚が全身をふしぎな安堵でつつんでいた。こうして身体を酷使しているときだけ、美凰はつかのまの安らぎを感じる。この身にしみついたあまたの罪業が、すこしばかり赦されたような心地になるのだ。言うまでもなくそれは、身勝手な錯覚にすぎないが。

「美凰、そろそろこっちにおいでよ。西瓜が冷えたよ」

泉のほうから子どもの声がする。西瓜だ西瓜だ、と青年が小躍りした。

「わかった。休憩にしよう」

美凰は籠いっぱいの雑草を満足げに眺めて立ちあがった。周囲を金糸梅でふちどられた瓢簞形の泉では翡翠色の水がこんこんとわき出ており、大きな西瓜が四つ、気ままに浮いている。そのうちのひとつがぷかぷかとこちらにやってきた。水中にいる童子が西瓜を頭の上にかかげるようにして持ってきたのだ。青年がいそいそとひっぱりあげて包丁で切る。切りかたが不格好なので、美女が「下手くそ」と文句を言うと、青年が「うるせえ」とやりかえす。美凰はふたりをなだめ、いびつな半月形に切られたみずみずしい西瓜をめいめい手にとって食べた。冷えた赤い果肉が口いっぱいにひろがれば、身体じゅうにこもった熱気があっという間に消え去っていく。

平穏だ、と美凰は思う。二月前まで城肆を駆けずりまわっていたのが嘘のように。

廃妃劉氏。それが今年はじめまでの美凰の呼び名だった。十六で敬宗・司馬雪峰の皇后になり、同年、明威元年春の政変により貴妃に落とされて廃され、京師・囹都のはずれに位置する離宮・羇袄宮に幽閉された。それから十年、美凰はひっそりと息をひそめて生きてきた。時代の荒波にのまれ、忘れ去られることを願って。

死者のような静寂はひとりの男によって打ち破られた。

今上、司馬天凱である。天凱は囹都に蔓延する鬼由来の疫病、見鬼病を鎮めるため協力してくれと依頼してきた。美凰が持つ奇しき力――禋華を利用したいというのだ。

これは依頼ではなく勅命だ。大耀帝国の天子は晟烏鏡と呼ばれる特殊な力を持つ。この広い天下に、晟烏鏡に抗える者はほとんどいない。禋華を持つ美凰もまた、晟烏鏡の霊威に抗えない者のひとりだ。ゆえに求められるまま皇宮に戻り、皇太后に立てられた。後宮を追われた廃妃の身分では、禁城に戻ることができないためである。皇太后となった美凰は秘密裏に調査し、疫病の原因であった厲鬼を祓った。あれから二月。天凱が当初の約束どおり美凰を羈袄宮に帰してくれたので、わずらわしい後宮生活から解放され、安穏に暮らしている。

——天凱はどうしているだろうか。

別れ際、そのうち会いに行くと天凱は言っていたが、いまだ約束は果たされていない。政務に忙殺されているのだろうと思う。走り出したばかりの治世は往々にして不安定で、皇上は一時も気を抜けないものだ。ことに天凱には母方の親族がいないため、廟堂を掌握するのには苦労しているだろう。だから、彼が訪ねてこないのは無理もないことだ。そうわかっているのだが、心のどこかでおぼろげな失望がきざしている。約束を破られてしまったときのような、うつろな感情が。

「それにしても妙だねえ。檀郎はいつになったら訪ねてくるんだろ」

美女が婀娜っぽくため息をついた。水に濡れて豊満な肢体の線があらわになった艶めかしい衫襦姿は、二十代半ばの美女にしか見えないが、千年の時を生きる蛇精である。美凰が使役する妖鬼、すなわち明器のひとりで、名を如霞という。

「檀郎？　だれだよ？」

「主上さ。美凰の情夫の」

「いつからあの野郎が美凰の情夫になったんだよ」

青年は西瓜をほおばりながら思いっきり顔をしかめた。黄金（きん）を象嵌（ぞうがん）したような瞳には濃い妖気がただよう。いまは人の姿をしているが、本性は漆黒の妖虎（ようこ）である。名は高牙（こうが）。三百歳を超える彼もまた、美凰の明器だ。

「そりゃ、子ども時代に言い交わした仲だったんだから、情夫も同然だろ」

「え？　美凰は前の主上と結婚してたんでしょ？　前の主上と結婚する前にいまの主上と結婚してたの？　じゃあ、いまの主上と別れて前の主上と結婚したの？」

「今上とは婚約してただけさ。婚約ってのは結婚の約束をすることで、実際に結婚するわけじゃないんだよ」

「いまの主上と結婚の約束をしてたのに結婚しなかったの？　なんで？」

ふしぎそうに小首をかしげた童子は星羽（せいう）という。水際に座って足をぶらぶらさせているさまは四、五歳の男子（おのこ）にしか見えないが、五十年前に死んだ溺鬼（できき）だ。やはり美凰の明器である。ちなみにこの泉は星羽が遠方の水源から引いてきたものだ。

「如霞の言うことをうのみにするな、星羽。私は主上と——天凱と婚約していない。その予定だったというだけだ」

「どうちがうの？」

「皇族や官族（かんぞく）が行う古式ゆかしい婚姻には六礼（りくれい）という六つの手順がある。まず納采（のうさい）。

これは男の家から使者に贈りものをたくして女人の家に届けさせることで、ひと言でいえば結婚の申しこみだな。女人側が贈りものを受けとれば仮婚約が成立する。次に問名。これは女人の名と誕辰を問うことをいう」

「なんで名と誕辰を尋ねるの？」

「婚姻の吉凶を占うためだ。納吉では卜筮の結果を女人の家に教える。納徴では男が女人の家に絹織物を贈り、ここで正式な婚約が成立する。さらに請期で婚礼の日取りを決める。親迎で花婿は花嫁を迎えに行く。これがいわゆる婚儀だな」

「へええ、婚儀をあげるまで六日もかかるの」

「六日どころではない。納采から親迎まで、最短でも半年、長ければ数年かかることもある。とりわけ天子ともなれば、手間と時間をかけなければならない」

「あんたと主上はどこまでやったんだい？」

如霞の問いに答えようとしたとき、背後に日輪のような強い陽の気を感じた。

「問名までだ」

聞きおぼえのある低い声が背を叩く。美凰は弾かれたようにふりかえった。

「……天凱」

長身の青年が満開の安石榴を背景に立っていた。髻に小冠をいただき、こざっぱりとした筒袖の円領袍に革帯を締めている。紅灯の巷で見かけそうな浪子ふうのいでたちだが、彼こそが一天四海（いってんしかい）の主たる今上、司馬天凱だ。

「二月ぶりだな。変わりなかったか？」

「だれに訊（き）いている。私に変わりなどあろうはずもない」

　元気そうでなによりだ、と天凱は屈託なく笑う。美凰は天凱の笑顔が苦手だ。昔は彼が少年だったので純粋に可愛（かわい）いと思っていたが、いまの彼は少年ではない。とうに冠礼（かんれい）をすませた二十歳の男だから、いろいろと勝手がちがって胸がざわつく。

「待ってたよ、檀郎。ちょうどあんたの噂（うわさ）をしてるところだったんだよ」

「へえ、どんな？」

　天凱はわが家にでも帰ってきたかのように美凰のそばに座り、西瓜に手をのばした。

「あんたはいったいなにをやってるんだろって話さ。とんと顔を見せに来ないでさ。美凰がすっかり待ちくたびれていたよ」

「でたらめを言うな、如霞。待ちくたびれてなどいない」

「おや、ちがうのかい？　毎晩、外に出て門の様子をうかがってたくせに」

「畑仕事をしていただけだ。夜のほうが過ごしやすいから」

　それは半分ほんとうで、半分は嘘だ。

「あなたが待ってくれていたとは知らなかった。無沙汰（ぶさた）をして悪かったな」

　天凱が親しげな微笑をこちらに向けると、美凰はまた居心地の悪さを感じた。

――笑顔ではなく、天凱そのものが苦手なのかもしれぬ。

幼帝時代の天凱は美凰より六つ年下で、やんちゃな弟のような存在だった。背丈は美凰の肩に満たないくらい、子どもらしい微妙な線で形づくられた頼りなげな体軀(たいく)をしていて、声は高く澄んでいた。いまや背丈は六尺にもなり、肩幅がひろくなり、四肢は逞(たくま)しくなり、声は低く太くなった。それだけではない。近寄ると気(け)おされずにはいられない全身にみなぎる雄々しい覇気は、幼き日の彼にはなかったものだ。

歳月が彼を少年から青年へ成長させたのだと頭ではわかっていても、その変化にいまだ戸惑ってしまう。たとしえなく、さびしいような心地がするのだ。着実に時をつむいでいく彼との距離がいっそうひろがっていくようで。

「怒らないでくれ。約束を忘れていたわけじゃないんだ」

「べつに怒っておらぬ。昔のそなたをなつかしんでいただけだ」

美凰は天凱から目をそらして、むしゃむしゃと西瓜をかじった。

「子どものころのそなたは小さくて愛らしかったのに、どうしてこうも無駄に大きくなってしまったのか。まるきり可愛げがなくなってしまった」

すまなかったな、と天凱は肩を揺らして笑う。その豪快な笑い声すら癪(しゃく)に障る。これからも刻々と天凱は変わっていく。美凰を置き去りにして。

「美凰ったら、うぶだねえ。男は大きいほうがいいに決まってるじゃないか。『小さくて愛らしい』もんじゃ、一晩どころか一戦だって楽しめやしないよ」

「おいこら狐狸精。そーゆー話はしてねえから」

「そりゃあ、『小さくて愛らしい』陽物を自分好みに育てるってのも一興だけどさ。あたしは立派に出来上がった宝具をおいしくいただくのが好きだねえ」

「老婆子の好みなんざ聞きたくねえんだよ。耳が腐るぜ」

「ふん、安心しなよ、猫老頭子。あんたのしなびた小陽根には興味ないからね」

「しなびてねえし、『小』でもねえ！」

「言うじゃないか。だったら、ご自慢のモノであたしに挑んでごらんよ」

「だれがてめえなんかに挑むかよ。老婆子に欲情するほど落ちぶれちゃいねえぜ」

如霞がきわどい発言をするのも、高牙がそれに突っかかってふたりが口論になるのもいつものことなので、聞き流しておく。

「いったいなんの用件だ」

美凰が尋ねると、天凱は西瓜をかじりながら「ん？」と小首をかしげた。

「無沙汰をしていたのにふらりと訪ねてきたのは、理由あってのことだろう」

「実はあなたを迎えに来たんだ」

「またか。今度はなんだ？　また疫病か」

「疫病では……いや、断言はできぬな。いまのところはなにも」

彼らしくもなく歯切れが悪い。いぶかしんで見やると、天凱は眉を曇らせていた。

「先月はじめ、銭貴妃の懐妊がわかった」

「けっこうなことだ。そなたにも世継ぎができるか。あるいは公主かもしれぬが。どちらでもよい。御子が生まれれば、そなたも天子として面目が立つであろう」

天子はただ政務に励んでいればよいのではない。多くの子をなして皇統を安定させることも皇上の大事な責務。どれだけ勤勉に働いて善政を敷いても、肝心の世継ぎをもうけられなければ、皇帝としては落第と見なされる。

「ああ、そうだな。無事に生まれていれば、俺も肩の荷がおりたのだが……」

「流産だったのか」

「ちがう。おそらくは。なんとも言いがたいんだ。なにせ、懐妊がわかった翌日からみるみる腹がふくらんで、六日後には産気づいたから」

「……生まれたのか？」

「生まれた、と言っていいものかどうか迷うところだが、とにかくそれは出てきた」

『それ』とは、赤子ほどの大きさの黒い石だという。

「最初に見たときは、妖魅の卵のたぐいかと思った。己の子を産ませるために女人を孕ませる鬼もいるからな。しかし、どうやらちがう」

「中身を調べてみたのか？」

「切ってはいない。皇胤と邪鬼が結びついたものかもしれぬゆえ、切らずに晟烏鏡で中身を透かして見たが、なにも入っていなかった」

石としか思えないが確証はない、と天凱は不明瞭な言いかたをした。

「銭貴妃だけではない。ほかの妃嬪もおなじように妙な懐妊をした。いずれもたいへんな難産で、一昼夜苦しんだすえに石を産んだ」

「そこまでの難産なら、妃嬪たちはまさか……」

「お産で落命した者はいないが、衝撃が大きすぎたようだ。体調が回復しても気がふさいだまま臥せっている」

無理もない。世継ぎを産むはずが、奇異なる石を産んでしまったのだから。

「怪異が起こるのなら、後宮には邪鬼が入りこんでいるな。軒轅はどうした？」

軒轅とは晟烏鏡からつくりだされた球体の辟邪物である。魑魅魍魎の侵入を禦ぐため、各所の門に吊り下げられている。軒轅は土地の陰陽の影響を受けるので十全とはいえないが、晟烏鏡で守られた皇宮内ならば効果は保証されているはずだが。

「前回の見鬼病騒動で後宮のどこかに抜け穴……鬼門ができていたようだ。銭貴妃の懐妊のときに軒轅を強化したから外からの侵入は禦いでいるはずだが、そののちも不可思議な懐妊はつづいた。すでに内側にいると考えなければならないだろう」

見鬼病事件の折、厲鬼の頭目が後宮に侵入したため、天凱は軒轅を強化している。

今回さらに強くしていてなお被害が出るのなら、鬼は後宮内にいるのだ。軒轅はあくまで鬼の侵入を禦ぐものだから、内側にいる妖物を弾き出すことはできない。

「謎の石とやらを私に調べさせるつもりか？　そんなことは禁台の仕事だろうに」

「禁台だけでは手に負えそうもないのであなたに頼みたい」

皇帝直属の覡衆を禁台という。皇宮内外で百鬼を狩り、千禍を禳うのが彼らのつとめだ。彼らは去勢された男子のみで構成され、蒐官と呼ばれている。

「では、そなたが直々に調べればよかろう」

「それができればあなたを頼りはしない」

天凱はため息をついて、もう一切れ西瓜を取った。

「綺州で蝗害が発生した。鎮めに行かねばならぬ」

「行幸するのか？」

「よその地方ならひとまず様子見するところだが、綺閃地方が飛蝗どもに喰い荒らされているとなると捨て置けぬ。ただちに動かなければ、万民が餓える」

益江以南にひろがる綺州と閃州は穀倉地帯として知られている。その産額は「綺閃熟すれば天下足る」と称えられるほどだ。毎年ゆうに六百万石を超える米が北と南をむすぶ大運河で京師へ輸送され、冏都で暮らす百万の民を養っており、自給自足がままならない他州もかの地からの補給をあてにしている。綺閃地方が荒廃すれば、冏都のみならず国中が餓える。ゆえに綺州や閃州で災害が起きると、歴代皇帝は行幸して晟烏鏡の霊威を解き放ち、災異の根を断ってきた。

「後宮の事件も気がかりだが、目下の急務は綺州の蝗害だ。現時点で被害は閃州までおよんでいないようだが、飛蝗どもの越境は時間の問題だろう。綺州行幸のため、しばらく皇宮をあける。通例なら皇后に後宮を任せるが、折悪しく鸞晶宮には主がいない。妃嬪を統率する者が必要だ。つまり、皇太后であるあなたが」

「私よりも銭貴妃が適任だと思うが……それほどに銭貴妃の具合は悪いのか？」

皇后不在の後宮では、妃嬪筆頭たる貴妃が掖庭をあずかることになっている。

「銭貴妃は薨去した」

「なんだと？　お産で死んだ者はいないのでは……」

「縊死したんだ。怪異を産んだことを気に病んで」

表向きは産褥死ということにしているらしい。自死であることを公表すれば後宮と廟堂が動揺するだけでなく、銭一族にとっても不名誉となってしまうためだ。

「自死は連鎖することがある。妃嬪が銭貴妃のあとを追わぬよう、重々気をつけているつもりだ。監視をつけるだけでなく、殿舎の周囲に十重二十重の軒轅をほどこして、弱った心に鬼がとりつかぬよう配慮している」

心が弱った人に鬼がとりつくと、自死することがままある。銭貴妃には縊鬼がとりついたのだろうか。鬼が後宮内にいるなら、十分に考えられることだ。

「六夫人の次位の淑妃はどうだ？　たしか、胡氏といったな」

「胡淑妃も石を産んだ妃嬪のひとりだ。気鬱の病を患って臥せっている。とても掖庭の管理など任せられぬ。あなたには悪いが、引き受けてもらうよりほかない」

「それは勅命か？」

「愚問だな。俺が皇帝である限り、俺が頼みごとをすれば勅命になる」

「ふざけるなよ、くそ野郎！　また美凰をこき使う気か!?」

高牙が嚙みつくように吠えると、天凱は悪びれもせずに「そうだ」と答えた。

「美凰にとって皇宮がどんな場所かわかってるだろ!?　自分を殺したいほど憎んでるやつらのねぐらなんだぞ!!　そんなところに美凰をまた連れこむのかよ!?」

「俺とて不本意だが、美凰は皇太后であるだけでなく、祲華なる奇しき力を持ち、鬼道を操る。怪異がつづく後宮をゆだねるのに、これ以上の適任者はおるまい」

「てめえの都合ばっかじゃねえか!!　すこしは美凰の迷惑も考えろよ!!」

「天子というのは往々にして卑劣漢でな、相手の内情など考慮せず、好き勝手に命令をするんだ。そういうものだとあきらめてくれ」

「くそったれの下種野郎!!　てめえなんか西瓜と一緒に喰ってやる!!」

「やめよ、高牙。すぐかっとなるのがそなたの悪い癖だ」

高牙がいまにも妖虎に変化(へんげ)して天凱に襲いかかろうとするので、美凰はとめた。

「おまえは腹が立たねえのかよ!?　こいつの勝手でこき使われるってのに！」

「やむを得ぬ。私は廃妃ゆえ、勅命には逆らえぬ」

「皇太后は皇帝より偉いんだろ!?　皇帝の命令なんか聞くなよ!!」

「私が天凱の母であればそれも可能かもしれぬな。さりながら私は天凱の叔母にすぎぬ。それも先帝の皇后だったからなりゆきでこうなっただけ。廃位されていた私を皇太后に担ぎあげたのは天凱なのだから、勅命に逆らえるはずがなかろう」

「くそっ！　美凰、こいつを産めよ。こいつの母親になって、でけえ面しろ」

「とっくに生まれている男(もの)をどうやって産むというのだ」

「いったんこいつを腹んなかに入れて、そのあとで出せばいいんじゃねえの」

「こんな図体(ずうたい)の大きな男が入るか」

「縮めりゃいいだろ。呪符でも使ってぎゅーっと」

「無茶を言うな」

「縮める必要なんかありゃしないさ。男を入れるって言ったって、なにも頭からつま先までつめこむわけじゃあない。肝心なのはほんの玉茎(いちぶ)だけなんだから」

「淫乱老婆子(ばばあ)は黙ってろ！」

如霞と高牙がおさだまりの口争いをはじめる。美凰は天凱に向きなおった。

「こき使われるのは不服だが、味方のすくないそなたの事情を斟酌して、今回も手を貸そう。ただし、無償ではない。そなたには身体で対価を支払ってもらう」

「そうともさ、一丁前の男なら己の持ち物で勝負しなけりゃ」

「持ち物は持ち物でも、如霞が言うようなものではない。そなたの手足だ」

美凰は畑のむこうにある遊廊の屋根を指さした。

「遊廊の屋根が雨漏りするので困っている。修理しろ」

「皇帝に大工の真似事をせよと？」

「そなたは郡王時代、市井で庶人にまじって働いていたのだろう。大工の使い走りくらいやっていたのではないのか」

「まあ、それなりにな。しかし、この手の仕事は高牙にもできるんじゃないのか」

「高牙は大工仕事がてんでだめだ。やることが大雑把すぎて話にならぬ。去年もおなじように雨漏りがひどくて遊廊が水浸しになったので、私が修理した。今年も私がやるつもりだったが、そなたがいるならそなたを使ったほうが手っ取り早い」

「あなたが屋根の修理を？　その細腕で？」

「屋根だけではない。鸝祆宮の建物の大半は私が修繕したのだ。どこもかしこもぼろぼろだったからな。床に穴はあく、壁は剝がれてくる、扉はひとつとしてまともに閉まるものがないという始末。この十年でなんとか暮らせるようにしたが、塗装までは手がまわらなかったので、放置していた。よい機会だから、そなたにやってもらおう。屋根の修理と建物の塗装、これで手を打とうじゃないか」

「お安い御用だ。綺州から戻ったらすぐにでも――」

「なにをのんきなことを言っている。いまから仕事にとりかかれ」

「いまからだと？　この暑さのなか？」

天凱は火の玉のように燃えさかる日輪を見あげていやそうな顔をした。

「暗くなってからでは危険だ。あかるいうちにすませたほうがよい」

「それもそうだが、道具がないと……」

「道具ならそろっている。途中まで私が修繕しているからな。そうと決まったらさっさと働け。いつまでのんびり座っているつもりだ。ぐずぐずするな」

「わかったよ。あなたの頼みなら断れぬな」

「勘違いするな。これは頼みではない。皇太后としての、懿旨（めいれい）だ」

天凱はかるく目を見張った。ふっと笑い、急に居住まいをただす。

「仰（おお）せのとおりにいたしましょう、皇太后さま」

かしこまった所作で稽首（けいしゅ）するので、美凰は「励むがよい」とふてぶてしく答えた。

「大工仕事をするんならさ、上衣（うわぎ）はお脱ぎよ。袖が邪魔になっちまうからね。いっそのこと諸肌（もろはだ）を脱いだらどうだい。ついでに下も全開にしちまったら」

「なんで大工仕事するのに下まで脱がなきゃならねーんだよ」

「そのほうが涼しいだろ。目の保養にもなるしねえ」

「けっ、どうだか。こいつの陽具（あれ）なんかたいしたことねえに決まってら」

「みっともないねえ。自分が残念な道具しか持ってないからって八つ当たりしてさ」

「残念って言うな！　俺のは十分すぎるほど立派だ！」

　くだらない言い争いをする如霞と高牙を尻目に、美凰は星羽を呼ぶ。

「そなたも屋根にのぼってくれ」

「ええー？　ぼくに屋根の修理なんかできないよ」

「修理は天凱に任せておけ。そなたはあいつのそばにいるだけでいい。溺鬼が近くにいると、人は涼しくなるからな」

「……男の人と一緒にいるの、怖いよう」

　星羽が黒目がちの瞳をうるうるさせる。美凰は小さな愛らしい頭をそっと撫（な）でた。

「天凱は大丈夫だ。怖いことはしない」

「でも……」

「ご褒美は涼糕（ひやしもち）だ」

「涼糕！　蓮（はす）の実と緑豆がいっぱい入ってる？」

　美凰がうなずくと、星羽はぱあっと笑顔になった。

「わかった！　がんばってくる！」

ぴちゃんという水音とともに星羽の姿が消える。次の瞬間には遊廊の屋根の上にひょっこりあらわれた。溺鬼は水を介せばどこにでも移動できる。昨夜の雨で甍が濡れていたので、その水気をたどって行ったのだろう。

「こいつはひどいな。とても半日じゃ無理だぞ」

大工道具を持って屋根にのぼった天凱がぶつぶつ言っている。

「陽が落ちるまでに終わらなければ、夜通しでやってもらうぞ」

「あなたも人使いが荒いな」

そなたほどではない、と言いかえして、美凰は日輪とかさなる天凱をふりあおいだ。

――いたく疲れているようだ。

宗室の男子は素鵲鏡と呼ばれる力をその身に宿す。これは不完全な晟烏鏡であり、それぞれの力の度合いは「尭」で表され、十二段階にわかれている。力の弱い順から、尭巳、尭午、尭未、尭申、尭酉、尭戌、尭亥、尭子、尭丑、尭寅、尭卯、尭辰という。晟烏鏡は素鵲鏡の強度に影響されるため、原則として、尭酉以下の素鵲鏡を持つ男子は玉座にのぼることが許されない。

天凱の素鵲鏡は尭辰。つまり天凱はもっとも強い晟烏鏡を持つ皇帝――亜尭だ。魑魅魍魎を焼き払う十全の鏡鑑に守られている亜尭ならば、神人のように金甌無欠にちがいないと万民は思っているだろうが、天凱とて人であることに変わりはない。

後宮の怪異、貴妃の自死、綺州の蝗害。味方のすくない宮中で奮闘する新帝にとっては、どれも厄介な試練だ。とはいえ、天凱が幼少期を皇宮で過ごしていたら、皇上とはこういうものだと諦観していたかもしれない。されども天凱は複雑な事情ゆえに市井で育っている。八つで皇宮に連れ戻されて即位させられたが、九つで廃されて皇宮を追われ、うら寂しい辺境にて十年もの廃帝(はいてい)暮らしを強いられた。

めまぐるしく変わる政情に翻弄された半生だったために、天凱が皇宮で暮らしたのは実質、一年半ほどだ。世継ぎがいなかった敬宗(けいそう)の崩御を受けてふたたび玉座に担ぎあげられたのが昨年の暮れ。古めかしいしきたりに支配された窮屈な宮廷生活と、気苦労が多い天子の立場に慣れるには、到底時間が足りない。

もともと美凰が知る彼は潑溂(はつらつ)とした腕白な少年で、規則に縛られることをなにより嫌っていた。そんな彼が廟堂でも後宮でも皇上らしくふるまいつづけているのだ。真綿で首を絞められるような毎日に辟易(へきえき)しているだろうと容易に想像がつく。

「星羽、天凱が仕事を怠けぬようにしっかり見張れ」

美凰が声をかけると、星羽は屋脊(むね)の上で小首をかしげた。

「怠けていたらどうするの？」

「俺が手足をもいで喰ってやるぜ」

「なにをしている、高牙。そなたも手伝ってこい」

「はあ？　なんで俺が」

「手伝わないなら夕餉は抜きだ」

「ひでえや。俺ばっかこき使いやがって」

文句を言いながら高牙は屋根に飛び乗った。甍を動かしていた天凱がさっそく高牙にあれこれと指示を出す。その横顔は先ほどより生き生きして見えた。

――すこしは気晴らしになればよいが。

天子には国事から離れる時間が必要だ。たとえほんのわずかでも。


廃妃劉氏はもうひとりいる。巷間では凶后という通称でひろく知られている劉瓔――劉彩麟だ。美凰の父方の伯母にあたるかの女は皇太后として権力をほしいままにし、苛烈な虐政を敷いておよそ七十万人を処刑した。悪逆非道の限りを尽くす凶后は官民に憎まれ、凶后に溺愛される美凰も怨憎の的となっていた。

十年前、のちに紅閨の変と呼ばれることになる明威元年春の政変が起きた。

禁軍を率いた敬宗・司馬雪峰が凶后に廃位と幽閉を迫り、追いつめられた凶后は自刃したと伝えられる。これにより劉氏一門は族滅され、美凰も処刑された。

そうだ、処刑されたのだ。最初は斬首、次は腰斬、その次は車裂、烹煮、焚刑、剝皮、凌遅……。ありとあらゆる残虐な刑罰に処されたにもかかわらず、美凰は生きている。否、生きているのではない。死ねなかったのだ。

はじめて刑場に引っ立てられたとき、美凰は己のなかに眠っていた力を目覚めさせてしまった。それが禋華——死霊を使役し、鬼を狩る陰界の霊威。禋華が発現した美凰は恐怖のあまりあげたけたたましい悲鳴で魑魅魍魎を呼びよせてしまった。

混乱をおさめるため、雪峰は三足烏の羽ばたきから生まれるという景蝶で禋華を封じた。陽界の霊威たる晟烏鏡の光を焼きつけられたことで、美凰は陰陽の理からはずれ、死を忘却した。首を刎ねられても、胴体を断たれても、四肢を引き裂かれても、煮えたぎる熱湯にほうりこまれても死ななかったのは、ひとえに美凰が不死の身体になっていたからだ。死なないのなら、年をとる道理もない。美凰の身体は十六歳の少女のままで時が止まっている。

不老不死にあこがれる者もいるが、美凰には彼らの気持ちがわからない。美凰にとって、生とは罰だ。凶后の罪を背負って、凶后の代わりに万民の怨憎を一身に受ける日々には、なんの希望もない。この世に在る限り、美凰は憎まれつづける。たとえ生ける屍同然だとしても、凶后に虐げられた人びとは美凰を忘れてはくれない。彼らが放つ怨念から逃げられる場所は、もはや地獄だけだ。

いくら死にたいと願おうとも、いまの美凰はみずからの意志で死ぬことができない。

景蝶が祲華を縛っている限り、美凰の身体はどんなに傷つけられてもひとりでに元にもどってしまう。晟烏鏡によってつくられた封印は、晟烏鏡の持ち主にしか解印(かいいん)できない。新帝となった天凱に封印を解いてもらう必要があるのだ。

残念ながら、天凱はいますぐに解印するつもりはないと言ったが、いつかかならず封印を解くとも約束した。美凰が今生からの逃避ではなく、人間らしく一生をまっとうしたいと願うときが来たら、景蝶を祓うと。

彼の言葉を本心から信じたわけではない。〝約束〟は美凰が嫌いな単語だ。

嘘かもしれない。その場限りの口説(くぜつ)かもしれない。あとで心変わりをするかもしれない。不安を数えればきりはないが、ひとまず信じてみようと思わせるものが彼の口ぶりにはあった。もしあれが勘違いだとしても、天凱には助力を惜しまないつもりだ。約束の真否はともかく、彼が国事を第一に考えていることは疑いようがない。万民のために粉骨砕身する皇上(みかど)に微力を尽くす。それこそが、美凰が背負った罪業を贖(あがな)う唯一無二の手段のように思われる。

もとより、償える罪ではないとわかっている。凶后はあまりにも多くの血を流した。はからずも彼女の共犯者であった美凰がたやすく赦されるはずはない。士民(しみん)の心に刻まれた怨憎はひとつやふたつの献身で消えるようなものではない。茨の道だと知りながら、美凰は歩んでいくしかない。たとえ永遠に赦されないとしても。

——私は、生きて救いを見つけられるだろうか……？

天凱はそうしてほしいと言ったが、美凰には彼の期待にこたえる自信がない。この命を罰だと思わずにいられる日が来るなんて想像もできないが、解印の条件として天凱が提示したからには、美凰は条件を満たす努力をしなければならないのだろう。いったいなにから手をつければいいのかさえ、わからないけれど。


「おひさしぶりです、皇太后さま」

美凰が宦官の手を借りて香車からおりると、闊達な女人の声に出迎えられた。帷帽の紗越しに見やると、露草色の襦裙に身をつつんだ美姫が立っている。

六夫人の最下位・宋祥妃である。

「出迎えはそなただけか」

ここは皇宮の正門たる大耀門から幾多の宮門をくぐりぬけた先にある祥寧殿前の広場。今年はじめに戻ったときは玉階の下に高位高官がずらりとならんでいたが、今日は側仕えをつれた宋祥妃がいるだけだ。

「妃嬪一同でお迎えにあがるべきじゃないですかって主上に言ってみたんですけどね。主上が大事にするなとおっしゃったので、私だけで我慢してください」

「それでよい。大げさに迎えられるほうが困る」

美凰は自分の手を捧げもつように支えている宦官を見やった。

「そなたもひさしいな、鹿鳴」

紅衣内侍省内侍監・圭鹿鳴。二月前まで皇太后付き首席宦官として美凰に仕えていたが、彼の前歴は文官である。多くの官僚を輩出してきた名門に生まれ、新進士として前途洋々だったにもかかわらず、凶后の謀略で腐刑に処された。美凰を怨む者のひとりであり、美凰が暴漢に襲われるよう手引きしたこともある。

「また御身にお仕えできますこと、望外の喜びでございます」

秀麗な眉目に愛想笑いすら浮かべず、鹿鳴は抑揚にとぼしい声音で言った。

「そなたは嘘が下手だな」

「嘘偽りなど申しません。衷心よりご還御をお待ち申しあげておりました」

ぬけぬけと嘘をつく鹿鳴に、美凰は苦笑した。

「また世話になる。場合によっては前回よりも長逗留することになるやもしれぬ」

後宮の怪異がかたづいても、天凱が蝗害をおさめて行幸先から戻らなければ、美凰は後宮から動けない。いずれにしても難題のようだから、長丁場になりそうだ。

「万事、心得ております」

鹿鳴は如才なく首を垂れる。美凰は「頼む」とだけ言った。

「私も皇太后さまのお帰りをいまかいまかと待っていましたよ。首を長ーくして」

宋祥妃が満面の笑みで首をのばすしぐさをした。

「あいかわらずお美しいですねえ。国色天香とはまさに皇太后さまのことで」

「空世辞はけっこうだ」

「いえいえ、お世辞じゃないですよ。如意牡丹文の衫襦がよくお似合いで」

前回、美凰は凶服姿だったが、今回は孔雀緑の衫襦を着ている。もちろん、天凱が用意したものだ。美凰の持ち物にこれほど華麗な衣装はない。

「主上がお選びになったんでしょ？　さすが主上はお目が高い。皇太后さまのお美しさを引きたてるものを熟知していらっしゃいますねえ」

宋祥妃はまじまじと見つめてくる。その瞳には期待が輝いていた。

「すまぬが、そなたが聞きたがるほどの種は持っておらぬぞ。私は羈袄宮で野良仕事などをして過ごしていた。話すことはそれだけだ」

「〝など〟についてもっとくわしく！」

「料理、掃除、洗濯、屋根の修理だ。繕い物もしたな。あと西瓜も食べた」

「もったいぶらないでくださいよ。ほかにもいろいろなさっていたでしょう？」

「いろいろ？　なんのことだか」

「またまたぁ。やだなあ、とぼけちゃって」

訳知り顔でにたにたしながら、宋祥妃は美凰の肩をつんつんと小突いた。

「主上と秘密の逢瀬をかさねていらっしゃったんでしょ」

「……は？」

「後宮じゃ、人目が多くて会いづらいですもんねえ。その点、羈袄宮なら安全ですね。あんな辺鄙なところ、どうせだれも訪ねてこないし。おふたりでしっぽり語らうのにこれほど適した場所はありません。離宮で更けゆく静かな夜に、皇帝だの皇太后だのという身分を忘れて、ただの男と女になってめくるめく……ああ、わかってますって。けっして口外はしません。私、こう見えて口はかたいほうですから」

　急にまじめな顔をしたかと思うと、袖のなかから帳面と筆をとりだす。

「だれにも言いませんから、おふたりの密事について質問させてください。まずはは、じまりについて。主上から迫られて、ですか？　それともいい雰囲気になってなんとなく？　ひょっとして、皇太后さまから押し倒したんですか？　あ、そうか。お酒の勢いってこともありえますね。酔っぱらって盛りあがって、ついつい？」

「……その妄想はいったいどこから来るのだ」

「そりゃあ、ネタ元からですよ。皇太后さまが皇宮をご出立なさる日、おふたりは近いうちに会おうと約束をなさったって聞きましたよ。過内侍監に」

　外廷をつかさどる紫衣内侍省次官・過貪狼はかなりの守銭奴だ。皇帝付き首席宦官として私腹を肥やす彼のことだ、宋祥妃に賄賂をもらってしゃべったのだろう。

「会う約束をしたのは事実だが、天凱は……主上はお見えにならなかった」

「えっ。すっぽかされたってことですか？　ひどい！」

「主上は国事に忙殺されていらっしゃるのだ。私などにかまっている暇はない。現に後宮では変事が起きていると聞いたぞ。妃嬪たちが石を産んだとか」

「そうそう！　懐妊したーって喜んでたらあっという間に出産になって、出てきたのがみょうちくりんな石でしょ？　さっそく奇怪な出産をしたっていう妃嬪の殿舎に取材に行ったんですが、門前払いでしたー。どの妃嬪もお見舞いすら受け入れてくれないんですよ。どういう経緯で石を孕んだのか聞きたいのに」

「怪異のせいで妃嬪たちはふさぎこんでいるのだろう。騒ぎたてるな」

宋祥妃はたいそう物見高い。片時も筆記具を手放さず、宮中で見聞きしたことを書きとめている。いつか稗史を書くために材料集めをしているのだそうだ。

「でも気になるんですよー。妃嬪の胎から黒い石が出てくるなんて大事件ですもん。あれってなにかの卵ですかね？　龍？　鳳凰？　霊亀？　あ、わかった。猫！」

「猫は卵を産まぬ」

「じゃ、鶏でしょう。ふつうの大きさじゃなくて、こーれくらい巨大なやつ」

宋祥妃と話しながら玉階をのぼっていくと、上から足音が聞こえてきた。ひとりの青年が駆け足でおりてくる。否、正確には青年ではない。すらりとした長軀にまとう円領の褠衣（筒袖の長衣）の色は檳榔子黒。縫いとられた饕餮文は蒐官特有のものだ。蒐官は宦官だから、こちらにやってくる彼——丘文泰も男ではない。

「お出迎えが遅れてしまい申し訳ございません、皇太后さま」

文泰はきびきびとした動作で揖礼した。

「ご到着は夕刻とうかがっておりましたので。道中、ご不便はございませんでしたか」

「ない」と答え、美凰はまじまじと文泰を見やった。

「初対面のときとはだいぶ印象がちがうな。禜大夫が板についてきたようだ」

「はあ、そうでもありません。就任早々、怪事件にぶつかって周章狼狽してますよ」

文泰は苦笑いしたが、端整な面輪には憔悴の色が濃かった。当代の禜台には力のある蒐官がすくない。彼らを束ねる禜大夫として苦労しているのだろう。

「話は聞いている。さっそく妃嬪たちが産んだという石を見たいのだが」

「ご案内します。こちらへどうぞ。輿を待たせておりますので」

「ここからだと後宮まで長旅になるな。花影をとおってはだめか？」

禬華を使えば、花影という近道をとおって道程を短縮することができる。

「そなたも一緒に来ればいい」

「はあ、できればそうさせていただきたいですが……人目がありますから」

美凰を乗せるはずの輿が無人で後宮に戻ったのに、美凰は一足先に後宮にたどりついていたとなれば、宮中の人びとは不気味に思うだろうと文泰は言う。

――無理もないか。

やはり禝華の使い手だった凶后。かの鬼女がもたらした恐怖を忘れられない雲上人たちは、彼女とおなじ力を持つ美凰を憎みつつ恐れている。見鬼病事件が落着したのち、封印されたはずの美凰の禝華がなかば目覚めていることが公表されたが、当然のなりゆきとして好意的には受けとめられていない。後宮の怪異についてもできるだけ内密に動くことになっているから、目立つ行動は避けたほうがよさそうだ。

「わかった。輿を使おう」

天子が起居する宮城を昊極宮という。黄琉璃瓦に彩られたこの華麗な宮殿の東側には東宮が、西側には掖庭――すなわち後宮がある。

昊極宮と後宮は比翼門によって隔てられている。極彩色の鸞鳳が彫刻され、金の鋲がうたれた朱塗りの門扉がひらかれるのは、原則として、天子が門前にあらわれたときだけである。もっとも、例外はある。後宮への立ち入りを許された皇族、高位の后妃、そして言うまでもなく、皇太后が開門を命じたときだ。

美凰を乗せた輿は比翼門をとおって紅牆の路を進んだ。皇太后の居所たる寿鳳宮を素通りし、無数の小宮門をくぐって後宮の奥まった場所へ入っていく。いくつもの角を曲がり、方向の感覚がなくなったころ、輿がとまった。左手側に貝紫の甍を葺いた大門がある。黄金でふちどられた扁額には文字が入っていない。

「ここから先は術がかけられていますので、蒐官以外はお供できません」

文泰が言うので、美凰は鹿鳴の手を借りて輿からおりた。素知らぬ顔をしてついて来ようとした宋祥妃の鼻先で門扉を閉め、文泰と美凰だけで先を急ぐ。

方塼敷きの小径をとおって外院に入り、垂花門をくぐって内院に入る。そこは月洞門が永遠のようにつづいていること以外は一般的な内院と変わらない。月洞門の波が途切れると、ようやく正房の屋根が見えてきた。

「後宮にこんな場所があるとは知らなかった」

「さる蒐官が凶后から機密を守るためにこしらえた部屋だそうで。凶后の目からは隠されていたんです。厳重に閉ざされていたので先帝も開くことができず、主上が開門なさいました。扁額には文字がございませんが、玉応殿という名だとか」

文泰が先んじて部屋に入り、美凰はそのあとにつづく。宮灯が照らす室内はまぶしいくらいにあかるいが、後宮らしくもなく調度には装飾がすくない。十重二十重の術で守られているとは思えないほどそっけない部屋だ。

「さしあたって、四つあります」

文泰は壁際の櫃からひとかかえもある朱漆塗りの盒を持ってきた。ふたを開けると、なかには赤子ほどの大きさの黒い石が入っている。かたちはややいびつな鶏卵といったところか。模様はなく、磨きあげた磁器のような光沢を帯びている。

「なるほど。一見して石だな、これは」

美凰はそれにふれてみた。ひんやりとしたさわり心地はまさしく石である。

「石を産んだ妃嬪は、銭貴妃と胡淑妃以外にだれだ?」

「温令容と呂青娥です」

妃嬪の位階は六夫人、九嬪、青娥、婕妤、美人、才人、貴人、御侍となっている。六夫人は貴妃、淑妃、華妃、令妃、和妃、祥妃の六名、九嬪は貴儀、淑儀、華儀、令容、和容、祥容、淑媛、華媛、令媛の九名。青娥以下は定員がない。

「彼女たちはみな、夜伽をしていたか?」

「当然です。夜伽せずに懐妊したら不義密通ですよ」

「懐妊までの期間に不審な点は?」

「ありません。双燕録と照らし合わせてみても、太医の診断を受けた時点では、自然な懐妊のように見えます」

双燕録は夜伽の記録だ。龍床に侍った后妃の姓名や日時、閨中における秘事の一部始終にいたるまで、つまびらかに書き記されている。なかんずく重視されるのは寵を受けた日付。懐胎した際、それが皇胤か否かを見極める材料になるのだ。孕むはずのない時期に孕んでいれば、真っ先に不義密通を疑われる。

「龍床に侍っていない妃嬪は石を身ごもっていないわけか……。夜伽が怪異のきっかけになっている、とも考えられるな」

「主上もそのようにおっしゃって今月はじめから夜伽をひかえていらっしゃいます」

「難儀なことだな。湯氏が後宮を去り、ようやくまっとうに子孫繁栄が望めるというときに、かような事態になってしまうとは」

天凱の皇后湯氏は十になったばかりの少女だった。祖父である湯太宰の強い後押しで入宮し、後宮の主たる皇后の座についたが、いかんせん月事もない年齢だから龍床に侍ることはできない。皇后が幼少なら妃嬪が皇后に先んじて寵を受けるものだが、妃嬪は湯氏に遠慮して夜伽を避けていた。のちに湯太宰が孫娘に言いふくめて妃嬪を皇上の閨に送りこみはじめると、湯氏は悋気を起こして龍床に侍った妃嬪を虐げ、あの手この手で夜伽を妨害した。皇后の責務は掖庭の安寧を保ち、皇上の御子を産み育てることだ。天寵が後宮のすみずみまでいきわたるように肝胆を砕くべきであり、妬心を燃やして宗室の子孫繁栄を妨げるなど、もってのほかである。

嫉妬深い皇后が親族とともに冏都を去り、遅ればせながら後宮が後宮として機能しはじめたころであっただけに、天凱の気苦労が思いやられる。

「妃嬪が石を産んでいることについてはふせていますが、懐妊がわかった時点では石か皇胤か区別がつきませんので、表向きは流産ということで処理しています」

「四人も流産しているとなると、妃嬪たちは揣摩憶測しているだろうな」

「噂はいろいろありますね。凶后の呪詛は言うまでもなく、皇太后さまの……」

文泰が言葉を濁したので、美凰は「かまわぬ」と答えた。

「想像はつく。私が宗室を怨んで呪詛しているというのであろう」

「呪詛云々の部分はおっしゃるとおりなんですが、動機が怨みではなく……」

「ほかにどんな理由があって、私が天凱の子を流させるというのだ？」

「根も葉もない噂に決まっていますが……『湯氏とおなじ理由で』だそうで」

意味がわからず、美凰は小首をかしげた。ややあって、眉根を寄せる。

「その噂の出どころは宋祥妃ではあるまいな」

「さあ、そこまでは……。ただ、いちばんよく聞く噂は、湯氏の呪詛ではないかというものですね。湯氏は主上をいたくお慕いしていたそうですので」

「馬鹿な。湯氏がいくら嫉妬深くとも、皇胤を石に変える力はあるまい」

「私も同意見です。湯氏は郷里で平穏に暮らしているとか。まあ、多少は皇宮を追われたことを怨んでいるようですが、呪詛するほどとは思われませんね」

「凶后のしわざとは考えられぬか」

「その可能性は大いにあります。見鬼病事件の真の黒幕は凶后でしたし、凶后はまんまと逃げおおせていますから」

　紅閨の変後、凶后の遺体は寸断されて燃やされたが、一月経っても灰にならないばかりか、やけどひとつ負わずに生前の色つやを失わなかった。敬宗は火葬をあきらめ、厳重な封印をほどこして各地の霊峰に祀った。それで落着したかに見えたが、希代の悪女はひそかに復活し、京師に厲鬼を放って見鬼病を蔓延させたのだった。

「……すまぬ。私が捕まえていればよかったのだが」

　凶后と十年ぶりに再会した際、美凰は衝撃を受けるばかりでなにもできなかった。

「どうかお気になさらず。いくら皇太后さまが祲華をお持ちでも、相手はあの凶后です。やすやすと捕まることはなかったでしょう」

「しかし、なぜ石なのだろうな？　単なる怪異なら、べつのかたちでもよさそうなものだが。色も気になる。なめらかな手ざわりも、重さも……」

　試しに石を持ちあげてみた。ひょいと抱えられたので拍子抜けする。

「笑えるほど軽いでしょう。そのくせ、玻璃細工のようにもろいかというと、そうでもない。叩きつけたわけじゃありませんが、さわってみると頑丈そうだ」

　石としか思えないが確証はない、という天凱の台詞を思い出した。

「不可解なことが多すぎるな……。現時点でわかっていることを整理しなければ。出産にかかわった産婆と太医にも会いたい。胡淑妃、温令容、呂青娥からも事情を聴かなければならぬ。禜台がとうに調べているだろうが、念のために――」

扉を叩くような音が聞こえた。実際の音ではない。気配で感じるのだ。

「門前で宋祥妃が騒いでいますね。なにかあったようです」

文泰にも聞こえたらしい。石を元に戻し、ふたりして正房をあとにした。

「皇太后さま！　たいへんです！」

玉応殿の門を出ると、宋祥妃がつんのめるように駆けてきた。

「趙華儀が産気づいたみたいですよ！」

「趙華儀？」

「懐妊中の妃嬪です」

答えたのは文泰だった。その横顔に刻まれた険しい表情を見ればわかる。趙華儀の懐妊は、慶事ではないのだ。

「そなたの言ったとおりだ。ひどい難産だった」

客庁に入ってくると、美凰は身体を投げだすようにして榻に座った。孔雀緑の衫襦の大袖にはぽつぽつと血痕が飛び散り、高髻に結った黒髪はところどころほつれている。疲れがにじむ目もとには、ほの暗い色香がただよっていた。

時刻は火点しごろ。いましがた、趙華儀の出産がすんだばかりである。

昨日の夕刻、趙華儀が産気づいたとの一報を受け、天凱は趙華儀が住まう緑雲殿の客庁に奏状を持ちこみ、煩雑な美辞麗句を読み飛ばしながら報告を待った。深更が過ぎても終わる気配がないため、鶏鳴ごろにいったん昊極殿に戻って仮眠をとった。それから拝遼と朝議をすませて政務の合間に高官たちの相手をしたあと、ふたたび緑雲殿の客庁で奏状を読んでいた、というわけだ。

美凰が皇宮に帰還してから、実に一昼夜経っている。

「出血が多すぎる。あれではお産の最中に落命してもおかしくない」

よほど喉が渇いていたのか、美凰は天凱が淹れた茶をひと息に飲んだ。

「趙華儀は何度も気を失った。術を使えば血をとめることはできたが、そうすると胎のなかのものを押し出そうとする気の流れまで滞ってしまい、お産がいっそう長引く。結局、趙華儀の意識を呼び戻して励ますくらいしか手がなかった」

「いままでの四人とおなじだな。出血が尋常の量ではなく、太医は『朝まで母体がもたない』と言った。かといって胎のなかのものを外に出すには産んでもらうしかない。俺もあなたとおなじように意識を保たせるのが精いっぱいだった。銭貴妃のときは生まれる前に貴妃の命が絶えるだろうと覚悟したほどだ。ところが、おびただしい出血にもかかわらず、銭貴妃は明朝、石を産み落とした」

俺が思うに、と天凱は短く言葉を切った。

「石は難産を引き起こすが、生まれないわけにはいかないようだ」

「生まれないわけにはいかない？」

「どうしても生まれなければならぬ理由があるのではないか。だからこそ、あれだけ母体を苦しめておきながら、けっして死なせない」

文泰が生まれたばかりの石を産房から運んできたので確認したが、玉応殿におさめている四つとくらべて変わった点はなかった。

「石を産んだ妃嬪は臥せっていると言ったが……そんなに重症なのか？」

「傍目には重い気鬱に見える。子を喪った婦人がよく患うようなものだ。ただ、やけに俺を避けたがるのが気になる。見舞いに行くと、妃嬪はたいてい寝ているんだが、起きていてもすぐに具合が悪くなって、俺は体よく寝間から追いだされてしまう」

「そなたに合わせる顔がないと自分を責めているのではないか」

「気に病むな、怪異を禦げなかった俺の責任だと言っているんだが……。追いかえされるからと言って放っておくわけにもいかぬ。銭貴妃の例があるからな。軒轅だけでは心配なので、とくべつに寵愛の代わりになるものをそばに置かせている」

天下をあまねく照らし、魑魅魍魎を祓い、万物に陽の気を与える晟烏鏡。その持ち主たる皇帝の寵愛は、妃嬪たちの恐怖心を癒し、気鬱から遠ざけることもできる。

もっとも手っ取り早い方法は夜伽だ。されども、難産が終わったばかりであるうえ、見舞いすらも拒絶される始末だから、べつの策で対応するよりほかない。

「見た目は龍文の衣にすぎないが、化壁(かへき)の一種だ。これを妃嬪の閨に置いておけば、夜伽ほどではないにしろ、それなりに陽の気の影響を受ける」

晟烏鏡から生みだした駆鬼(おにばらい)の呪物(じゅぶつ)を化壁と呼ぶ。そのかたちは武器や装身具など多種多様であるものの、晟烏鏡が放つ強力な陽気で妖物を祓う点は共通している。

「予備を用意しておいた。行幸中に必要になったら使ってくれ。ほかに入用のものがあるなら、先に言ってくれれば助かる。冏都(けいと)を発(た)ってからでは、届けるのに手間がかかってしまうのでな。ああ、そうだ。あなたには前回とおなじように――」

「そなた、大丈夫か？」

美凰が席を立って近づいてきた。柳眉をひそめて天凱のおもてをのぞきこむ。

「くたびれ果てた顔をしているぞ。ちゃんとやすんでおるのか」

「それはこちらの台詞だ。あなたは昨夜、一睡もしていないだろう」

「私とそなたはちがう。私はやすまなくても死なぬが、そなたは死ぬ」

「俺が男だということを勘定に入れ忘れているぞ。体力なら俺のほうが上だ」

「口答えをするな、阿炯(あけい)。殭屍(きょうし)みたいな顔をしているくせに」

天凱を幼名で呼び、美凰は白魚のような指で天凱のひたいをつついた。そのなにげないしぐさは郷愁にも似た感情を呼びさます。かつて美凰が翡翠公主と呼ばれていたころ、美凰は口うるさい姉のようにたびたび天凱を叱った。天凱が書見の最中に居眠りをしたとき、粗野な言葉で悪態をついたとき、宮中儀礼を無視して乱暴なふるまいをしたとき、美凰は柳眉を逆立て、天凱のひたいを指先でつついたものだ。

細い指でつつかれたくらいで痛みを感じるはずはなかったが、ばつの悪さをごまかすために、少年時代の天凱は「痛い」とぶつくさ文句を言うのがつねだった。

されどもいまは、つまらない意地を張る余力がない。日向水のような淡い感傷が胸にひろがって、意味をなさない言葉すらも出てこなかった。

「見鬼病が片付いたと思ったら、この騒ぎだ。後宮に怪異がつづくだけでなく、掖庭を治めていた銭貴妃まで亡くしている。銭家は湯家に代わるそなたのうしろ楯となるはずだったろうに、不運なことだ。面妖な懐妊のせいで夜伽もさせられず、石を孕んだ妃嬪たちのために寵愛にまで骨を折り、さらには綺州の蝗害……。即位して日が浅いそなたにとって、これほどの奇禍はさぞや重荷であろう」

かようなときは、と美凰は気遣わしげに言葉をつづけた。

「皇后がそなたを気遣うものだが、あいにく鸞晶宮は無人だからな……。せめて寵妃はいないのか？　位階は高くなくとも、可愛がっている妃嬪がいるなら、その者を綺州まで随行させては？　すこしは気がまぎれるであろう」

「蝗害を鎮めるため行幸するのだ。妃嬪を連れて物見遊山に行くのではない」

「だからこそ、そなたを気遣う者をそばに置けと言っている。そなたは国事に没頭しすぎて、ともするとおろそかにする。いまもそうだ。もし鸞晶宮に主がいるなら、天子に殭屍じみた顔をさせるとは何事かと皇后を譴責するところだぞ」

殭屍――動く死体にたとえられるとは、よほど憔悴しているらしい。

「これは思わしくない傾向だ。よき天子たろうと奮闘するのはけっこうだが、みずからを癒すこともおぼえよ。そなたの治世ははじまったばかり。この先、数十年とつづけていかねばならぬのに、いまから気負いすぎていては、遠からず精根尽き果ててしまう。息切れしたくなければ、ときには力をぬけ。わが身を追いつめぬように」

「そのために妃嬪を利用しろと？」

「ご宸襟を安んずるのも、妃嬪の大切なつとめ。国をかたむけるほどの偏愛は困るが、適度な寵愛ならばそなたのためにも、ひいては天下のためにも有益だ」

適度な寵愛か、と天凱は空笑いした。椅子の背にもたれ、格天井をあおぐ。

「それで、どうなのだ？　だれを寵愛している？」

「さあ、だれだろうな」

「ひょっとして妃嬪ではない者を寵愛しているのか？　相手は女官か？　女官を寵愛するのは褒められたことではないが、この際、大目に見てもよい。人妻はだめだぞ。

臣下の妻を寝取った皇上はかならず怨まれ、後世に汚名を残す」

「女官にも人妻にも興味はないよ」

「じゃあ、孌童か？　感心はせぬが……そなたにとって必要ならやむを得ぬ。これも度を越してはならぬぞ。ほどほどにせねば、朝廷にそしられる」

「年端もいかぬ小鬼をどうこうする趣味はない」

「ふむ、そうか。孌童でもないとすると……」

美凰が天凱のかたわらに立つ文泰に曰くありげな視線を投げた。文泰は頭を叩かれたようにびくりとして、大げさなほど強く首を横にふる。

「かんべんしてください。龍陽之癖は専門外ですよ」

「俺もだ」

「妃嬪でも女官でも人妻でも孌童でも宦官でもないなら、いったいだれなのだ？」

「だれでもない。これといって心惹かれる者はいないからな」

どこか引っかかりを覚える台詞だ。嘘をついているような気さえする。

「ふうん。どうりで殭屍じみた顔をしているわけだ」

合点がいったというふうにうなずき、美凰はまた天凱のひたいをつついた。

「そなたは亭を持つべきだ」

「亭？　園林の？　そんなもの、そこらじゅうにあるだろう」

「ちがう、そうじゃない。そなたが心をやすめられる場所のことだ。天子といえども人だ。四六時中、進みつづけることはできぬ。どこかで休息をとる必要がある。雷雨に見舞われたときや、炎天にさらされたとき、烈風にあおられて疲弊したときは、亭に入ってひと休みしなければ。そこにあたたかい茶や酒、冷たい飲み物があればなおよい。むろん、空腹を満たすための食べ物も」

「安心して眠れる寝床もほしいところだな」

天凱は長息して、茶卓から蓋碗をひきよせた。

――もし、あなたがあのまま俺に嫁いでくれていたら。

幼帝だったころは、美凰が自分の皇后になるのだと信じて疑わなかった。彼女がそばにいることがあたりまえだった。ふりかえってみれば、当時がいちばん幸せだったのかもしれない。美凰と歩む未来を、無邪気に夢見ていられたのだから。

夢は夢で終わった。天凱は凶后の懿旨で廃され、天凱の叔父にあたる敬宗・司馬雪峰が即位し、美凰は雪峰の皇后として後宮に迎えられた。そしていまや、天凱は皇帝、美凰は皇太后である。めまぐるしく変わる役柄に翻弄されながらも、ひとつだけはっきりしているのは、これは望んだ未来ではないということだ。

「忠告に感謝する。そのうちなんとかしよう」

「できるだけ早く見つけるのだぞ。そなたは限界が近いようだから心配だ」

「そこまで軟弱な男に見えるか？」

「如霞曰く、男はみんな軟弱だそうだ」

否定はできぬな、と笑って、喉まで出かかった言葉を冷めた茶で飲みくだす。

「小言はそれくらいにしてくれ。あなたに言わなければならないことを忘れそうだ」

「なんだ？」

「栄周王を監国に任じた」

監国は皇帝が行幸等で皇宮をあけるとき、皇帝に代わって政務を担う皇太子のことだが、耀では皇太子以外の皇族を任命した前例も多い。皇太子以外が監国となる場合、選ばれるのは兗西以下の素鵲鏡を持つ者と決まっている。兗西以下の素鵲鏡の持ち主は玉座にのぼることが許されないため、皇位を簒奪される恐れがないからだ。

「栄周王……というと、いまはだれだ？」

「大兄だ」

「白遠？　降封されたと噂で聞いたが」

「俺が重祚したときにあらためて栄周王に封じたんだ。大兄はあなたのことを気にかけていたよ。できればもっと早く引き合わせたかったが、あのころは見鬼病が流行っていただろう？　冏都には近づかないよう言っていたので、入京したのは最近なんだ。すでに東宮に入っているから、明日にでも会わせよう」

「息災か、白遠は」

「あいかわらずさ。昔のままだ」

栄周王・司馬恒は字を白遠という。素鵲鏡は尭酉。凶后の夫であった熹宗の皇長子で、天凱の異母兄だ。年は美凰の実年齢とおなじ二十六。ほかの親王同様、皇宮で育っているので幼少時代から美凰を見知っており、天凱よりも付き合いが長い。

「ずいぶんひさしぶりだ。大婚の夜以来だな……」

月のかんばせにかすかな翳がさした。

「あまり会いたくなさそうだな。あなたは大兄と仲がよかったはずだが」

「……昔の話だ。そのかみの私は、無知な翡翠公主だった」

翡翠公主は凶后時代の美凰の通称だ。凶后が彼女を〈わが翡翠〉と呼んで溺愛していたことに由来する。しかし、陰ではだれもが彼女を非馬公主と呼んだ。司馬姓でもないのに公主のような栄華を謳歌する美凰への揶揄をこめて。

「自分が非馬公主とそしられていることも知らなかった……伏氏を弑したのが凶后だということも」

白遠の生母である熹宗のひとり目の皇后伏氏は凶后に暗殺されたといわれている。

「大兄はあなたを怨んではいない。もし怨んでいたら、あなたの助命を嘆願して先帝を激昂させることもなかっただろう」

「……私の助命を嘆願しただと？　白遠が？」

「大兄が降封されたのは、まさにそのせいだ」

紅閨の変後、美凰は投獄され、敬宗の勅命により九日にわたって惨刑に処された。

そののちは皇宮に場所を移して処刑という名の拷問がつづけられた。

美凰が泣き叫ぶたび、冏都には亡国のきざしとされる荊棘が生い茂った。ゆえに美凰の処刑に端を発する一連の事件は荊棘奇案と呼ばれている。まさしく荊棘奇案の最中のことだ。度重なる美凰の処刑は残虐すぎると、白遠は敬宗に直諫した。激怒した敬宗は白遠から親王位を剝奪して郡王とし、南方の僻地に封じた。

「……ならば、二重に怨まれているはずだ。白遠は私の伯母に母親を殺され、私の助命を嘆願したせいで不遇をかこったのだから」

美凰はうなだれた。そうするのが自分のつとめだとでもいうように。天凱は椅子から身を乗りだして、白磁のような彼女のひたいを指先でつついた。

「あなたこそ、殭屍みたいな顔をしているぞ」

「……死にぞこないだから当然だ」

「言い訳をするな。あなたは他人にきびしく、自分に甘い。俺に亭が必要なら、あなたにも必要だ。他人に亭を持てと言う前に、まずはあなたが手本を見せろ」

「私には高牙たちがいるから大丈夫だ」

「高牙たちだけか？」

「ほかにだれがいるというのだ」

美凰はきょとんとして目をしばたたかせる。その表情が雄弁に物語っていた。彼女は幼き日に天凱と結んだ絆に囚われていないと。……天凱のようには。

――囚われるはずもないな、あなたは。

美凰のなかで、天凱は頑是ない童子のままなのだろう。彼女にとっては庇護すべき弟のような存在で、いざというときに頼る男ではないのだ。

そんなことは百も承知だった。だからこそ、先日まで羈祅宮を訪ねることができなかった。美凰に弟あつかいされることに、早晩耐えられなくなりそうで。

「すくなくとも大兄はあなたの味方だ。俺が保証する」

天凱は彼女が見慣れた〝弟〟の顔で美凰を見つめた。

「大兄を信頼しているから、皇宮とあなたを任せられる。安心して頼ってくれ」

「余計なお世話だ。自分の身は自分で守れる。そなたこそ、注意するのだな。晟烏鏡は天子の心を映す鏡だ。そなたの心が疲弊すれば、それだけ力が弱まってしまう」

「わかっている。せいぜい気をつけるさ」

「いかがでしたか、皇太后さまとの逢瀬は」

天凱が客庁を出ると、扉の外で待っていた銀髪の宦官が青い瞳をじっとりと細めて問うた。紫衣内侍省次官にして皇帝付き首席宦官の過貪狼である。

「おまえのことだ、盗み聞きしていたんだろう。あれのどこが〝逢瀬〟なんだ？」

「ひたいをつつき合っていちゃついていたじゃありませんか」

「のぞき見とは高尚な趣味をお持ちで」

「主上が馬鹿なまねをなさらぬよう見張るのは、奴才の大事なつとめですから」

「馬鹿なまねはしなかっただろう？」

「まあ、今日のところはかろうじて。今後はわかりませんがね」

貪狼の胡乱げな視線をかわし、内院をとおる。日中の暑気を残した夕風がさわさわと庭木を揺らしていた。ふと顔をあげると、朱赤に咲く石榴花が目に入る。

──桃花は散ったのか。

そう思って、天凱は自嘲した。かなりまいっているらしい。とうに春が過ぎ去ったことにも、気づかずにいたとは。

「御身の臣であり甥である恒が皇太后さまにごあいさつ申しあげます」

冕服を着た三、四歳の童子がうやうやしく跪拝した。小さな両肩に躍る金龍の爪は四本。九旒の冕冠とともに監国の位をあらわす。

「楽にせよ」

「感謝いたします、皇太后さま」

危なっかしい動作で立ちあがるのが愛らしく、美凰は思わず顔をほころばせた。

「上手にあいさつできた褒美に水菓子をやろう。こちらへおいで」

「はい、皇太后さま」

童子は立派な衣装を重そうに引きずりながらとてとてと歩いてくる。美凰は童子を膝に抱きあげ、茶几から玻璃の器をとった。ひと口大に切られた黄杏を手ずから食べさせてやれば、童子はふくふくしい顔いっぱいに笑みを浮かべる。

「とってもおいしいので、皇太后さまにも食べさせてあげます」

「では、ひとつもらおう」

「おいしいですか？」

「冷たくておいしい。そなたももっと食べよ」

「……いったいいつまでつづくんだ、この小芝居は」

天凱があきれ顔でこちらを見ている。逞しい長軀にまとっているのは、童子とおなじく青黒い上衣に纁色の裳を合わせた冕服だ。両肩と大袖に躍る金龍の爪は五本、冕冠の垂旒は前後合わせて二十四本。いずれも天子の位をあらわしている。

「目を覚ませ、美凰。いくら見てくれが童子でも、中身はあなたと同年の男だぞ」

「そんなことはわかっているが。この愛くるしさには逆らえぬ」

美凰がふっくらした頬をつつくと、童子はきゃっきゃと笑う。

「大兄も大兄だ。いい年をしてよく童子のまねなどできるな」

「君も抱っこされたいのかい。だったら私みたいに童子におなりよ」

「俺には羞恥心というものがあるんだ」

「馬鹿だなあ。羞恥心なんか捨てれば美凰に可愛がってもらえるのに」

「そのとおりだぞ、天凱。そなたも童子の姿になれ。さすれば私は両手に花だ」

三つの童子になった天凱を想像して、美凰はにっこりした。

「子ども好きも行き過ぎると病気だな」

「可愛らしいものを愛(め)でたくなるのは人の性(さが)であろう」

「見た目が童子なら中身が大の男でもよいのか？」

「よいな。そなたは大きすぎて可愛くないが、童子の姿になった白遠(はくえん)は可愛い」

「君が喜んでくれるなら、ずっとこの姿でいようかな」

美凰の膝の上にちんまりと座っているこの童子こそ、栄周王(えいしゅうおう)・司馬(しば)白遠である。

――あいかわらずだな、白遠は。

数日前、白遠とおよそ十年ぶりに再会した。場所は今日とおなじ寿鳳宮(じゅほうきゅう)の客庁(きゃくま)。美凰は身じまいをすませて待っていたが、待てど暮らせど白遠はあらわれない。

遅いなとつぶやくと、かたわらに立つ鹿鳴が笑いだした。どうしたのかと問えば「なんでもありません」と言う。しばらくすると鹿鳴がまた忍び笑いをするので、ますます奇妙に思った。鹿鳴は美凰の前では一貫して冷淡で、けっして笑わない。もし美凰が鼻から麺を噴き出したとしても、くすりともしないだろう。

これはいよいよおかしいと思い、美凰は鹿鳴らしからぬ鹿鳴を睨んで誰何した。

「まだわからないのかい？」

飛びはねるような声音に聞き覚えがあった。しかし、背格好や目鼻立ちは鹿鳴そのものである。気味が悪いほどににこにこしていること以外は。

「……そなた、白遠なのか？」

素鵲鏡にはおのおのが得意とする術がある。持ち主の力の度合いや資質に影響されるが、たとえば嘘を見抜く術や未来を読む術、幻を生みだす術、病を癒す術などがそれである。白遠の場合は己の姿を自在につくりかえる、変化の術だった。

――以前はもっと下手だったのに。

鯉になろうとして顔だけ魚になったり、狐に化けようとして蛙になったり、牡丹に化けようとして耳から花を咲かせたり。櫃に化けそこねたときは両腕だけ人のままだったし、壺に化けそこねたときは足が生えた大皿になっていた。

だがいまや、本物と見分けがつかない化けっぷりだ。

「ずっとはやめろ、大兄。これから出立の儀式が行われるんだぞ」

「よいではないか。白遠が変化の術を使えることは秘密ではないのだから」

「儀式には威儀が必要なんだ。俺の不在中に皇宮をあずかるはずの栄周王が三つの童子のなりでよちよち歩きをしていたら、百官に侮られる」

「それもそうだな。ならば、きびきびと歩けば？」

だめだ、と天凱はにべもない。美凰はしぶしぶ白遠を膝からおろした。

「あーあ。そのままでよかったのに」

「可愛くないものを膝にのせておく趣味はない」

「元の姿になっても私は可愛いよ？」

「そんなことを思うのはそなただけだ」

ひどいな、と笑って白遠は右手をひらりとふる。すると、そこに玉笛(ぎょくてき)があらわれた。白遠が玉笛を吹けば、転がる鞠(まり)のようにかろやかな音色があふれだす。陽気な旋律に導かれ、白遠をかたちづくる線は水ににじんだ墨のようにぼやけていった。それはゆらゆらと引きのばされて、ふたたびはっきりとした輪郭を描いていく。

――兄弟にしては似ていないな。

しいて似通っている点をあげるとすれば、無駄に高い背丈くらいか。どちらも女好きのしそうな顔立ちだが、天凱が冕服を着ていてもわかるほど武張った体軀であるのに対し、白遠はやや細身の文人らしいしなやかな姿つきをしている。おまけに涼やかな目じりには甘ったるい色香さえただよわせた、絵に描いたような優男だ。

「どうしたんだい、ぼうっとして。私に見惚(みと)れているのかい」

白遠が玉笛の先で垂旒(すいりゅう)を持ちあげ、茶化すような笑みを浮かべた。

「あきれているのだ。昔は私と背丈が変わらなかったのに、なんだそのふてぶてしい図体は。いったいなんの必要があってそこまで背が伸びたのだ」

「さあね。どういう必要があったかは知らないけど、こうして君を見おろすのはなかなか好(い)い気分だよ。ね、天凱？」

「俺に話をふるな。ただでさえ大きくなりすぎたと美凰に責められているんだぞ」

「ここは逆に考えてみよう。私たちが大きいのではなく、美凰が小さいのだと」

「私のせいにするな。あきらかにそなたたちが成長しすぎたのだ。おかげで私はそなたたちを見あげねばならぬし、そのせいでひどく首が疲れる。迷惑きわまりない」

「困ったね、美凰はご立腹だよ。さあ、天凱。ご機嫌をとってくれたまえ」

「処置なしだ。放っておけ」

「あきらめてはだめだよ。なにか妙策が……あ、そうか！　君が童子になれば」

「冗談じゃない。俺には羞恥心があると言ったろう」

「この場だけでいいから羞恥心にふたをして、兄の顔を立てると思って、ね？」

「孝悌なる者は其れ仁の本たるか――兄には従うものだぞ、天凱」

美凰が絹団扇の陰からちらりと見やると、天凱は深く息をついた。

「わかったよ。一度だけだぞ」

天凱が虚空に鏡文字で〈歸〉と書くや否や、六尺あまりの長軀が見る見る縮んで、三尺足らずの童子になる。晟烏鏡は素鵲鏡をもとにして生みだされるので、素鵲鏡にできることは、おおむね晟烏鏡にも可能なのだ。

「ほら、これで満足か？　まったく、なんで俺が小鬼の姿なんかに――」

最後まで言わせず、美凰は宝座から立ちあがって天凱に抱きついた。

「なんとまあ可愛らしい！　小さい顔、ちんまりした肩、丸っこい手。頰っぺたはふにふにして、蒸したての包子のようだ。ふふ、つつくとえくぼができるぞ」

「俺の顔で遊ぶな」

「この大きさなら、私でも抱きあげられるな。ほら、抱っこしてやろう」

抱きあげてみると思ったより重たかったが、美凰の腕力でも耐えられるくらいだ。

「やはり小さいほうが可愛いな。私の腕にすっぽりおさまる感覚がこたえられぬ。そなたがいつも童子の姿でいてくれれば、こうやって抱っこして楽しめるのだが」

「そんな倒錯的な遊びには付き合いきれんぞ」

「いいじゃないか。皇太后さまのご機嫌をとるのも皇帝のつとめだよ」

「あっ、いま妙案を思いついたのだが」

「このまま儀式に出るのは死んでもごめんだからな」

　天凱がじたばた暴れるので、美凰はやむをえず〝妙案〟を心のなかに封じた。

「で、いつごろ綺州に着く予定だ？」

「鏡殿をとおるが、それなりに距離があるからな。十日ほどはかかるだろう」

「そなたと蒐官だけが先に行くのか？　随従たちは？」

「連中の船も鏡殿を介して運河をくだることになっている。数が多いからそのぶん速度は落ちるが、長く見積もっても半月ほどで綺州入りする見込みだ」

　晟烏鏡のなかを鏡殿という。鏡殿をとおれば路程を省略できるので、通常なら最低でも一月以上はかかる旅程が大幅に短くなる。ただし本来、鏡殿に入るには玉体にふれなければならない。綺州行幸には多くの文官武官が随行するが、彼らは冏都と綺閃地方をつなぐ運河を船でくだっていくので、船ごと鏡殿に入る必要がある。

「どうやって大型の戎克船ごと人員を鏡殿に引き入れるのだ？」

「血を使うんだ」

　己の血から三足烏を生みだし、それぞれの船に飛ばすのだという。

「船は何艘随行するのだ？」

「行幸には十二艘の船が随行する決まりだよ。天凱が乗る船を合わせたら十三だね」

「十三艘も！　なんという無駄だ」

「俺も高官どもにそう言ったが、国の威儀がどうのとやつらが譲らぬ」

「そなたと蒐官だけが行けば随従はいらぬのではないか」

「小勢で行けば綺州側に侮られる。蝗災にあえぐ綺州の民を慰撫するため、皇帝の行幸という体裁をととのえなければならぬ。とはいえ、人員はできる限り削ったが」

「さようか。そなたも苦労しているのだな。この小さな身体で……」

「……あのな、美凰」

「わかっている。せめて想像させてくれ」
三、四歳の天凱が廟堂で高官たちと渡り合う姿を思い描き、ひとり涙ぐむ。
「いじらしいことだ……。こんなに小さいのに立派に天子のつとめを果たすとは」

「……大兄、笑ってないで助けてくれ」

「君こそ、この状況をたっぷり楽しんでおくべきだよ。今日、皇宮を出立したら、最短でも数か月、下手をすれば半年は会えなくなるんだからね」

「大げさな。鏡殿を使いさえすれば、いつでも顔を合わせられる」

「でも、抱っこはしてもらえないよ？」

「そうか……今日を最後にしばらくは天凱を抱っこできぬのか。では、いまのうちにたくさん抱きしめておこう。このふにゃふにゃした触感を忘れぬように」

「……頬ずりするな。頼むから正気に戻ってくれ」

美凰がぎゅっと抱きしめると、天凱は愛らしい童子の声で抗議した。

――天凱がいなくなるのは、心もとないな。

不安が胸にきざしている。白遠はほんとうに美凰を憎んでいないのだろうか。天凱に念押しされても、手放しでは信じられない。白遠が微笑んでいるからと言って、彼の心が同様だとは言いきれまい。笑顔は、悪意を隠すのにうってつけの仮面だ。

宮城(きゅうじょう)は黎献門北廓(れいけんもんほくろう)、皇城司(こうじょうし)の内院(なかにわ)に木刀をふるう大男の姿があった。

「それくらいにしたらどうだい」

「まだまだだっ！」

もろ肌を脱いで筋肉の鎧(よろい)を炎天にさらし、気合の声を飛ばしながら一心不乱に木刀をふりまわして見えない敵をばっさばっさとなぎ倒す姿は、戦場を駆ける勇猛な武将そのものだ。ただし、この大男、科挙に及第した生粋の文官である。

「物好きだねえ。夏の真昼に武芸の稽古なんかしてさ」

皇城司次官、皇城副使(ふくし)・孔綾貴(こうりょうき)は窓に寄りかかって扇子をぱたぱたさせた。

「だらけてないでおまえも木刀を持て！　俺が相手になってやる！」

「けっこうだよ。君を見ているだけで稽古をした気になったからね」

「おまえ、武官のくせに、そんなことで主上をお守りできるのか!?」

高らかに吼えたのは、宗正寺次官、宗正少卿・袁勇成だ。

「主上は亜堯でいらっしゃる。私がお守りしなくても、ご自分でなんとかなさるよ」

「警護をつかさどる皇城司に籍を置きながらなんという言い草だ！　怠け者め！」

「八つ当たりはやめたまえ。私を怒鳴っても、君がふられた事実は変わらないよ」

「……それを言うな！」

勇成はめったやたらに木刀をふるう。むさくるしい顔は汗と涙でぐちゃぐちゃだ。

「くそっ、今度こそ脈ありだと思ったのに！　見合いのとき、先方のご令嬢はずっと笑顔だったんだ。いや、彼女は帷帽で顔を隠していたから直接見たわけじゃないが、これまでの見合い相手のように怯えている気配はなかった。……なのに！」

「君の熊みたいなご面相が気に入らないって、お断りされちゃったわけだね」

「……たしかに俺は美丈夫じゃない。だが、働き者で上官の信頼は厚いし、博奕も女遊びもやらない堅実な男だ！　花婿として不足はないはずだろう！」

「だね。君ほど夫に向いている男はいないよ」

「そうとも！　男は見た目じゃない。質実剛健こそ、男の美徳だ！　しかるに、世の女人はちゃらちゃらした優男ばかりもてはやす！　見てみろ、俺みたいな真面目な男が三十路をすぎても独り身をしいられてるってのに、栄周王には九人も側妃がいるんだぞ！　九人だぞ！　うらやましすぎる！」

「皇族にしては良心的だよ。皇兄なのにたった九人しか側妃をお持ちじゃないなんて」

「良心的だと！　ふざけるな！」

　木刀で虚空の敵を斬り払い、勇成はこちらをむいてこそこそとつづけた。

「栄周王府からは夜な夜な悲鳴が聞こえてくるって噂なんだぞ。実際、側妃は頻繁に太医の診察を受けている。診籍には、ひどいやけどや怪我、極度の衰弱の様子が記録されていて痛ましい限りだ。この十年で死亡した側妃は二十数名もいる」

「栄周王が側妃を虐待しているっていうのかい？」

「その疑いがあるんだ。栄周王には御子が十人以上いらっしゃるが、みんな栄周王の胤じゃない。前夫の子だ。王府に入ってから身籠った者はいないからな」

「側妃たちの来歴はどうなってるんだい」

「大半は寡婦ということになっている。これが臭いんだ。栄周王府に迎えられた側妃は総勢で五十人余りいるが、そのほとんどが寡婦というのは、偶然にしてはできすぎてると思わないか？　しかも多くの者が身重のまま王府に嫁いでいる」

「栄周王が懐妊中の夫人を無理やり攫ってきたとでも？」

「ありえないとは言えぬだろう。昨今、宗室の風紀紊乱が目に余る。未婚の女子が身籠るわ、異腹の兄妹が私通するわ、息子が亡父の寵妃の屍を辱めるわ、親王が公然と断袖に耽るわ……もはや身重の寡婦を強奪したくらいでは驚かぬぞ」

宗正寺は皇家の諸事をつかさどる。宗正少卿として金枝玉葉の醜行をいやというほど見てきたためか、勇成はげんなりしたふうに渋面をつくった。

「栄周王が漁色家だとは聞いてるよ。郡王でいらっしゃったころも花街で遊び歩いていたらしいしね。でも、身籠った寡婦をわざわざ娶るのは奇特としか言いようがないな。前夫の子を王府で産ませて育てるなんて、たいそうな仁者じゃないか」

「その仁者さまが側妃をときおり離縁するんだ。場合によっては子女ごと王府から追い出すこともある。離縁の理由は七出じゃない。『飽きがきたから』だぞ？　しばらくすると、またどこからか女人を見つけてきて側妃にするんだ。だから、どれだけ亡くなっても離縁しても側妃はつねに十人前後いる」

「なのに、王府で身籠った者はいない？」

「妙な話だが。ひょっとすると、秘密裏に処理しているのかもしれぬな」

「なおさら妙じゃないか。側妃に子ができたのなら、産ませればいいだけだろう」

「特殊な性癖なのかもしれぬ。色事そのものには関心が薄く、ただ痛めつけることを楽しんでいるとすれば、子を殺すことも歓楽のひとつだろう」

「君の話を聞いていると、栄周王は極悪非道な冷血漢のように思えるけど、主上は信頼なさっているんだろう？　そうでなければ監国に任じないはずだ」

「おふたりとも先帝に冷遇されていたからな、親近感があるんだろう。郡王時代は監視をかいくぐって暗々裏に行き来なさっていたそうだ」

「ということは、栄周王の行状は主上もご存じなんだね」

「それがどうも解せない。皇族の頭数が目に見えて減っているとはいえ、監国の任に堪えうるかたはほかにもいらっしゃる。なんでよりにもよって、お世辞にも品行方正とはいえない栄周王に皇宮をゆだねて行幸なさったんだろう？」

　さあね、と綾貴はぎらつく日ざしに目を細めた。

「ご宸念ははかりがたいものだよ。下手な詮索はひかえたほうがいい」

「それはそうだが……栄周王には動機もあるからなあ」

「動機ってなんだい？」

「皇族に生まれながら、けっして皇位には届かない場所にいらっしゃることだ。おなじ嫡子でも、素鵲鏡の力がちがうだけで片方は一親王、片方は皇帝だぞ。複雑なお気持ちを抱えていらっしゃるはずだ」

「皇位につけないから、その腹いせに側妃を痛めつけていると？」

「滅多なことは言えぬが……竹の園生と呼ばれるかたがたも、人にはちがいないからな。怨みを抱くこともある。先帝のように……」

敬宗がひそかに育てた怨憎。その激烈な発露を、冏都の士民は目の当たりにした。

「怨みを抱くのは皇族がただけじゃないさ。銭太宰が怨み言をこぼしていると聞いたよ。銭貴妃がお隠れになったのは、皇太后さまの呪詛にちがいないと」

「皇太后さまには動機がないだろう」

「高官たちが言うには、動機はあるそうだよ。皇太后さまは湯皇后を排除し、銭貴妃を亡き者にして、ゆくゆくは自分が後宮の主におさまるおつもりだって」

　皇后が空位になった直後から、高官たちは銭貴妃の立后を再三進言した。銭太宰の根回しがあったことはあきらかだったが――あきらかであったためか――今上は「立后は国の大事なのでよく吟味する」と言って返答を濁した。

「劉氏を立后するために鸞晶宮をあけておくつもりじゃないか、なんて勘繰る者もいるけど、ありえないと思うね」

「言うまでもない。甥が叔母を娶るなど、人倫にもとる蛮行だ」

「人倫云々というより、皇太后さまが承知なさらないんじゃないかな。皇太后さまにとって、皇宮は居心地のいい場所じゃないからね」

「なんにせよ、後宮の問題はあとまわしでいい。綺州の蝗害がおさまるまでは」

　滝のような汗を手巾で拭い、勇成はしかめっ面を上向けた。夏空に燃える日輪。炎帝の苛烈な打擲は、蝗災にあえぐかの地をも容赦なく焦がしているだろう。

「聞きしに勝る惨状だな……」

見渡す限りの荒れ地が天凱の眼前にひろがっていた。

綺州北部、雍図県。収穫を来月にひかえ、色づきはじめた稲穂が茂っているはずの広大な水田は、どこにも存在しなかった。ちらほらと豊穣の名残が弱々しく気配をとどめているものの、視界に映るのはもっぱらひび割れた地肌である。

「こいつはすげえや。見事になんにもねえ」

となりに立つ青年がひたいに手をかざして口笛を吹いた。青年の名を阮雷之という。禁大夫・丘文泰の配下で、禁台の次官たる禁中丞をつとめている。綺州行幸に随行した蒐官のなかではもっとも高位だが、その粗野な口調はさながら山賊だ。

「なーんもねえは言いすぎか。飛蝗どもの死骸ならそこらじゅうに転がってら」

おまけに度しがたい悪食で、目についたものはなんでも口に入れてしまう。

「おい、そんなものを食うな」

「大丈夫ですって。俺、生まれてこのかた腹壊したことねえですから。んーまあ、うめえもんじゃねえですけど、けっこういけますぜ、これ」

蒐官にはおのおの霊力がそなわっている。雷之の場合は百毒を体内で解毒する力だ。どんな奇抜な代物を貪り食おうと死にはしないとわかっているが、飛蝗の死骸をばりばりほおばる姿は見ていて気分のいいものではない。

「文泰を連れてくれればよかった」

「まったくですぜ。俺だって飛蝗よりは女体を喰いてえし。あー、誤解なさっちゃいけませんぜ。俺が喰うのは女官どもで、妃嬪には手を出さねえんで。にしても、綺州にゃ美人が多いそうで。そっちはそっちで楽しみですぜ」

「お楽しみは当分先だ。このありさまでは」

大運河をくだる皇帝一行に先んじて綺州入りしたのは、寸刻前のこと。ひと息つくより早く現場を視ようと、比較的初期の段階で被害を受けたという北部までやってきたが、想定していたよりも事態は深刻だ。

「雍図県の一期作は絶望的だな」

「二期作だって似たようなもんですぜ。あとからあとから飛蝗どもがわいてきやがるんで、植えた先から苗が食われちまう。いやその前に苗床がやられてるだろうなあ」

綺閃地方では二期作や二毛作がさかんで、旱魃に耐性のある稲や麦が栽培されている。天災には強い土地だが、飛蝗の大群に襲われればひとたまりもない。

「綺州知州事からの報告じゃ、最初の被害は先月だってことになってますがね、どうもくせえですぜ。飛蝗どもから鳴桑のにおいがぷんぷんしやがる」

雷之は飛蝗を咀嚼しながら顔をしかめた。

「鳴桑といやあ、綺州だったら東部にしか生えてねえ灌木だ。こいつをたらふく食ってるところを見るに、やつら東から飛んできたんじゃねえですかい。先月ここら一帯がやられたとすりゃあ、その数か月前には東部が食い荒らされてるはずだ」

「綺州知州事が報告を怠っていたということだな」

　蝗害が発生すれば、いち早く朝廷に報告しなければならない。蝗災は水害や干害と同様に天譴——天の譴責だからだ。飛蝗が空を覆い、作物を食い荒らすのは、政に過ちがあるためだと大昔から言い伝えられている。禅譲や放伐でいくたび王朝が替わろうとも、皇帝たちは蝗災を恐れつづけた。三百年前から天下に君臨している耀帝も例外ではなく、太祖の御代から朝廷は駆蝗に肝胆を砕いてきた。駆蝗の肝はなんといっても迅速に策を講じることである。発生から時間が経てば経つほど飛蝗は遠方まで移動し、その通り道を一面の荒野に変えてしまうのだ。

　時を移さず駆蝗策を講じるため、朝廷は蝗害のきざしを見つけたらすみやかに奏上するよう、各府州県に言いわたしている。州の長官たる知州事には独自の救荒策で蝗災に対処するかたわら、被害状況を朝廷に上申する義務があるわけだ。

　さりながら愚直に義務を果たす者はすくない。天譴であるがゆえに、蝗害が発生する場所には悪政がはびこっていると見なされる。蝗災を報告すればみずからの失点となり、栄達の道が閉ざされ、ともすると左遷や免官に追いこまれてしまう。保身に長けた地方官は蝗害を隠蔽し、あるいは被害を過少報告してごまかす。それで蝗災が去ればよいが、悪化の一途をたどれば塗炭の苦しみを舐めるのは民だ。罹災民の窮状が天子の耳に入ることはない。朝廷の重鎮に賂を贈りさえすれば、地方官の失策はなかったことにされるか、功績にすりかえられてしまうのである。

——この国はさながら腐った老木だ。

天凱の廃帝時代、現任の綺州知州事・懐孝国はかつて天凱が封じられていた嬰山郡にほど近い錘州の知州事をつとめており、かねてより悪名をはせていた。凶后時代には凶后におもねり、政変後は敬宗に媚を売って私腹を肥やしてきた奸臣ゆえ、綺州に蝗害ありと聞いても驚かなかった。被害の発生時期を偽っていることも、驚愕には値しない。そんな些末なことよりも天凱の胸中をかき乱すのは、懐孝国のような悪臣が天下にごまんといるという事実である。

「こいつらはまだ可愛いほうだ」

天凱は地面に屈んで飛蝗の死骸を手に取った。

「もっと厄介な飛蝗は進賢冠をかぶり、錦の衣をまとっている」

まったくで、と雷之が肩を揺らしたときだ。

前方から轟音が近づいてきた。空が唸っていると思ったのはあながち間違いではない。炎天を真っ黒に塗りつぶす飛蝗の群れ。その襲来が目前まで迫っていた。

――まるで貪官汚吏(たんかんおり)どもだ。

蝗災が天譴と呼ばれるのも道理である。天下の作物を貪り、万民に飢餓と絶望をもたらす貪欲な害虫の大群は、国を食い荒らす悪徳官僚の暗喩にほかならない。

皇帝一行は益江(えきこう)から綺州へ至る賛河(さんが)沿岸で綺州知州事・懐孝国(かいこうこく)に迎えられた。

「綺州知州事を拝命しております懐恩(かいおん)がつつしんで主上にごあいさついたします」

沿岸にそびえる楼閣の一室。そのきらびやかな床にひれ伏す男を、紫衣内侍省内侍監(しいないじしょうないじかん)・過貪狼(かたんろう)は冷めた目で見おろしていた。

――悪人に限って〝恩〟だの〝孝〟だのと似合わねえ文字を使いやがるんだよな。

姓は懐、名は恩、字(あざな)は孝国。豊かな州を渡り歩き、膏血(こうけつ)を絞って肥え太ってきた貪官にしては字面が上等すぎる。こんなやつは〝醜〟だの〝汚〟だので十分だ。

「こたびはかしこくも小州(しょうしゅう)に行幸(ぎょうこう)の栄を賜り、恐悦至極に存じます。亜堯(あぎょう)であらせられます主上を奉迎いたしますことは、末代までの栄誉、千年の誉れにございます。目下、小州は災禍に見舞われておりますが、行幸を賜りましたからには、厄害は皇威(みい)に恐れをなして遠からず去るにちがいないと確信しており……」

聞く値打ちもない美辞麗句がたらたらとつらねられていく。

「つきましては、臣下一同、報恩謝徳(ほうおんしゃとく)の念を表しまして、ささやかながら小宴をもうけさせていただきとう存じます。長旅でお疲れのところ恐縮至極ではございますが、なにとぞ、ご臨御を賜りますよう、伏してお願い申しあげます」

貪狼はいったん御簾のなかに入る。玉座には龍袍姿の今上、司馬天凱——ではなく、天凱そっくりの青年が腰かけている。

彼の名は侑蒼梧という。顔かたちや背格好が鏡に映したように瓜二つなのは、蒼梧が晟烏鏡によって生み出された天凱の写しだからだ。

貪狼は蒼梧——天凱から聖言を賜ったという体で御簾の外に出た。

「綺州知州事の心づくしの奉迎に、主上はたいへん満足なさっています」

宴には喜んで出席するということである。

「波風は立てるな。懐孝国が歓待するというなら機嫌よく受けておけ。この非常時に宴などやっている場合かと叱責すれば、やつの面目が丸つぶれだ」

孝国の顔を立てろと、天凱は強く指示している。

「懐孝国は典型的な銅臭官僚だが、一知州事と侮るわけにはいかぬ。やつが治めているのは天下の要所だ。やつ自身は世故に長けており、廟堂にも知己が多い。到着早々、軋轢を生じさせても得るものがない。せいぜい堕落した皇帝を演じて油断させておけ。行幸の目的は救災ではなく、物見遊山であるかのようにな」

天譴たる蝗災の原因は孝国の悪政にある。理想と野心に燃える若き君王なら、青臭い正義感に突き動かされて、蝗害を発生させた知州事の顔を見るなり譴責するだろうが、一度、廃帝の憂き目を見ているせいか、天凱はさすがに慎重だ。

州府にてもよおされた宴は〝小宴〟には程遠いものだった。

池に張りだした石造りの巨大な画舫は、玻璃の入った百千の灯籠で照らされ、涼しげにさざめく水面にあでやかな翳を落としている。船上には三層建ての楼閣がそびえ、各階には金を炊ぎ、玉を饌うばかりの美食がならび、崑崙山の女仙かと見まがうほどの美女がかぐわしい銘酒を注ぎ、華やかな歌舞音曲で興を添えた。

ここはまるで天堂の宴席だ。州内には飢民があふれているというのに。

――二君に仕えた佞臣だからな、媚びへつらいはお手の物だろう。

孝国は見鬼病を鎮めた今上を詩賦で称え、亜堯の御代は百年栄えるであろうと誉めそやした。天凱が聞いていれば反吐が出ると言っただろうが、往々にして権力者は聞き苦しい諫言よりも耳が蕩けるような甘言を好むもの。孝国のような佞臣は主君が聞きたがる言葉を熟知しており、歯の浮くような台詞をひっきりなしに吐く。

さんざん追従したあとは、英雄が好むものを勧めてくるのが常道である。

「主上は天下の美女を集めた後宮をお持ちですから、田舎娘よとお笑いになるやもしれませぬが、行宮でのお側仕えに小州各地から選りすぐりの美姫をそろえました」

〝田舎娘〟が謙遜であることは、女官や芸妓の花顔を見ればあきらかだ。綺州は名だたる美女の産地。富家の妾室にはかならず綺州美人がいるといわれるほど。

「美女を勧められたら、二人ほど見つくろって寝所に連れこんでおけ」

と天凱に命じられているので、行宮の閨に五人の美姫を連れこむ。蒼梧とふざけて酒を飲んだり飲ませたりしているうちに、美姫たちはくたりと寝込んでしまう。

「死んじゃったのか？」

蒼梧が天凱の声でおそるおそる問うた。

「眠っているだけですよ。酒に薬を盛ったので」

円卓に突っ伏してしまった美姫たちを寝床に運ぶ。天子の暴淫を想定しているのか、やたらと広い牀榻だ。五人くらいは余裕をもってならべられる。

「だ、だめだぞ、そんなことしちゃ」

貪狼が美姫の衣服を乱暴に引き剝いだので、蒼梧はおろおろした。

「しなきゃだめなんですよ。今夜、主上は美女たちと巫山之夢をごらんになるんですから。思いっきり痕跡を残しておかないと。ほら、あなたも手伝ってください」

蒼梧に手伝わせて美姫たちをあられもない姿にしたあと、皇宮から持参した特殊な器具を使って、たわわな白い柔肌に荒淫の証をつけていく。二、三日すれば自然に消えるものだが、激しい淫事が行われたことを証明するには十分だ。

「主上は二人って言ったんだから、五人も連れてこなくてよかったんじゃないか」

「二人じゃすくなすぎるでしょうが。主上は壮健な男子なのですから、五人くらいはいっぺんに相手にできます。ま、この倍でもよかったんですがね。とはいえ、多すぎると、こちらが足りなくなりますから、これくらいが程よい人数かと」

貪狼は用意していた小ぶりの酒壺をとりだした。

「なんだ、それ」

「奴才特製の疑似陽精です。材料は秘密ですが、食べても無害とだけ言っておきます」

「うええ、生々しい……」

「真実味の演出のためです。さあ、これを美姫たちの身体に塗りたくりますよ」

柄杓で中身をすくって、むき出しの柔肌にぺたぺたと塗りつけていく。

「うわっ……この女たち、様子が変だぞ」

美姫たちの唇から嬌声がもれはじめたので、蒼梧がぎょっとした。

「夢を見ているんですよ。とびきり淫猥な夢をね」

酒に混ぜたのは貪狼が独自に調合した媚薬だ。夢のなかで淫楽の限りを尽くし、なまめかしい声をあげつづける作用がある。

――亜堯は精力絶倫だと、明日には噂になっているだろうな。

痛い腹を探られまいと阿諛追従に腐心している孝国はほっと胸をなでおろすにちがいない。御しやすい天子と侮られていたほうが好都合だ。

「華儀趙氏。祠部郎中、趙霈の嫡四女。齢十七」

紅衣内侍省内侍監・圭鹿鳴が文書を読みあげるように淡々と言う。

「人となりは順良にして清淑。慎み深く物静かで、人前では発言をひかえる傾向があります。湯氏が後宮を牛耳っていたころは湯氏に、湯氏が後宮を去ってからは銭貴妃に従っておりました。趣味は読書と散策。好物は禾虫の蒸し煮、蛇の羹、土肉の炙り焼き、短蛸の丸煮、天蛾の酢漬け、田螺の香草炒め、榴蓮の酥餅……」

「榴蓮？」

「南方の果実です。表面はかたいとげ状で、なかには栗のような果肉が入っているとか。腐った牛肉、あるいは腐った大蒜のにおいがするそうです」

「……健啖家なのか」

「そのようです。嫌いなものは皆無だそうですので」

美凰を乗せた輿が緑雲殿にむかっている。趙華儀を見舞うためだ。

「龍床に侍ったのは二度。初回は湯氏が皇后であったころで、夜伽が解禁されてからはじめて龍床に召された妃嬪であったため、悋気を起こした湯氏に虐げられました」

「なにをされたのだ？」

「兵糧攻めです」

料理の品数を極限まで減らされ、味気ない小米粥ばかり出されていたという。

「かような話は聞いておらぬぞ」

「些事ですから申しあげておりません」

「皇后が妃嬪を虐げることが些事なのか？」

「皇太后さまは厲鬼祓いに奔走なさっていらっしゃいましたので、后妃のつまらぬ諍いで御心をわずらわせまいとご報告をひかえました」

「今後は些事も哀家の耳に入れよ。哀家は主上に掖庭を任されておる身だ。主上がご回鑾あそばされた折、おあずかりしたときのままでおかえしせねばならぬ」

後宮の乱れは遠からず外朝に波及する。些末な問題と軽視してはならない。

「悪しき皇后が君臨していても困るが、皇后なき後宮は危ういものだ。しかも現在は貴妃までもが空位。妃嬪を統率できる者がおらねば、ご宸襟がやすまらぬ。皇后とは言わぬまでも、貴妃にふさわしい者がいればよいのだが……」

「え？　なんで私を見るんですか？」

美凰が輿のそばを歩く宋祥妃に視線を落とすと、宋祥妃は目をしばたたかせた。

「そなたの父は九宰八使の一員。六夫人の首となっても申し分のない出自だな」

九宰八使は中書門下省、枢密院、三司の高官をいう。宋祥妃の父は軍政をつかさどる枢密院の長、枢密使である。

「ないないない！　冗談じゃないですよ、貴妃なんて」

「事実上の後宮の主だぞ。名誉なことであろう」

「名誉なんか欲しくないですよ。私は下馬雀としてのんびり暮らすって決めてるんです。そもそもネタ探しのために入宮したんですから、責任ある立場はお断りです」

「主上が不憫になってきた」

「そうでしょうとも。なにせ、いちばん入宮させたいかたを入宮させられないんですからねー。あ、入宮はしてるのか。皇后に立てられないんだ。いや、妃嬪にもできないな。なのに、いちばん近くにいる。これはつらいでしょう」

「入宮しており、近くにいるが、后妃に立てられない？　だれのことだ？」

宋祥妃は思わせぶりににやついて答えない。問いただそうとしたとき、緑雲門の前で輿が止まった。この件はとりあえず保留にして、足早に大門をくぐる。

先ぶれを出しておいたせいか、趙華儀は内院で美凰を迎えた。

「皇太后さまにごあいさつを――」

「なにをしている。出迎えは無用と言いつけたであろう」

「も、申し訳ございません。皇太后さまの御来駕を賜るのですから、お出迎えせねば不敬にあたるのではと……な、なにとぞ、お赦しください」

趙華儀がひざまずこうとするので、美凰はあわててとめた。

「叱責しているのではない。今日は日ざしが強いゆえ、病みあがりのそなたを屋外に立たせるのは忍びないと思ったのだ。さもあれ、部屋に入ろう。ここは暑すぎる」

趙華儀を促して客庁に入る。幾分か早朝の涼が残る室内で美凰は上座に腰かけた。

「体調はどうだ？　太医は食が進まぬようだと言っていたが」

奇異なる出産から半月近く経っている。この間、趙華儀はほとんど床から離れられなかったという。今日まで見舞いをひかえていたのはそのせいである。妃嬪たちはいまだに凶后の姪である美凰を恐れる向きがあるので、病人にいらぬ緊張を強いては酷であろうと慮り、太医や側仕えから様子を聞くだけにとどめていた。

「は、はい……あの、も、もう大丈夫です」

趙華儀はうつむいたまま小さくなっている。蚊の喘鳴さながらの頼りなげな声音とおなじくらい、杏色の上襦に包まれた両肩は細い。背丈は美凰よりやや低く、小動物のようなつぶらな瞳のせいか、面立ちは年齢より二つ三つ幼く見える。

深窓の令嬢らしい儚げな容姿と、禾虫だの蛇だの短蛸だのを喜んで食べる下手物食いの妃嬪がうまく結びつかない。

「無理をしてはならぬぞ。あれほどたいへんな目に遭ったのだ。次の機会にそなえるためにも、十分に身体をやすめておかねば」

「つ、次の機会……そ、それはその……また、身ごもるということですか」

「当然だ。そなたは若いのだから、龍床に侍りさえすればいつでも——」

「こ、困ります……！　よ、夜伽なんて、もうたくさんです！」

趙華儀は力いっぱい首を横にふった。

「わたくし……夜伽をすると決まってひどい目に遭うのです。前回は皇后さまにいじめられ、今回は奇妙なものを産む羽目になりました。万一、次の機会があれば、どんな悪いことが起こるか……。考えただけでも悪寒がします」

「夜伽するたびにろくなこと起きてないですもんねー。二度あることは三度あるっていうし、今度も絶対なにかありますよ。この手の話はだんだんひどくなるのが定石だから、変な石を孕む以上のことが起きるわけで……なんだろ、死ぬとか？」

宋祥妃が無責任に脅かすので、趙華儀はわっと泣き出してしまう。

「宋祥妃は他人事（ひとごと）だと思って鬼話（でたらめ）を申しておるのだ。真に受けるな」

「でも……わたくし、ほんとうに運がないのです。三度目の夜伽では死ぬかも……」

「悪運は永遠にはつづかぬ。過ぎた災難は忘れて、良いことだけを考えよ。后妃にとって夜伽は喜ばしいつとめであることを思い出すのだ。寵愛を受ければ御子を授かる。御子が男児であれば、そなたは親王（しんのう）の母だ。いや、天子の母となるやもしれぬ。

はたまた女児であっても幸運には変わりない。天朝は上古の王朝とちがって公主を夷狄に嫁がせぬゆえ、駙馬を迎えても公主はそなたのそばで孝養を尽くすはずだ」

美凰は席を立った。手巾で趙華儀の目もとをそっと拭ってやる。

「もっと簡単に考えてもよい。そなた、主上をどう思う？」

「……どう、とは」

「美男か、醜男か、そなたの目にはいかに映る？」

「え、ええと……それは……わ、わかりません」

「なにを言っても罪には問わぬ。正直に申せ」

「ほんとうにわからないのです。主上のお姿を拝見したことがございませんので」

「見たことがない？　二度も龍床に侍っておるのに？」

「龍床ではずっと目を閉じていました」

「ならば、次回の夜伽ではまじまじと見てみるがよい」

「そ、そんなこと……できません。無礼だと叱られます」

「哀家に許可されたと言えばよい。主上がどれほど美男子か、己のまなこで確認してくるよう命じられたと。主上は笑って許してくださる。おやさしいかたなのだ。そなたが多少の非礼を働いたとしても、お怒りにはならぬ」

「皇太后さまのおっしゃるとおりですよ。主上は寛大なかたです。私が取材のためにつきまとっても、迷惑そうなお顔をなさっただけで処罰なさらなかったし」

「惚れ惚れするような美丈夫で、懐が深く、女人を痛めつけたり困らせたりする奇天烈な悪癖もない。夫として申し分ない男だとは思わぬか？」

もちろんです、と趙華儀はうなずく。

「夫として申し分ない男に嫁いだのなら、運がないとは言えぬな。むしろ運に恵まれていると言えるだろう。その証拠に、そなたを虐げた湯氏は後宮を去った。こたびは妖異に苛まれたが、命までは奪われておらぬ。もし、三度目の僥倖が禍を招いたとしても、そなたは乗り越えるだろう。恐れる必要はない。信じていればよいのだ。己の強運と、そなたの夫である主上を。誠心誠意お仕えしていれば、ゆくゆくは福を授かろう。そのときには今回の事件も思い出話になっておる」

そうでなければならない。后妃が夜伽を忌避しては後宮の存在意義がなくなる。

「あ、あの……わたくし実は、寵愛や栄華には興味がないのですが……」

「そなたもか」

「……わたくしも？」

なんでもない、とぞんざいにごまかし、美凰はつづきをうながした。

「おいしいものをたくさん食べたいので、長生きしたいのです。だって生きていないと食べられないでしょう？　後宮では山海の珍味を思う存分食べられると聞いて入宮したんです。妃嬪になって一年も経ってないのに早々に死にたくありません」

「入宮理由が山海の珍味！　食べたいから死にたくない！」

「他人を笑える立場ではなかろうが、宋祥妃よ」

宋祥妃が腹を抱えて笑うので、美凰は団扇の先でその肩を叩いた。

「それだけ強い意欲があるのに食が進まぬとは、よほど具合が悪いのだろうな」

「具合が悪いわけでは……わたくし、宮廷料理は苦手なのかもしれません。原形をとどめていないものが多くて……い、いえ、ときどきはあるのですが……魚の姿煮や揚げ物など……でも、蛇の頭や鰐(わに)魚の尾のようなものはないので……」

「ははあ、下手物料理が出ないんで食欲がないんですね！」

申し訳ございません、と趙華儀は恥じ入ってうつむく。

「……わたくしのような取るに足らぬ妃嬪が食べられるだけでありがたいのに、選り好みするなんてわがままだとわかっています。どうかお赦しください」

「そうかしこまることでもあるまい。だれにでも好みはある。そなたには可能な限り原形をとどめた料理を出すよう、尚食局(しょうしょくきょく)に命じておこう」

「そ、そんな……皇太后さまにわざわざご配慮いただくなど、恐れ多くて……」

遠慮するな、と微笑みかけ、趙華儀を安堵させる。

「その代わりというわけではないが、こたびの件について尋ねさせてくれ。双燕録(そうえんろく)によれば、身ごもったことがわかったのは、夜伽から約一月後のことだったな？」

「はい。太医に診察していただいてわかりました。そのときはまさか怪異だなんて思いもせず、単純に僥倖だと……。このところ、後宮で流産がつづいているとうかがっていましたので、子を流してはならないと気を引き締めたのですが……」

翌日からみるみる腹がふくらみ、恐ろしくなったという。

「懐妊中になにか異変はあったか？　たとえば、奇妙な声を聞いたとか、怪しげなものを見たとか、鬼（ばけもの）がそばにいるような不気味な感じがしたとか」

「思い当たる節は……。どんどんお腹（なか）がふくらんでいって、日に日に身体が重くなっていくのが怖くてたまりませんでした」

「お産の最中はどうだった？　異様な気配を感じたか？」

「痛くて苦しくて、早く終わってほしいと思ったことはおぼえていますが……」

人の血肉に居ついた化生（けしょう）の者はときおり蠢動（しゅんどう）するものだ。巫術（ふじゅつ）の心得がない人間には、なんらかの違和感や不快感としてあらわれるはずだが。

「そなたの夜伽から懐妊発覚までの一月間の行動をふりかえってみたい。一日のうちになにをしたか、どこへ行ったか、細かく書き出してくれ」

太医や産婆、妃嬪の側仕えにも同様に話を聞いたが、これといった収穫はなかった。

太医の証言によれば、最初に脈診したときは通常の懐妊と変わりなかったらしい。ありえない速度で胎児が成長し、それにともなって脈も急激に変化した。天凱と相談して、薬はその日の胎児の具合に合わせて処方したが、薬餌による悪影響は見られず、母体に異様な点は見られなかったという。

産婆はどのお産もひどい難産だったと話した。だが、難産そのものはめずらしいものではなく、お産の最中に奇怪な事象は起きなかったそうだ。

側仕えの証言も似たり寄ったりだった。主が身ごもったと知ったときは天にものぼる気持ちになったが、尋常では考えられない速さで変化していく主の身体に恐れをなした。太医、産婆、側仕えの証言に共通しているのは、懐妊発覚から出産までに――尋常でない速度で成長する胎児をのぞいて――妖異が認められないこと。

妊婦は妖物に魅入られやすいといわれている。陰界に近い存在とされる胎児を宿しているからだ。子は陰界から陽界にやってくることで母体に生じるが、十月十日のあいだは陽界に完全になじんでおらず、鬼神の影響を受けやすい。懐妊がわかった直後に妖魅が入りこんだのかもしれないと思ったが、どうやら見込みちがいだ。

「となると、夜伽から懐妊発覚までのどこかで邪鬼がとりついたのでしょうか」

文泰が帳面をぱらぱらとめくっている。夜伽をしてから懐妊が発覚するまでの期間どのように過ごしたか、妃嬪と側仕えにおぼえていることを書き出させた。

「見たところ、不審な点はありません。朝の身じまいにはじまり、ふだんどおりの食事、腹ごなしの散策、退屈しのぎの読書、刺繍、書画、歌舞音曲、鸚鵡や猧児の世話、茶会や観劇、夜には湯浴みをして就寝……型どおりの妃嬪の日常ですね」

「不審な点なら大ありだろ。房事が入ってないじゃないのさ」

格天井に寝転がって爪の手入れをしている如霞が口をはさんだ。

「房事は龍床に召された日だけですよ」

「そりゃ建前だろ。一度でも夜伽をしてるってことは男を知ってるってことだ。黄花女じゃあるまいし、男を知った女が陽物なしで何日もやり過ごせるもんかい」

「おい蛇老婆子。天下の女がみんなおまえみたいな淫乱って前提で話をするなよ」

高牙は行儀悪く空中に腰かけて鶏の丸焼きを食べている。

「ふん、猫老頭子は物を知らないね。貞節なんてのは男どもの妄想さ。ひとたび宝具の味を知ったら、病みつきになっちまうんだよ。最初があんまりにもお粗末だった場合はあれだろうけど、妃嬪の相手は主上だろ？　主上はそりゃあ立派な玉茎をお持ちだよ。あの勇ましい陽具で破瓜したんなら……ふふ、さぞやいい夢を見たんだろうねえ。数日もしないうちにまた味わいたくなったはずさ。なのに、件の妃嬪たちときたら、夜伽をしてから一月も房事をしてない。こりゃ不自然だよ。なにかあるね」

「夜伽後に独り寝が一月ほどつづくのは、よくあることですよ。後宮には美人が大勢いますから、なかなか順番がまわって来ませんし、ことに主上は政務がお忙しく、閨事にさして熱心ではいらっしゃいませんから」

「熱心じゃあないだって？　あんな極上の宝具を使いもせず衣橱にしまってるってのかい？　なんてもったいないことをするんだろ。陽物ってのはね、使うためについてるんだよ？　衣橱にしまっておいたって、黴が生えちまうだけだよ」

「……ぼく、怖いよう」

甘点心を食べていた星羽が急に美凰に抱きついてきた。

「安心おしよ。子どもの陽物はもとから使い物になりゃしないんだから、いくらしまっておいたって黴は生えやしないさ」

「ううん、そのことじゃなくて……あの石だよ」

「妃嬪たちが産んだ石のことか？」

こくりとうなずき、星羽は美凰を見あげた。

「あの石……すごくいやな感じがする。さわってみようとしたけど、できなかったよ。なんだか、弾かれそうな気がするの」

「弾かれる？」

「ええと、たとえるなら、大きくて怖そうな獣かな。牙をむいて、がおーってうなり声をあげて、ぼくをにらんでるの。だから近づけないんだよ」

「なんだ、おまえもか？　俺もあの石ころはくせえと思ったぜ」

「妙な気配を感じたのか」

「気配っていうより、とにかくくせえんだよ。甘ったるいにおいがぷんぷんしやがる。あの石どものそばに寄るだけで鼻が曲がりそうになるぜ」

「甘ったるいにおいとは、どのようなものだ？」

「甘ったるいにおいって言ったら、ほらあれだよ、甘ったるいにおいだよ」

「具体的に言え。甘いにおいとひと口に言ってもいろいろあるだろう」

「だから甘ったるいにおいって言ってるだろ」

語彙が貧弱なせいで、高牙の話は要領を得ない。

「あたしにはぴんと来たわ。あの石は男だよ。なぜかって言うとね……」

「一物がついてるっていうんじゃねえだろーな？」

「猫老頭子にしては察しがいいじゃないか。実はそうなのさ。あの石には陽根が生えてる。あたしにはわかるよ。色かたちもね。ふふふ、あたし好みの上物でねえ」

「なんでわかるんだよ、怖え……」

「あたしほどの手練れになると、宝具の気配が伝わってくるのさ。ありありとね」

「その宝具とやらは、すべての石にそなわっているのか？」

美凰が尋ねると、如霞は気だるそうに煙管をくわえた。

「いいや、全部じゃないね。あたしの見立てじゃ、二本しかないよ」

「〝本〟で数えるな、好色老婆子」

「うるさいねえ、しなびた陽物は。〝棒〟なんだから本で数えるだろ」

「しなびた陽物って呼ぶな！　陽物がしゃべってるみたいだろーが！」

「石は五つ、宝具は二本……」

「おい美凰！　おまえもあたりまえのように〝本〟で数えるな！　はしたないぞ！」

「如霞、どの石についているかわかるか？」

「あたしほどの目利きでもそこまではね。わかってたらなんとかして引きだしてみるんだけどさ。まあでも、あんまりさわりたくはないね。星羽が言うように、いやな感じがするよ。美味そうな宝具が生えてるのはまちがいないんだが、どうにも近寄りがたい。不用意に近づくと、こっちが喰われそうな気がして薄気味悪いよ」

「まったくだぜ。やつらは不気味だ。甘ったるいにおいがするだけじゃなく、妙な気配をただよわせてやがる。そばに寄りたくねえ」

「みなさんのご意見をまとめてみると、こういう感じですかね」

熱心に書き物をしていた文泰が一枚の藤紙を美凰にさしだした。

「なんだ、これは」

「牙をむいた大きな獣のように殺気立ち、鼻が曲がるような甘ったるい臭気を放っており、二本の陽根が生えている不気味な鬼です」

文泰はなぜか手柄顔だが、藤紙に描かれていたのは意味不明な物体だ。

「そなたの絵の腕前は蒼梧といい勝負だな……」

「そこまでひどいはずはないでしょう。ちゃんと意味はわかるはずです」

「わからぬから言っている」

下手くそな絵を描いてばかりいる蒼梧にたとえられてむっとしたのか、文泰は身を乗り出して画中の奇怪な生物を指さした。

「よくごらんください。この凶暴そうな顔つきはまさに手負いの野獣、鋭い刃のような牙をむいて咆哮しています。筋骨隆々たる肉体からむわっむわっと放たれているものが甘ったるい臭気です。そして頭から二本の陽根がにょきにょき生えてます」

「おかしいだろ！　なんで陽根が頭から生えるんだよ!?」

「そうだよ。陽根といったら、股座から生えるって大昔から決まってるじゃないか。角じゃあるまいし、こんなところについてるんじゃ使いにくくてしょうがないよ」

「そこが一工夫した点ですよ。妃嬪が石を産むなど奇々怪々。天地がひっくりかえるほどの事態です。要するにこの鬼は尋常のものではない。ということは尋常ではない姿かたちをしているにちがいない。通常なら股座から生えてくるはずの一物が、在るべき場所からもっとも遠い頭部についているのはそういうわけなんです」

「なるほどぉーなんか言わねえぞ！　くそったれめ！」

「位置も問題だが、いちばんまずいのは太さだよ。細すぎるじゃないか。これじゃあ、陽具じゃなくて棒切れだよ。もうじれったいね。あたしに筆をお貸しよ」

「あー、書き加えないでくださいよ。なかなかの力作なんですから」

なにやらもめている三人を放っておいて、美凰は考えこんでいた。

――いったいどういう鬼なんだ？

ますますわからなくなってしまった。


「栄周王（えいしゅうおう）にはお気をつけくださいませ」

背後から声をかけられ、美凰ははっとした。瞬刻ののち、ここが化粧殿（けわいどの）であることを思い出す。湯上がりに髪を梳（す）いてもらっているところだった。

「白遠（はくえん）に？　なぜだ？」

「栄周王にはいろいろな悪い噂がございますから……」

答えたのは皇太后付き筆頭女官の葉眉珠（ようびしゅ）である。

「噂？　ああ、白遠が側妃（そくひ）を痛めつけているという流言か」

「流言だとお思いになるのですか？」

「白遠がだれかを怨むとすれば、それは哀家（わらわ）だ。哀家以外を痛めつけたところで、怨みは晴れぬであろう」

「栄周王は玉座に野心があるとも言われておりますわ」

「野心があっても致しかたないことだ。兗酉の素鵲鏡では玉座にのぼれぬのだから」

記憶のなかに、白遠が野心家であったという過去はない。彼は音曲を愛する楽天家で、権力欲とは無縁だった。さりとて、これはあくまで美凰の胸裏に焼きつけられた事実。自分の目に映ったものだけを唯一無二の真実と思いこむ悪癖は、紅閨の変、荊棘奇案を経験したことで矯正された。あれほどやさしかった雪峰が胸のうちで美凰への怨憎を燃やしていたのだ。白遠も同様でないと、なぜ言えようか。

されども、美凰は白遠を疑いたくなかった。彼への信頼がそうさせるというより、骨の髄までしみついた罪悪感が原因で。

いつの日か亡き母・伏氏の仇を討つため白遠は美凰に近づいたのだと、雪峰が言っていた。美凰を利用して凶后に媚を売り、復讐の機会をうかがっていたのだと。心安い幼なじみの本心を雪峰の口から知らされ、天地がさかしまになるような錯覚に陥った。自分が見ていたのは彼の仮面だったのだ。美凰に向ける親しげな笑顔の裏で、彼は宿怨を滾らせていたのだ。だからといって、騙されたと恨み言を吐くことはできない。美凰には憎まれる理由がある。白遠に警戒心を抱くことは、彼に対して罪を重ねることだ。そんな気がしてならない。

――こんなことを考えていると、また天凱に叱られてしまうな。

過剰な慚愧にひたるなと天凱に言われた。己を責めることでわが不運に酔っているのではないかと。頂門の一針であった。行き過ぎた自責の念はみずからを腐す毒にしかならない。頭ではそうわかっているのだが……。

「ですが……用心なさるべきではないでしょうか。栄周王にはつねに十人程度の側妃がおりますが、王妃の座は空位のままですわ」

「王妃にふさわしい女人がいないのであろう」

「……噂によれば、皇太后さまをご嫡室にお迎えするためではないかと」

言葉の意味をはかりかねて、美凰は眉をひきしぼった。

「かつて、皇太后さまは栄周王と親しくなさっていたとか。旧情があるのではないでしょうか。大勢の側妃を迎えても埋められぬほどの、なにかが」

「それこそ、断じてありえぬことだ。白遠が哀家に抱いている旧情は、怨憎でなければ友誼であろう。世人が勘繰るような、色めいた情ではない」

「されど皇宮には、おふたりを邪な目で見る者もおります。皇太后さまのご名節のためにも、栄周王とは親密になさいませぬよう」

「心配は無用だ。以前申したとおり、哀家に名節など残っておらぬ」

いいえ、と眉珠はゆくりなくも強く抗弁した。

「皇太后さまのご名節は皇威と同義なのです。御名に傷がつけば、主上のご威光が損なわれますわ。なにとぞ、自重なさいませ」

「主上を持ち出されてはかなわぬな」

「不遜は承知のうえですが、皇威をお借りしなければ皇太后さまはご自身を重んじてくださいませんので、あえて言上いたしました。非礼をお赦しください」

「いや、そなたは正しい。愚かしい行為だ。やみくもに己を蔑むのは、憐憫の池にわが身をひたして悦に入るにひとしい。あらためねばならぬな」

美凰は苦笑して、短くため息をもらした。

「それにしても、噂のなかの哀家はずいぶん気が多いようだな。天凱と私通しているだの、白遠と旧情をあたためているだの、よほど好き者に見えるらしい」

「皇太后さまがお美しすぎるせいでしょう。美女の周りに魅力的な殿方がいらっしゃれば、口さがない者は色恋沙汰を期待しますわ」

「心苦しいな。哀家などと噂になっては天凱も白遠も迷惑であろうに」

「美女と浮名を流すのは殿方の誉れだと、亡夫が申しておりました」

「なるほど。〝美女〟とは、そなたのことだな？」

「亡夫は変わった趣味の持ち主でした。わたくしのような十人並みの女子を、天より舞い降りた仙女さながらに大切にしてくれたのですから」

眉珠は﨟長けた静かな花顔をせつなげな微笑で染めた。武官であった眉珠の夫は凶后の命で処刑されている。美凰を乗せた香車が暴走した際、護衛をつとめていたことが災いしたのだ。夫の処刑前日、彼女の身に宿っていた子は流れた。悲運の元凶である凶后と美凰を、眉珠は怨まずにはいられなかった。ゆえに、美凰が大切にしていた姿絵を切り刻んだ。それは雪峰が美凰のために描いてくれたものだった。

眉珠のしわざと知りながら、美凰は彼女を罰しなかった。自分にはその資格がないとわかっていたからだ。幾分うしろめたいのか、美凰が留守をあずかるため後宮に戻ってからというもの、眉珠は以前にも増してかいがいしく世話をしてくれる。

「美女を愛するのは変わった趣味とは言わぬぞ。ご夫君の審美眼はたしかだったのだ」

ふたりは相思相愛だった。だからこそ、夫の死は眉珠にとって悲劇だった。

――うらやましいなどと、思ってはならぬ。

夫に愛された眉珠がまぶしくて直視できない。美凰は雪峰を恋うていたが、雪峰は美凰を憎悪していた。羈袄宮に幽閉されてからも雪峰の迎えを待ちつづけ、夫が崩御したと聞いて幾日も泣き暮らしたが、頬を濡らした涙が恋情によるものだったのかどうかは判然としない。美凰は雪峰のためではなく、自分のために泣いていたのかもしれない。雪峰に赦される機会を永遠に失ってしまった己を憐れむために。

眉珠には愛される資格があった。美凰にはなかった。ただ、それだけのことだ。

「わたくしのことはともかく、皇太后さまをお慕いするかたも……」

眉珠が短く息をつめたので、美凰はいぶかしんでふりかえった。

「い、衣桁の上に……奇妙な鳥が」

化粧台のそばに置かれた衣桁に一羽の白い鳥がとまっている。白翡翠を研磨したような足は三本。白鳥の異名をとる晟烏鏡の化身である。

「主上の御使いだ。お召しのようだな。ちょっと出かけてくる」

「えっ……まさか綺州までですか？」

「そんな遠出はしない。崇基殿までだ」

席を立つと、眉珠が上衣を着せてくれる。そのとき、白鳥が大きな羽音を立てて飛び立った。室内をぐるりと一周したのち、美凰がさしだした右腕に舞いおりる。とたん、豪奢な調度に彩られた内装が、あっけにとられている眉珠が、千紫万紅の格天井が、ひと息で吹き消された燭火のように消え去った。

気がつくと、美凰は瀑布のごとき玉階の下にいた。頭上には金砂子をまいたような夜空がひろがり、かすかに涼をふくんだ夜風が淡い指先で頬を撫でる。

眼前には壮麗な建物がそびえていた。円形の基壇の上に朱塗りの壁で囲まれた円形の殿宇が鎮座し、三層の屋根には青の琉璃瓦が葺かれている。扁額に躍る文字は拝遼殿。皇上が玉皇大帝を祀る儀式——拝遼が行われる崇基殿の正殿である。

「やあ、美凰。ひさしぶりだね」

のんきそうな白遠の声に左肩を叩かれる。白遠も天凱に呼ばれたのだ。美凰はなにげなくそちらを見やり、片眉をはねあげた。

「……その恰好はなんだ？」

星明かりの下に立っているのは、艶やかな牡丹色の衫襦をまとい、紅白粉のにおいをただよわせた美姫だった。

「なんに見える？」

「濃い化粧、胸もとを強調した衣、奇抜な髻から察するに……妓女だな」

あたり、と白遠はおどけたふうにぱちぱち手を叩いた。

「そんな恰好でなにを……もしや、花街を徘徊しておるのか？」

「徘徊とは失敬な。天凱に頼まれた大事なお役目だよ。今夜は妓楼に潜入して大官たちの密談を盗み聞きしてたんだ。いやあ、愉快だよ。色仕掛けが面白いように当たるし、廟堂でえらそうにふんぞり返ってる大官たちの恥ずかしい性癖もわかるしね」

はらりと金碧山水の扇子をひらいて、からから笑う。

「今夜はたまたま妓女だったけど、武官になったり、下吏になったり、奴婢になったり、商人になったりもしてるよ。重祚してから日が浅く、皇城の内情にあかるくない天凱の代わりに、あちこちに潜入して官吏の動向を探ってるんだ」

「諜報は皇城司の仕事ではないのか」

「本来ならそうだけど、いまの皇城使を任じたのは先帝だろう？　皇城司自体がまだ天凱の手中にあるとはいえない状況だから、私が密偵を任されているんだ」

「なるほど。変化の術を操るそなたなら、密探はお手の物だろうな」

感心しつつ玉階をのぼろうとすると、白遠が「そうだ！」と膝を打った。

「私たちの姿を交換してみないかい？　私が君に、君が私になるんだ。ふたりでお互いを演じて、天凱を騙そうよ」

「遊びに来たのではないのだぞ。これから天凱に会って、おのおの状況を報告せねばならぬのだ。戯れている暇はない」

天凱は綺州、白遠は外朝、美凰は後宮。三人ともべつべつの場所で活動している。連携をとるため、定期的に会合の場を持つことにしたのだ。

「いいじゃないか。面白そうだから試してみよう」

白遠は手をひと振りして玉笛を出した。兎のように飛びはねる音色が夜風を震わせるや否や、妖艶な妓女は煙のごとく消え、夜着姿の美凰があらわれる。一方の美凰は地面が盛り上がっていくように、みるみる目線が高くなっていった。

「どうだ？　似ているか？」

白遠は美凰の口調をまねてみせた。声色も美凰のものなら、愛想のない顔つきも、辛気くさい目つきも、そっくりおなじである。

「いくら私でも、そこまでとげとげしい表情はしておらぬであろう」

自分の喉から発せられた声音は白遠のもので、ふしぎな気分になる。

「君こそ、むすっとしちゃだめだよ。私になりきって、にこにこしないと」

「にこにこと言われてもな……」

笑うのは苦手だ。笑みをもらすと、罵声が飛んできそうな気がするのだ。万民に塗炭の苦しみを味わわせた非馬公主がだれの赦しを得て笑っているのかと。

「あー、だめだって！　ますます険しい顔つきになってるじゃないか。ほら、にこにこーっとしてごらんよ。こんなふうに頬をあげてさ」

玉階を一段上にのぼった美凰姿の白遠が思い切り背伸びをして、白遠姿の美凰の頬を両側から引っ張る。自分に自分の頬をつままれるという奇天烈な状況に陥り、美凰が当惑していると、玉階の上に鎮座する殿堂の大扉がひとりでにひらいた。

ぽっかりと口をあけた殿内からまぶしい吐息がまろび出る。晟烏鏡の光だ。たけりくるう龍のように迫ってくる光芒にのみこまれ、ふたりはまぶしさに耐えられず目を閉じた。須臾ののち、荷花の香りをふくんだ涼風が駆けおりてくる。

「なかなか入ってこないから、迎えに来たぞ」

笑いまじりの低い声は天凱のもの。目を開けると、そこは玉階の下ではなく、蓮池に張り出した水榭のなかだった。空模様もすっかり変わっている。先ほどまでは濃藍の夜空がひろがっていたのに、いまは夏雲を浮かべた碧空が見える。

「ご機嫌だな、大兄」

蒐官姿の天凱が言うと、白遠は美凰をかるく小突いた。

「君に話しかけてるんだよ。私のふりをして、なにか面白いことを言って」

「面白いことなど思いつかぬ」

「じゃあ、私が君のふりをしよう。——半月ぶりだな、天凱。息災でなによりだ。ところでそなた、童子の姿になってくれぬか。抱っこしたくてたまらぬのだ」

「白遠！　なんということを言うのだ」

「君の心の声を代弁してあげたんだよ」

「心の声はあくまで心の声だ。実際に声に出すわけではない」

「ほらね。やっぱり抱っこしたいんじゃないか」

「したくないと言えば嘘になるけれども、そこまで露骨には……」

「申し訳ないが、あなたの願いは叶えてやれぬぞ、美凰。ここは鏡殿の飛び地だ。顔を合わせることはできても、接触はできない」

玉体にふれる代わりに、晟烏鏡の光にさらされることでふたりは鏡殿に入った。しかし、天凱が宿す晟烏鏡は持ち主とともに綺州に在るので、鏡殿と美凰たちのあいだには万里の隔たりが存在する。そのため、こうして一堂に会していても、玉体にふれて入ったときとちがって、直接ふれあうことはできないのだという。

「なんだ、抱っこできぬのか。つまらぬ」

美凰が思わず本音をつぶやくと、天凱は肩を揺らして笑った。

「たとえ接触できたとしても、いまのあなたには抱かれたくないぞ」

「これは……白遠が勝手にやったのだ。白遠、さっさと元に戻せ」

「えー、しばらくこのままでいいようよ。私は君の姿が気に入ったし、君だっていつもより目線が高くなって気分がいいだろう？」

美凰はあらためて天凱を見やった。ふだんは高いところからこちらを見おろしている天凱の顔が自分とほぼおなじ高さにあるのは、いたく新鮮だ。

「悪くはないな。ずっとこのままでもよいくらいだ」

「ずっとは困るな。あなたならともかく、大兄に見あげられてもうれしくない」

「白遠も元の姿でいればよかろう」

「大兄がふたりいたのでは、むさくるしくて目の毒だ」

「むさくるしいだって！　心外だな。ごらんよ、天凱。私はこんなに愛らしいぞ」

「やめよ、白遠。私の姿で妙な動きをするな」

美凰の姿で飛んだり跳ねたりして愛嬌をふりまく白遠を睨みつつ、美凰は天凱に勧められ、円卓の周りにならべられた三台の瓷墩のひとつに座った。

「綺州はどうだ。駆蝗は順調か?」

「訊くまでもないだろう。この渋い顔を見てくれ」

重い吐息を落とし、天凱は席についた。

「綺州の被害は報告よりも数段、深刻だ。そのくせ、綺州知州事の懐孝国はろくな救恤策を講じておらず、皇帝一行をもてなすと称して宴三昧。粥廠をもうけたのも、俺が蒐官らと一足先に綺州入りしたあとだというから恐れ入る」

災害時、飢民に粥をほどこす施設を粥廠という。

「やつが錘州知州事をつとめていたころも蝗災が起きたが、今回同様に救恤を放棄していた。餓死者が野を覆い、屍が白骨となるのには半時もかからなかった。餓えた民が先を争って死肉を食うからな。それほどの惨状でも、朝廷におさめる上供銭物は一銭も欠けなかったそうだ。卓越した苛斂誅求の手腕を買われたんだろう。蝗災を奏上しなかったにもかかわらず、やつは錘州に九年も居座っている」

「知州事の任期は三年であろう」

「昨今、規則は破るものと見なされている。審官東院に付け届けをすれば、知州事の任期は規定の三倍までひきのばせるらしいぞ」

知州事などの中級文官の人事は、吏部に属する審官東院がつかさどる。

「懐孝国とやら、錘州の前は洞州を治めていたんだよね」

白遠はひょいと円卓に座った。

「洞州には六年居座っているな。人を遣ってくわしく調べさせているところだが、懐孝国の任期中に蝗災が二度起きているようだ」

「行く先々で蝗害を招く酷吏ではないか。なぜかような者に綺州を任せたのだ」

思わず問うてしまって後悔した。天凱が任じたのではない。敬宗が任じたのだ。

「懐孝国に限らず、酷吏はもみ手すり手で権力者に取り入るのがうまい。凶后時代には凶后に媚を売り、先帝の御代には先帝に媚びへつらって甘い汁をすすってきた。蓄財だけでなく、保身にも長けている。朝廷の重臣にせっせと賂を贈りつづけたんだろう、廟堂にはやつを能吏と評する者が多い」

「そなたの口ぶりから察するに、蝗災については審官東院に記録がないのか？」

「影も形もない。幽明録を読む限り、懐孝国は民思いの実直な清官だぞ。蝗害どころか、やつの任期中には水害や干害も起きていないことになっている」

三年ごとに行われる考課により、官僚は働きぶりを審査され、黜陟が決まる。幽明録はその記録だ。

「いやー、ひどいね。諸悪の根源たる貪官汚吏が幽明録では能臣になっちゃうんだもんなあ。薄々気づいてはいたけど、大耀は腐りすぎだよ。炎天下に三日三晩放置した生肉より腐臭を放ってるね。このざまじゃあ早晩、亡びるんじゃないかい？」

「だろうな。……と他人事でいられたらよかったんだが、俺とて亡国の皇帝にはなりたくない。蝗害を鎮めるため、悪政の元凶——懐孝国を成敗せねばならぬ」

最良の駆蝗策は飛蝗の駆除ではない。虐政をあらためることである。汚職官僚を野放しにしている限り、飛蝗はいくらでも湧いて出てくる。

「蝗害を発生させたのだ。責任をとらせればよかろう」

「そうできないから困っている。懐孝国の賂で私腹を肥やしている高官連中がこぞって擁護するんだ。やつを処罰するには、蝗災以上の大義名分が必要だ。それを手に入れるために、わざわざ綺州まで足を運んだわけだが……。当面は懐孝国が動き出すのを待つしかない。かといって、飛蝗どもを放置しておくわけにはいかぬので、片っ端から焼き払っている。焼いても焼いてもきりがないがな」

大兄、と天凱は両足をぶらぶらさせている美凰姿の白遠を見やった。

「そちらはどうだ？　密偵はうまくいっているか」

「まあまあってとこだね。話に聞いていたとおり、九宰八使のほとんどが懐孝国と深い仲だよ。銭太宰はその筆頭だ。銀子だけじゃなく、見目麗しい胡姫を融通してもらってるらしい。潘太宰は高価な奇岩を、余少宰は前王朝の古玩をもらってるね。ほかにもいろいろもらってる連中がいる。懐孝国が〝実直な清官〟になるわけだ」

　それはそうと、と白遠は手を叩いた。

「銭太宰の邸で興味深い話を聞いたよ。銭府の若い奴僕が令嬢時代の銭貴妃に懸想してたんだって。銭貴妃もその奴僕を気に入ってそばに置いていたそうだよ。だからといって恋仲だったってわけじゃないみたいだけど。銭貴妃は入宮を心待ちにしてたって話だし、奴僕の片恋だったんだろうね。ここまでなら、悲恋だねえで終わる話なんだけど、奴僕が銭貴妃の訃報を聞いて自害したらしいから気をつけなきゃいけない。君への恨み言を吐いていたそうだし、怨鬼になってるかもしれないよ」

「逆恨みではないか。天凱のせいではあるまいに」

「俺のせいとも言えるだろう。気鬱を患っていた銭貴妃にうまく寄りそえなかった」

「そなたには公務があるのだ。後宮ばかりに心を砕くわけにはいかぬ」

「それはそうだが……悲運に見舞われた者は怨む相手を求めるものだ。俺は奴僕から想い人を奪ったうえ、彼女を守れなかった。憎まれてもいたしかたあるまい」

　後宮と言えば、と天凱がこちらに視線を投げる。

「なにか進展はあったか？」

「あるとも言えるし、ないとも言える。まずは、これを見てくれ」

　美凰は懐から藤紙をとりだしてひろげてみせた。例の石に宿っているらしい鬼の想像図だと説明すると、天凱と白遠はそろって妙な顔をした。

「あの石の正体は、角が生えた大きな獣ってことかい？」

「それは角ではない。陽物だ」

ふたりが絶句する気配を感じたが、美凰はかまわず話をつづけた。

「如霞曰く、五つの石のなかに二本の宝具があるらしい。ふしぎな話だ。石が五つあるなら、宝具だって五本ありそうなものなのに、なぜ二本だけ……あっ、ひょっとすると、石のうち二つは牡だが、残りの三つは牝ということかな。いや待て、相手は妖物だ。人とおなじだと思ってはいけない。二本で一組なのかも……なんだ？　なにか気づいたことがあるなら言ってくれ。参考になるかもしれぬ」

美凰が身を乗り出して意見を求めると、ふたりは視線を交わし合った。

「大兄の悪ふざけに心から感謝したい気持ちだ」

「だね。美凰の声では絶対に聞きたくなかった単語だよ」

「は？　いったいなんの話をしている？」

きょとんとする美凰の前で、兄弟は由ありげに笑う。

「これだけではなんとも言えぬな。今後、六つ目の石が生まれる可能性もある」

「そうか。また宝具付きの石が出てくるかもしれぬな」

「……とにかく、現段階で鬼の姿を断定するのは危険だ。想像図に囚われて視野が狭くなっては元も子もない。状況を俯瞰できるよう、具体的な形状は保留にすべきだ」

道理だな、とうなずいて、美凰は藤紙を懐にしまった。

「して、天凱。そなたはきちんとやすんでおるのか？」

「やすんでいるとは？」

「弥縫策として飛蝗を焼いていると言ったであろう。無理をしているのではないか」

飛蝗を焼くとは、晟烏鏡を用いてということだ。あたり一面が焼け野原になってしまうのを避けるには、そうするのがいちばんよい。

「亜堯だからといってわが身を酷使してはならぬぞ。晟烏鏡の光は無尽蔵ではないのだ。持ち主の気力や体力に影響される。適度に休息をとらねば、いざというときに十全な霊力を発揮できなくなってしまう。そなたは私とちがって不死ではないのだから、疲労困憊せぬように心掛けよ。ああ、やめよ。どうせ『わかっている』と言うのだろう。そなたは口先では『わかっている』と言うが、なにもわかっておらぬのだ。いまだって疲れた顔をしておるではないか。だから寵妃なり孌童なりを連れていけと助言したのだ。そなたは加減というものが──」

「すまない、美凰。雷之が呼んでいるようだ。今夜はここまでにしておこう。進展があったら崇基殿に来てくれ。祭壇の前に立てば、こちらに伝わるから」

ではな、と天凱が片手をあげる。その姿は吹き消される燭火のように消え、蓮池と水樹と碧空は濃い霧が晴れるようにゆるゆると散った。気づいたときには、周囲は薄暗くなっていた。頭上には金砂子をまいたような夜空が、眼前には音のない瀑布のような玉階が、その先には青い琉璃瓦をふいた正殿がそびえている。

「天凱め、逃げたな」

美凰は舌打ちした。小言への意趣返しなのか、美凰の姿は元通りになっている。

「天凱も君には敵わないんだよ。三十六計逃ぐるに如かずさ」

「ふん、困ったものだ。それはそうと、そなた、天凱の想い人について知らぬか？宋祥妃によれば入宮しており、近くにいるが、后妃に立てられない者だそうだが」

「それを知ってどうするんだい」

「天凱のそばに置くのだ。天凱ときたら、自分で自分をいたわるということがからきしできぬ。私が小言を言ってもてんで効果がないゆえ、好ましく思う者がいるなら、その者に慰撫させようと思うのだ」

妙計であろう、といささか得意になってとなりを見あげる。おなじく元の姿に戻っている白遠は扇子の陰で微苦笑した。

「協力したい気持ちは山々なんだけど、残念だな。私はなんにも知らないんだ」

心なしか引っかかりをおぼえる言いかただったが、美凰は「そうか」と受け流した。

古より、蝗災は日照りのあとに来る。その理由にはさまざまな俗説がある。たとえば、水が干上がって湖底や川床の魚卵が烈日にさらされることで、魚が孵るはずの卵から飛蝗が孵るという説。あるいは、炎天がつづくと各地で祀られている駆蝗神の力が弱まるので飛蝗が発生するという説。逆に水が涸れるために乾燥を好む蝗鬼が跳梁跋扈してそこらじゅうに飛蝗の卵をまくという説。どの俗説もまことしやかに語られているわりに確証が足りないが、日照りが蝗災を招くのは事実である。

裏をかえせば、旱魃をやわらげることが駆蝗につながるということだ。

歴代の王朝では旱魃が起こるたび祈雨の儀式を行ってきたが、耀では皇帝が晟烏鏡で雨を降らせることになっている。これは皇上の裁量しだいで吉とも凶ともなる。加減をまちがえて洪水を引き起こしてしまった皇帝もいる。

この日、天凱は行宮内の園林にいた。亭の屋根が日ざしをさえぎっているとはいえ、ぐらぐらと煮え立つ蒸籠さながらの酷暑だ。ひたいににじむ汗を拭いつつ、先ほどから水盆を注視している。これは化璧の一種。干害にあえぐ場所の土を水底に沈め、水面に鏡文字で〈雩〉と書いて波紋を立てれば、水底に沈んだ土とおなじ土壌を持つ地域で雨が降る。波紋が大きくなれば雨量が多くなり、波紋が小さくなれば雨量がすくなくなる仕組みだ。波紋はささいなことで変化するので、雨を降らせているあいだは片時も水面から目を離せない。

まずは被害が甚大な綺州東部から。そちらがあらかたおさまれば北部、西部、南部と順繰りに、夏の神・祝融が焦がした地面をしめらせていく。

「主上はいつ皇太后さまを娶るんで？」

欄干に腰かけ、雷之は酒壺を抱えている。酒の肴はからりと揚げた飛蝗だ。

「なんの話だ」

「だって、おふたりは幼いころから相思相愛なんでしょう。凶后のせいで無理やり引き離されたけど、いまでも想い合ってる仲だって聞きましたぜ」

「宋祥妃に与太話をふきこまれたな」

「ってことは、おふたりは雲雨の情をかわす仲じゃないんで？」

「そんなふうに見えるか」

「見えますとも。主上が皇太后さまをごらんになる目は男が女を見る目ですぜ」

「おまえの勘違いだ。叔母上をそういう目で見るほど、女に飢えてはいない」

「へえ？　じゃ、まだ口説いてもいらっしゃらねえんで？」

「皇帝は皇太后を口説かぬものだ」

「そりゃ建前でしょうよ。後宮にどれだけ美人がいようと、腹の底から欲しい女がいなけりゃ、石ころがつまった箱も同然ですぜ。惚れてるなら娶りゃいいんですよ。先帝の廃妃だからってかまうもんか。だいたい、甥と叔母の関係っていっても血なんか一滴もつながってねえわけでしょう。凶后が余計なことをしなけりゃ、皇太后さまは主上に嫁ぐはずだったんだし、先帝は大婚早々、皇太后さまを廃妃にしちまって床入りもやってねえ。夫婦って呼べるかどうかも怪しいもんだ。その先帝もおっ死んじまったんだから、仕切りなおして主上が娶ったって問題ねえですぜ」

「大ありだ。血縁があろうとなかろうと、叔母を娶るのは内乱だぞ」

　内乱は十悪のひとつ、近親相姦である。

「廟堂の老頭子どもがなんと言おうが無視すりゃいいんですよ。主上が凡主ならともかくも、亜堯なんですぜ。いくらでもねじ伏せられるでしょうよ」

「暴君になれと言うか」

「欲しいもんは手に入れねえと損だって話ですぜ。ぼやぼやしてねえでさっさとモノにしねえと、栄周王に横取りされちまいますって」

「なぜ大兄が出てくる？」

「栄周王も皇太后さまに惚れてるって聞きましたぜ。昔から親しかったそうで」

「まあ、親しかったことは事実だがな。予が八つで市井から皇宮に連れもどされたとき、すでに叔母上と大兄は心安い仲だったから」

「そいつは危ねえ。栄周王を監国なんかにしちまって大丈夫だったんで？　もしかしたらいまごろ栄周王は皇太后さまをうまいことたらしこんでるかもしれませんぜ」

「たとえ大兄にその気があったとしても、叔母上は応じないだろう。あのかたはいまでも叔父上――先帝を想っていらっしゃるんだ」

「ええっ!? 先帝っていやあ、皇太后さまを拷問した糞野郎でしょうよ。あんなひとでなしにまぁだ未練があるんで?」

「叔母上は一途なかただ。そう簡単には思いきれまいよ」

「もう十年は経ってるんですぜ。思い切って強引に口説いちまって、昔の男のことなんざ、きれいさっぱり忘れさせてやったらどうです」

「昔の男と切って捨てるには大きすぎる存在なんだろうよ。なにせ、初恋の相手だ。何事も最初というのは忘れがたいものだろ」

「なるほど。どうりで主上も皇太后さまのことが忘れられねえわけで。小鬼のころに出会ったちょっと年上の美人は、胸に焼きついちまうもんですからねえ」

「それも宋祥妃から聞いた話か」

「いやいや、過内侍監から聞いた話ですぜ。小鬼のころ主上は翡翠公主だった皇太后さまに惚れちまったんだって」

波紋が乱れる。天凱は水面に鏡文字で〈綏〉と書いた。

「しっかし、主上も数奇な人生を歩んでますねえ。惚れた女を叔父に奪われたかと思えば、今度は叔父が死んで彼女は寡婦になっちまって。いっそ他人に奪われたほうがましってもんで。他人の寡婦なら世間にはばかることなく娶れるんですからねえ。奪った相手が叔父だったのが運の尽き。くだらねえ禁忌とやらに阻まれて、目と鼻の先にいる皇太后さまを娶れないなんざ、不憫でしょうがねえ」

「おまえはよほど俺を悲劇の主役にしたいらしいな」

「したいもなにも、そのものでしょうよ。内乱だかなんだか知らねえが、試しに口説いてみたらどうですかね。皇太后さまがいまも先帝を慕ってるっていうのも、案外、主上の思い過ごしかもしれませんぜ」

「『試しに』なんてものはないんだよ。皇上というのは天下万民の鑑でなければならない。内乱を疑われるような状況には……」

言い訳じみた口ぶりに気づいて、天凱はつづきを打ち切った。

恐れているのは、内乱の罪を犯すことなのだろうか。美凰に拒絶されることではないのか。そなたは〝弟〟にすぎないと、言われることではないか。

——いや、前提がまちがっている。

美凰に好意を持ったことがないといえば嘘になる。たしかに幼いころは惹かれていた。将来の皇帝と皇后だと凶后にお膳立てされた仲だったけれど、はじめこそ反発したけれど、八つにしていきなり皇宮に投げこまれて孤立していたところを美凰に救われてからは、彼女と結ばれる日を気恥ずかしくも心待ちにしていた。

美凰も自分とおなじ気持ちなのだろうと信じていた。嫌われている様子はなかったから、好かれているものと思いこんでいた。知らなかったのだ。自分が彼女に対して抱いている好意と、彼女のそれとは種類がちがうのだということを。その事実を突きつけられたのは、美凰からもらった香嚢がほんとうは雪峰のために作られたものだと知ったときだ。美凰は天凱の皇后になることを心待ちにしているわけではなかった。義務として受け入れていただけだった。面倒見のいい姉のような顔で天凱を励ましながら、雪峰への叶わぬ恋に身を焦がしていた。音なき斬撃に胸を引き裂かれ、天凱は美凰を怨んだ。自分を男として見てくれないことに苛立った。

筋違いな怨みだ。あのころ、天凱は十にも満たぬ童子だった。美凰にとっては、生意気で世話の焼ける〝弟〟でしかなかったろう。

憤懣をつのらせつつも、彼女に恨み言を吐きはしなかった。自分に恋情をむけない女に、なぜ自分を恋うてくれないのかとつめよることほど無様な行為はない。五尺の童子にすぎなかった天凱にも、それくらいの矜持はあったのだ。

凶后に廃位を言いわたされたとき、美凰は同情してくれた。されども、同時に彼女の心が浮き立っていたのを見ぬいてしまった。凶后が雪峰を新帝に指名し、美凰を雪峰の皇后にすると公言したからだ。望みが叶ってよかったなと辛辣な言葉を吐こうとしてやめた。美凰が天凱を真摯に案じてくれていることも、また事実だった。彼女の善心を傷つけたくなかったし、別れ際にいやな思い出を残したくなかった。

羈袄宮に幽閉された美凰を一度訪ねたきり、二度と訪ねなかったのは、彼女が凶后のように鬼道を操ることに失望したせいだったが、それは理由の一部でしかない。美凰が待ち望んでいる人物は自分ではなく雪峰だと知っていたことも、彼女から遠ざかった理由のひとつだ。廃妃となった美凰を慰めてやりたくても、天凱の同情にその力はなかった。美凰が欲しいのは雪峰の赦免であり、天凱のそれではなかった。

そして、この十年。美凰を忘れようと努めた。彼女を思い出さぬように、案じぬように、なつかしまぬように。叶わなかった初恋ごと記憶の底に封じようと試みた。不断の努力はある程度、功を奏した。天凱にとって美凰は過去になった。美凰に対して抱いていた感情もとうの昔に過ぎ去りしものとなった。だからもう、心乱れはしない。美凰を怨まない代わりに、彼女を欲しいとも思わない。

そうだ、思わないはずだ。内乱の罪を恐れる必要はない。端から犯す気がないのだから。美凰に拒絶されることを恐れる必要はない。そもそも彼女を求めていないのだから。すべては過去。胸にくすぶる残り火も甘い追憶の余韻でしかない。

――ならば、なぜ。

いまもって美凰に弟あつかいされるたびに落胆してしまうのか。やりきれない苦みを感じるのか。落胆の裏には期待がある。天凱は知らず知らずのうちに期待しているのではないか。美凰の目に〝弟〟ではない自分が映ることを。

——そんなことは……あってはいけない。

考えてはいけない。思いをめぐらせること自体が危険だ。

天凱は万乗の君なのだ。なんでも手に入れられる。群臣に反対されようとも、暴君と誹られようとも、求めさえすれば、どんなものでも、だれのものでも、手中におさめられる。たとえ拒まれても、渾身の力で抗われたとしても、亜堯の晟烏鏡をもってすれば苦もなくねじ伏せられる。渇して得られないものなどない。否、渇するまでもない。ほんのすこし手をのばしさえすれば、それはもう天凱の私物だ。

なればこそ、思考してはいけない。気づかないふりをしなければ。邪念を払わなければ。払えないとしても隠さなければ。他人だけでなく、自分自身からも。

さもなければ、天凱が犯す罪は内乱にとどまらないだろう。天下すらも売りわたしてしまうだろう。渇望を癒すために、なにもかもを犠牲にするだろう。

そのときが来れば、天凱の晟烏鏡は粉微塵に砕け——滅鏡するだろう。

「皇帝ってのは因果な商売ですねえ」

雷之は酒壺をあおり、ぞんざいに飛蝗をかじった。

「その気になりゃあ、なんだってモノにできるはずなのに、やれ君徳だー、やれ君道だーってがんじがらめになっちまって、結局はなあんにも得られやしねえ。いや、なんにもじゃねえか。いらねえもんはどんどん押しつけられるんだ。欲しくねえもんばっか両手いっぱいに持たされて、心底欲しいもんには手が出せねえ」

「皇帝になったことがあるような口ぶりだな」

「ならなくても龍顔を見てりゃわかりますぜ。皇帝なんかなるもんじゃねえって」

返答代わりに空笑いをかえしたときだ。こちらにむかって回廊をわたってくる人物が目に入った。長い銀髪を風になびかせて足早に歩いてくるのは貪狼である。

――貪狼が来たということは、なにか動きがあったな。

先日、蝗災による被害の実情を尋ねたところ、懐孝国は満面の笑みで答えた。

「主上が下賜なさった救米のおかげで、多くの民が救われました。民はご聖恩に心から感謝し、以前にも増して主上を尊崇しております。やはり亜堯のご威光が蝗鬼を震えあがらせたのでしょう。蝗災は徐々に衰えつつあり、各地で飛蝗どもがばたばたと死んでいるとの報告を受けております。飛蝗が一匹残らず消え去り、小州がふたたび黄金色に輝く稲田を取り戻す日も近いかと思われます」

懐孝国の口から出てきたのは、事実とは正反対の、へつらいで粉飾した空疎な言葉だった。もっとも、やつが実情を報告しないことは百も承知。あらかじめ貪狼に命じて懐孝国の周辺に間諜をひそませておいたので、先方の動きは筒抜けだ。

「今度はなんだ？」

「また暴動が起きました。弘黎県――州都で」

綺州は六県を管轄する。弘黎県は州都を有する知州事のお膝元だ。

「今朝がた、賛河沿岸に停泊していた船が飢民に襲撃されました。船には収穫されたばかりの上供米が満載されており、ちょうど出港するところだったようです。暴徒は米船を護衛していた州兵によって鎮圧されましたが、これが呼び水となり米商や塩商の邸宅が相次いで襲撃を受け、蔵米を掠奪されています」

「ま、至極当然の流れだよなあ」

雷之は空になった酒壺の口をのぞいた。

「綺州じゅうで米価は上がりっぱなし。ひでえところじゃ一斗八百文を超えやがる。日に百文を稼げるか稼げねえかって庶民がおいそれと買える値段じゃねえ。食いつめた連中が粥廠に行きゃあ、出てくるのは黴だらけの米を煮た粥だ。腐ってても米ならまだましなほうで、ほとんどの粥廠じゃ、粥に泥を混ぜて出す始末。まともな粥を食わせる粥廠もあるにはあるけども、災民が殺到しちまって、ものの数日で備蓄米が底をついちまう。近隣から補給されるはずの米は面倒くせえ手続きでのらくらして届きゃあしねえ。おまけに、主上から賜った救米の大半が行方知れずときたもんだ。天子の下賜米をせしめるたあ、太えやつですぜ、懐孝国って野郎は」

「筋金入りの貪官汚吏なんですから、救米に手をつけるくらいどうってことないでしょうよ。常平倉の備蓄米だって、とっとと銀子に替えて自分の懐に入れてるんですから。どうりで粥廠の鍋という鍋がすぐに干上がってしまうわけですよ」

常平倉では豊作の年に余剰の穀物を官府が買いあげ、凶年にそなえて備蓄する。凶作の折、飢民に無償で支給するだけでなく、蔵米を市場に放出して米価の高騰を防ぐ役割もあるが、綺州ではまったくといっていいほど機能していない。

「そのくせ、上供米はきっちり冏都に送ろうとしてるんだもんなあ。飢民どもも我慢の限界ですぜ。そこいらの富家から蔵米をかっぱらうだけじゃすまねえな。じきに懐孝国の邸にも飢民が押しよせますぜ。やつはたんまり貯めこんでるだろうから、掠奪のしがいがあるってもんだ」

「大事になる前に鎮圧しようとするでしょう。禁軍が出てくれれば、騒ぎが大きくなりますからね」

「そうだとも。禁軍がくちばしを挟む前にかたをつけねばな」

奸臣のつねとして、懐孝国の魔手が枢密院にまでおよんでいることは十分に考えられる。たとえ搶米（米騒動）から大規模な反乱に発展し、禁軍が鎮圧に乗り出したとしても、懐孝国は自分が生き残る道を用意しているにちがいない。もっとも最後の手段だろうが。皇帝の行幸中に討伐軍を招きたくはないはずだ。

そしてそれは、こちらも同様である。懐孝国の賂に侵されているやもしれない禁軍が出しゃばってくる前に、蝗災の源を断たなければ。

「霍才人が懐妊して一月だそうです」

抑揚に乏しい鹿鳴の声を、美凰は双燕録を眺めながら聞いていた。

「また例の妙な懐妊か、あるいは……いや、待て。霍才人だと？」

頁をめくる手がとまる。

「最後に夜伽をしたのは三月初頭ではないか。いまはもう六月だぞ。身ごもって一月なら、五月に夜伽をしているはずなのに……」

「主上は四月末から夜伽をおひかえになっており、翌月には綺州へ出立なさっているので、五月に龍床に侍った者はおりません。実に不可解な懐妊です」

「夜伽が記録からもれているということはないか？　たとえば、主上が後宮の園林をぶらぶらしているときに霍才人とばったり会い、そこらの亭で……とか？」

「主上は園林を散策なさいません」

「宴の途中で泥酔した主上がそばにいた霍才人に春情をもよおして……とか？」

「主上は泥酔なさいません。また、仮にそのようなことが起きたとしても、おそばに侍っている紅衣内侍省の宦官が記録をとります」

「では手違いがあったのだろう。なんらかの不手際があって、夜伽に指名された妃嬪と、指名されなかった霍才人が入れかわってしまったのではないか?」

「紅衣内侍省は、妃嬪を龍床に送る前に再三にわたって入念な検査を行います。具体的には、丸裸にして顔つきから身体つきにいたるまで調べあげるといったことです。検査を受ける者が主上に指名された妃嬪と相違すれば、即座にわかります」

入宮前、后妃は頭のてっぺんから足先まで、文字どおり全身を調べられる。性別を偽っている者、病を患っている者、好ましくない特徴を持つ者など、皇胤を宿すにふさわしくない者は入宮名簿から削除される。ここで残された記録は、后妃が夜伽前に受ける検査で参照されることになっている。検査には紅衣内侍省の宦官だけでなく、太医や女官もかかわるので、替え玉がもぐりこむのは至難の業だ。

「とはいえ、うっかりまちがえることも……」

「奴才は紅衣内侍省内侍監として掖庭の諸事をあずかっておりますので、検査にも立ち会います。霍才人が龍床に侍ったのは三月初頭と記憶しておりますが、皇太后さまは、この奴才が『うっかりまちがえた』とおっしゃりたいので?」

氷のような視線で射られ、美凰は目をそらした。

「……そなたを疑うわけではないが」

「仮にわれわれの裏をかき、他人になりすまして夜伽をした者がいたとしましょう。その者の目的はなんです?　双燕録に記載がなければ、運よく懐妊しても皇胤とは認められないのですよ。わざわざ危険を冒して夜伽をする値打ちがありますか？」

ないな、と美凰は素直に白旗をあげた。

后妃のつとめは皇胤を産むこと。夜伽に煩瑣(はんさ)な手続きや細かな作法があるのは、后妃の胎に宿った子がまちがいなく皇上(みかど)の血を引いていると保証するため。正式な手順を踏んだ夜伽でなければ、后妃にとってはなんの意味もない。また、一度は床入りしている霍才人を、天凱が別人とまちがえるとも考えにくい。

「三月初頭に夜伽をした霍才人が六月になって懐妊した。これは……」

「単純な話だよ。ほかの男と巫山(ふざん)の夢を見たのさ」

刷毛(はけ)で白粉を塗りながら、如霞(じょか)が甘く弾んだ声で割って入った。

「後宮ってのは宝具(おたから)が不足してるからねえ。三千人の女に対して一本しかないんだから。とても足りゃしないよ。主上にその気がないなら、べつの陽物(もの)で間に合わせるしかないね」

「密通したってことか？　けっ、反吐が出るぜ。妃嬪だかなんだか知らねえが、お上品ぶってるくせに結局は蛇老婆子(ばばあ)みたいな狐狸精(あばずれ)かよ。これだから女ってやつは」

吐き捨てるように言ったのは、むしゃむしゃ瓜を食べている高牙だ。

「状況だけを見れば密通と判じたくもなるが……これだけでは断定できぬ。霍才人の周辺を調べてみる必要があるな」

「まわりくどいことをなさらなくても、本人を拷問すれば吐くのではありませんか」

鹿鳴が涼しい顔で言うので、美凰は「ならぬ」と強く言いかえした。

「身重の婦人に荒っぽいことはしたくない。とりあえず、霍才人の周辺を探りながら様子を見よう。もしかしたら密通ではなく、例の奇妙な懐妊かもしれぬ」


様子を見るには一晩で事足りた。

たった一夜にして、霍才人の身体は懐妊一か月をゆうに超える状態に変化していた。診察した太医は青ざめ、これまでの事例と同様だと言った。

「不義密通の線は消えましたが、妙ですね」

太医の報告を聞いてから、文泰はしきりに首をひねっている。

「皇胤と怪異が結びついて石を生じていると考えていましたが、霍才人の場合は両者がうまく結びつきません。最後の夜伽から懐妊発覚までの期間が不自然にひらいていますので。霍才人は姦通したわけでもなく、通常なら起こりえない懐妊だ」

「霍才人だけ例外とは考えられぬか？　産むのは石ではないのかも」

「その恐れもありますが、皇胤と怪異は直接関係ないとも考えられますよ」

「関係ないとは言えまい？　石を産んだ妃嬪はみな夜伽をしているのだから」

「それは前提条件なのではありませんか？　たとえば、龍床に侍ることで怪異が生じやすい土壌ができるというような」

「天凱は晟烏鏡の持ち主だぞ。怪異の土壌になるわけが……」

「ないとは断言できませんよ。晟烏鏡は万物を生長させる霊威。〝万物〟のなかに怪異がふくまれないとは言いきれない。現に、先々代の亜堯の寵妃が妖鬼を育てていた例があります。皇上の寵愛をつなぎとめるために」

「寵妃が妖鬼を育てる？　どうやって？」

「皇上の持ち物を妖鬼に与えていたようですね。持ち物とは、髪、血、爪、汗、陽精などです。玉体から生じたものならなんでも」

うげっ、と高牙が包子を頬張りつつ渋面をつくった。

「そんな汚ねえもん食うやつがいるのかよ」

「いるようですよ。皇上の持ち物をとりこむことで妖力を蓄える妖鬼が。かなり特異な鬼ですがね。大半の妖物にとっては、晟烏鏡が放つ光は劇毒ですが、ある種の鬼は己を害する陽の気をうまくかわして、その特質――万物を生長させる――だけを利用することができるらしいんです。もちろん、そんな芸当ができるくらいですから、そこらの妖物とは物がちがいます。件の寵妃の妖鬼を祓うのにはずいぶん手こずったと、禁台の記録に書いてありました」

「こたびの鬼もたいそう厄介な代物ということか……」

美凰は考えこみ、はっとして顔をあげた。

「皇胤と怪異は直接関係ないと言ったな？　皇胤は怪異が生じやすい環境をととのえるのに利用されただけなのではないかと。では、なにが石を生じているのだ？」

「それこそが怪異なのでは？」

「その怪異とはなんなのかと尋ねている。夜伽をすることで妃嬪の身体が妖鬼に都合のいい土壌となったにしても、土壌だけでは作物――この場合は石だ――は生じぬ。子を孕ませるには陽精が必要だ。天子の陽精を用いず、さりとて密通させたわけでもなく、いったいどうやって妃嬪を懐妊させたのだ？」

「べつに陽精なしでも孕むことはあるだろ。俺、聞いたことあるぜ。まだら模様の桃だの、金ぴかの豚だの、羽根の生えた魚だのを食って孕んだ女の話。なんでも、鬼が姿を変えて女体に入りこみ、胤を仕込むんだと」

「ははあ、高牙どのは妖鬼らしくもなく純真ですねえ」

文泰は小馬鹿にしたふうににやにやした。

「その手の話はたいてい姦通をごまかすための作り話なんですよ。未婚の娘や貞淑な夫人が身ごもったときには、妖物のせいにするのが昔から定石でしてね。ま、しょうがないですね。夫以外の男に孕まされたとは言えませんから。ふしぎな食べ物のほかにもいろいろありますよ。淫蕩（いんとう）な悪鬼に襲われたとか、衣服を奪われたとか、血を吸われたとか。禜台は不可思議な懐妊が報告されたら蒐官を派遣して調べるんですが、記録されている事案のほとんどが怪異とは無関係の事件なんですよ」

「なんだよそれ！ 俺たち妖鬼は濡れ衣着せられてるのかよ！」

「全部が全部、嘘でもないですよ。実際に妖物のしわざであることもありますし。まあ、作り話のほうが多いですけどね」

「くそめ！ 人間どもときたらろくなことはしねえな！」

高牙が吼えたとき、円卓に腰かけた星羽が足をぶらぶらさせながら手をあげた。

「はいはーい！ ええとね、踏んづけたんじゃない？ 犬のうんち」

は、と高牙と文泰がそろって首をかしげる。

「あのな馬鹿小鬼。犬の糞を踏んで身ごもるなんざ、どこの笑い話だよ」

「知らないの？ 大昔のお話だよ。女の人が犬のうんちを踏んづけて赤ちゃんを産むの。その赤ちゃんはね、大きくなったら立派な皇帝になるんだよ」

「あー……ひょっとしてそれ、龍の足跡じゃないですかね。犬のうんちじゃなくて」

「ううん、犬のうんちだよ。ぼくの母さんが言ってたもん。こーんな大きいうんちだったって。女の人はそれを沼だと思ったんだって。うっかり踏んじゃって変な気持ちになったから家に帰ったら、おなかのなかに赤ちゃんができてたって」

「はあ？ でかい犬の糞なら沼より山だと思うんじゃねえの」

「その犬はおなかを壊してたんだよ。だから沼みたいに……」

「やめろよ、くそ小鬼！　俺、いま包子食ってるんだぞ！」

「はあ……聞けば聞くほど太祖のご降誕伝説にそっくりなんですけど。いったいどういう伝わりかたをすれば龍の足跡が犬の下痢に……おや、皇太后さま、どちらへ？」

「霍才人の殿舎だ。くわしい話を聞きたい」


才人霍氏は閃州出身の客商の娘で、齢十七。羞花閉月の誉れ高く、並み居る求婚者を袖にして、天凱の重祚に伴って選抜され、入宮した。龍床に侍ったのは一度。つつましやかにふるまうが、野心を秘めており、美貌を武器に立身出世を狙っている。要するにありふれた妃嬪だと鹿鳴は説明した。

「主上はなぜ霍才人をお召しになったのだ？　どこかでお見初めになったのか？」

「奴才が知る限り、主上は適当に禁花扇をお選びになるだけです。どの妃嬪にもこれといった関心はお持ちではないようです」

毎日、皇帝が夕餉をとる時分に、紅衣内侍省の首席内侍監は夜伽をだれに命じるか、おうかがいを立てにいく。内侍監がさしだす后妃の名札は、扇子をかたどったかたちにちなんで禁花扇と呼ばれる。このとき、皇帝は一言も発しない。だれかを召したい場合はその者の禁花扇を裏がえし、召さない場合は黙殺するだけでよい。

「……こ、皇太后さまっ！」

美凰が寝間に入るや否や、霍才人は寝床から飛び起きた。牀榻からおりようとするので、あいさつはよいと言おうとしたが、とめる間もなかった。

「わたくしは、わたくしは潔白です！　不義など犯しておりません！」

ふだんならしっとりと色香をたたえているであろう切れ長の瞳が恐怖に染まっている。玉の肌は紙のように白く、臙脂を落とした唇は青ざめ、激痛に耐えるようにひそめられた蛾眉が見るに忍びない。

「ほんとうです！　主上以外の殿方になど、会ってもいません……！　身ごもるはずがないのです！　これはなにかの間違いですわ！　わたくし……」

「落ちつけ。そなたの潔白は承知している」

美凰は霍才人をなだめ、牀榻に座らせた。不安で眠れぬ夜を過ごしたのか、結わずにおろした黒髪がそそけ立っている。

「不義密通があったと決めつけるつもりはないが、事実として夜伽と懐妊の時期がずれていることが気にかかる。もしかしたら……あり得ないと思いたいが、後宮に男が侵入してきて、そなたを……。むろん、そなたに落ち度はなく、まったくの災難にほかならないのだが……そういう心当たりはないか？」

ございません、と霍才人は力いっぱい首を横にふる。

「そんなおぞましいことが起きていたら、忘れるはずがありませんわ」

「相手は妖物だ。人間や禽獣の姿で襲ってくるとは限らぬ。記憶に残りづらいかたちで起こった可能性もある。たとえば、ふっと意識が遠のいて、気がついたら、だいぶ時間が経っていたということはなかったか？」

いいえ、と霍才人ははっきりと否定する。

「どうして身ごもったのか……心当たりがないのです」

ふくらみかけた腹部にあてがわれた手がせわしなく震えていた。


その晩、美凰があらたな事実を整理していると、如霞がふらりと帰ってきた。

「なにか収穫はあったか？」

如霞は頻繁に外廷をうろついている。後宮に出入りする妖物がいないか見張るというのは表向きの理由。女人と宦官しかいない後宮に飽き飽きして、外廷で男あさりをしているというのが実情だ。道楽のようだが、蛇精たる如霞は妖力を保つため定期的に男の精気を食らわなければならない。いわば〝食事〟である。

「不審な妖物は見なかったけど、あんたの旦那の兄貴が具合を悪くしてたよ」

「私の旦那？　だれのことだ？」

「決まってるだろ。主上のことさ」

「主上は私の甥だ。旦那などではない」

「そりゃ形式の話だろ。実際のとこは、あんたの好い人じゃないか」

「いったいなにを根拠にそんな妄言を吐くんだ」

見てりゃわかるさ、と如霞はにやつきながら煙管をくわえる。

「主上はあんたにほの字だよ。童子のころから忘れられないんだろうねえ。いじらしいじゃないか。あんたもすこしは檀郎（いろおとこ）の純情をくんで、可愛がっておやりよ」

「可愛がっているぞ。天凱が小さくなったときは」

「やだねえ、そういう意味じゃないよ。やれやれ、あんたはいい年して初心（うぶ）なんだから、なんにもわかっちゃいないんだ。いいかい、男ってのはね――」

「話がずれている。天凱の兄……白遠が具合を悪くしているんだったな？」

そうそう、と如霞は気だるげに紫煙を吐く。

「主上の兄貴ね、ええと、栄周王（えいしゅうおう）とか言ったっけ。主上とはまたちがった味の檀郎（いろおとこ）だろ。武官を三人ばかり食ったんだけど物足りないんで、ひとつ栄周王に夜這（よば）いでもしようかと思ってさ、寝床に行ってみたら、怪我して寝込んでたんだよ」

「怪我？　重傷なのか？」

「たいしたことないって強がってたけどさ、相当つらそうだったよ。ありゃ妖物にやられたんだね。太医に診せたとは言ってたが、太医じゃ治せない怪我だ。さすがのあたしも怪我人を襲うのは気が引けるんでね、引き下がってきたのさ」

「妖物？　例の石の鬼か？」

「さあね、瘴痕を見た限りじゃ、件の石ころとは気配がちがうみたいだけど、はっきりとしたことは言えないねえ。気になるなら、見てきたらどうだい。栄周王だって素鵲鏡を持ってるんだから、ほっといてもそのうち瘴痕は癒えるだろうが、あんたが診てやったほうが早く治るよ」


美凰はさっそく東宮に出かけた。表から行けば目立つので、花影をとおっていく。身なりは蒐官のもの。万一、人に見られても言い逃れできるためだ。

臥室には宦官がひかえているはずだが、だれもいなかった。玻璃宮灯がぼんやりと灯る室内を横切り、牀榻に近づく。かすかにうわ言めいた声が聞こえた。だれかに詫びているらしく、しきりに「すまない」とくりかえしている。

牀榻をのぞきこむと、大袖の衫姿の白遠が身体を投げだすように寝そべっていた。呼吸がせわしく、顔は炙ったように火照っている。ひたいに手をあてれば、あっと声をあげてしまうほどに熱い。

「……美凰……？」

白遠が億劫そうにまぶたをあげて、こちらを見た。

「おや、これは夢かな。君が私に夜這いを仕掛けてくれるなんて」

「冗談を言っている場合か。そなたが妖物に襲われて怪我をしたと聞いたので、様子を見に来たのだ。太医の診察を受けたというから、病人らしく寝ているのかと思えば、夜着に着替えもせず、衾褥もかけておらぬではないか」

どうにも億劫でね、と白遠が起きあがろうとする。

「無理に起きなくてよい。しかし、東宮の婢僕はなにをしている。主が臥せっておるのに、看病もせぬとは」

「私が追い払ったんだよ。あれこれと世話を焼かれてはかえって気づまりだからね」

「では、側妃を呼ぼうか？　側妃なら気がねせずともよいであろう」

「側妃たちは王府に置いてきたから、ここにはいないよ」

「だったら、うるさくとも宦官か女官をそばに置かねばならぬではないか」

ぶつぶつ小言をもらしながら、衫を脱がせにかかる。

「いったいなにがあった？　どこで襲われたのだ？」

「例の調査のために花街へ行っていたら、ちょっとした騒動にまきこまれてね」

妓女たちがこけつまろびつして逃げまわっていた。紅灯の巷につきものの刃傷沙汰でも起きたのかと思えば、蛾から逃げていたのだという。

「最近、花街では奇妙な蛾が出るらしいんだ。見た目は青い蝴蝶みたいにきれいでね、妓女たちは面白がって追いかけまわしていたんだけど……」

　蛾が結い髪にとまると妓女たちは喜んだが、しばらくすると蒼白になった。

「その蛾は彼女たちの髪をむしゃむしゃと食べてしまうんだよ。私も現場を見たけど、豊かな高髻が見る見るうちに削りとられてしまうのには啞然としたよ。これは妖物にちがいないと思って、追い払ってやろうとしたら……このざまさ」

　左肩を嚙まれたのだと、白遠は苦しげにうめいた。

「髪を食われた妓女たちも、そなたのように臥せっているのか？」

「いや、髪を食べられただけだよ。熱も出てないし、病の兆候も見られない。その点は、見鬼病をひろめていた妖魔とはあきらかにちがう」

　見鬼病事件では、妖魔が人を襲って病をひろめていた。

「それからね、この蛾は女人の髪しか食べないんだ。男には近寄らない。私も左肩を嚙まれはしたけど、髪は食べられなかった」

「女人の髪だけを狙う妖魔か……」

　思案しつつ、衫を脱がせて中衣の領もとをはだけさせ、左肩をあらわにする。高熱のせいで火照りを孕んだ素肌に鼠に嚙まれたような傷痕がある。

　にじんだ血の痕から妖気が立ちのぼっていた。これが単なるかすり傷ではない証拠だ。瘴痕――鬼に襲われた際にできる傷である。

「たいした妖魔じゃなかった。妖気もさほどではなかったから小物だろうね。これくらいなら、光酉の素鵲鏡しか持たない私にも対処できると思った。……とんだ思い上がりだったよ。ちょっと嚙まれただけで毒気にあてられてしまった。われながら情けないよ。まがりなりにも素鵲鏡を持って生まれながら、たかだかこんな怪我も自分の力で治せないなんてね。天凱なら、かすり傷ひとつ負わなかっただろうに」

「天凱とくらべてもしょうがない。あれは例外だ」

美凰は懐から筆をとりだした。瘴痕に禽字で破邪の神呪を書く。禽字は巫術で用いられる古字。禽字が血文字のように赤く浮かびあがれば、妖気が焼かれているということだ。幸い、見鬼病事件で見た瘴痕ほど厄介な代物ではなさそうだ。体内に入りこんでいるのは鬼そのものではなく、その残滓にすぎない。ある程度、妖気を焼いておいたから、熱はしだいに下がり、明朝には瘴痕も消えているだろう。

「そうだね。光辰の素鵲鏡から晟烏鏡を得た亜堯とくらべても無意味だ」

「だれであろうと、くらべても無益だ。人それぞれ、天から授かったものがちがうのだから。たとえば、天凱は素鵲鏡には恵まれていたが、音楽の才能には恵まれなかった。おぼえているか？　天凱の琵琶の腕前はひどいものだった」

「ひどいなんて言っちゃいけない。一生懸命がんばっていたよ」

「あれはあれで、ある種の才能ではないか？　琵琶があそこまで不気味で不快な音色を奏でるのを、私は聴いたことがなかった。あまつさえ本人にはなかなか上等な演奏に聞こえているらしいから手に負えぬ。私が最後に天凱の演奏を聴いてからだいぶ経つが、あれからすこしは上達したか？」

　いいや、と白遠は愉快そうに肩を揺らした。

「郡王府で熱心に稽古していたから何度も聴いたけど、相変わらずだよ。がんばってはいるんだけど、どうも琵琶と相性が悪いらしい。まあ、琵琶だけの問題でもないけどね。横笛を吹かせると音があちこち飛び散るし、腰鼓を叩かせると壊すし、唱を歌わせるとこちらの頭が痛くなる。音楽そのものと馬が合わないんだろうな」

「きっとだれにでもむいていないことはあるのだろう」

「君にもむいていないことはあったね。たとえば裁縫。あれから上達したかな？」

「上達したぞ。暇つぶしにさんざん練習したからな。いまでは宮廷の刺繍女官として働いても遜色ないほどの腕前だ」

「それはすごい。もしよければ、私にもなにか作ってくれないかい」

　そのうちにな、と美凰は微笑をかえした。

「邪気は祓っておいたが、念のため、丸一日ほどはゆっくりやすんだほうがよい」

「ありがとう。面倒をかけたね」

「水くさいことを言うな。私たちは幼なじみだ。気がねはいらぬ。さて、汗をかいただろうから着替えねばならぬな。宦官に夜着を持ってこさせよう」

「そんなことまで君に任せられないよ」

「側妃がいれば側妃に頼むが、いないのだから仕方あるまい。私で我慢せよ」

宦官を呼んで用事を言いつけた。蒐官姿のため、不審がられずにすんだ。

「そなたも早く王妃を娶ればよいのに。なにゆえ娶らぬのだ」

「なんでと言われてもねえ。縁がないからかな」

「そなたがいつまでも王妃を娶らぬから妙な噂が流れている。私を嫡室に迎えるつもりで王妃の座を空けているのではないか、などという馬鹿げた風説まで飛びかっておるのだぞ。さっさと王妃を娶って流言を一蹴せよ」

努力するよ、と白遠はごまかすような笑みを浮かべた。

「そうだ。流言といえば、そなた……」

側妃を虐げているという噂について尋ねようとしてやめた。

「私が紹介できればよいが、これといって伝手がないのが口惜しい。念のため、どういう女人が好みか聞いておこうか。伝手ができるかもしれぬゆえ」

「好みかあ。こだわりはないけど、しいて言うなら、可愛い人がいいな」

「漠然としているな。具体的に言ってくれないと困る」

「具体的に言うなら、笑顔が可愛い人だね」

「かような条件ではすべての女人があてはまるぞ。ほかにはないのか？」

「うーん、そう言われると難しいな。おいおい考えておくよ」

花影に戻るなり、美凰は如霞を呼んだ。

「白遠の側妃たちを調べてくれ」

「栄周王本人じゃないのかい？」

ふたりが立つ園路の左右には死人花が咲いている。燃えるような色彩に目を焼かれ、美凰は逃げるように上空をふりあおいだ。

「側妃たちの暮らしぶりが知りたい。もし、噂がすこしでも正しいなら……」

虚聞であってほしい。白遠は昔のままの彼であってほしい。切に願うかたわら、美凰はその事実を無視できない。人は、変わるものだ。善かれ悪しかれ。

「今宵、主上が微臣を宴にお招きくださると？」

綺州知州事・懐孝国は大げさなほどに恐縮してみせた。

「なんともはや、恐れ多いことにございます。微臣のような取るに足らぬ小役人が賜宴の栄に浴しようとは、夢にも思わぬことで」

「小役人などと、ご謙遜なさいますな。天下の穀倉たる綺州を治めていらっしゃる貴殿は朝廷の大官にもひけをとりません。主上が宴にお招きくださるのも当然かと」

紫衣内侍監・過貪狼が宝玉のような碧眼をやんわりと細めた。胡姫の血をひくこの銀髪の宦官は元男娼だという。今上の龍陽君と囁かれるほど端麗な容姿をしているが、皇帝の側仕えであるからにはただの見目麗しい腐人ではない。

「主上が微臣をお招きくださったのは、過内侍監のお引き立てあってのことでしょう。些少ではございますが、お礼の印にどうぞこちらをお納めください」

孝国が銀子をさしだすと、貪狼は満面の笑みで受け取った。

「ところで、例のものはご用意してくださいましたか？」

「もちろんでございますとも。近々、主上に献上するつもりでおりました」

「けっこう。主上が心待ちにしていらっしゃいますので、宴席にお持ちください」

かしこまりまして、と孝国はうやうやしく揖礼して貪狼を見送った。

貪狼が言っていた〝例のもの〟とは、綺州一の名妓・瑞露蟬だ。以前、孝国が今上の御前でそれとなく話題に出したところ、今上がぜひ会いたいと言うので、さっそく手配したのである。

――亜堯とは名ばかりだ。たわいないことよ。

亜堯と聞いていたので多少、身構えてはいたが、しょせんは青二才。蝗災をおさめに来たはずが、面倒な仕事は蒐官に丸投げして、連日連夜、酒色に溺れて正体をなくしている。もてなしを拒むようならべつの手を考えなければならないと思っていたが、このぶんなら心配はいらないだろう。

「瑞露嬋ほどの美姫ならば、主上はさぞかしお喜びでしょう」

かたわらにひかえた四十がらみの小男が扇子の陰で下卑た笑みを浮かべた。

楚監州である。監州は州の政治を監督し、不正があれば朝廷に報告することを職掌とする。知州事とはときに意見が対立することもある立場で、楚監州も就任当初は安物の正義感をふりかざして孝国に逆らうそぶりを見せていたが、孝国が賄賂で骨抜きにしたので、いまではすっかり昵懇の仲だ。

「満足なされば、懐知州に褒美をくださるやもしれません」

「褒美か。九宰八使の末席にでも任じてくだされればありがたいのだが」

「末席とは欲のないかたですな。懐知州ほどのおかたなら、太宰をお望みになってしかるべきでしょう」

太宰とは恐れ多い、と孝国はまんざらでもない気分で顎を撫でた。

「それはさておき、主上がご機嫌でいらっしゃるのは喜ばしいことですな。蝗災について朝廷に上申せざるを得なくなったときは肝を冷やしましたが……」

蝗害の発生時期は上申した時期よりも数か月前だった。被害状況も朝廷に出した報告よりはるかにひどい。本来ならもっと早く蝗災発生を上申すべきだったのだが、孝国は朝廷への報告をのらりくらりと先延ばしにしていた。

むろん、保身のためである。蝗害は単なる災害ではない。蝗害が起こるのは玉皇大帝がその土地の施政にお怒りだからであり、被害地域の責任者に咎があると見なされてしまう。栄達の道を閉ざされたくなければ、上申すべきではない案件だ。

孝国は蝗害自体をなかったことにしようとした。これまでの任地でそうしてきたように、綺州各地から上がってくる報告を握りつぶしたのだ。蝗災はそのうちおさまる。放っておけば、飛蝗どもはよそへ行くだろうと楽観していた。しかし、予想に反して状況はどんどん悪化し、被害は多方面におよんでいった。

餓えた民の悲鳴が各地で聞こえていたようだが、そんなことはたいした問題ではない。民は雑草のようなもの。一度、枯れても、しばらくすればまた生い茂る。民の骸がどれほど積みかさなろうと知ったことではないが、上供米や上供銭に影響するとなれば話はべつだ。蝗災により田畑が荒地と化してしまったせいで、つねならば倉からあふれんばかりに収穫されるはずの穀物が激減した。民から搾り取れるだけ搾り取っても、例年の半分に満たないのである。

実を言えば、蝗災自体は孝国が赴任した三年前から頻繁に発生している。それに伴って飢饉も起きているが、上供銭物に影響が出るほどではなかったので、現地の小役人から救荒の要請が来ても無視していた。ところが、今年の蝗害は勝手がちがう。

飛蝗どもの数は増える一方だ。連中は孝国の懐に入るはずだった穀物を根こそぎ食い荒らし、沃土を荒野に変え、そこらじゅうを飢民で埋め尽くした。

　困ったことになった、と孝国は頭を抱えた。蝗災を報告しないなら、災害や飢饉は発生していないことになるのだから、上供銭物は例年どおりの額をそろえなければならない。夏税はかろうじて当座をしのいだが、十一月におさめる秋糧はきびしいことになる。もっとも、問題はそれだけではない。

　上供以外の付け届けにも悪い影響が出る。朝廷の高官たちに贈る賂が減れば、なにかとやりにくくなってしまう。廟堂にひしめく利にさとい老狐狸どもは賂の多寡によってどちらにも転ぶ。懐をあたためてやればどんな悪事も善行とすりかえてくれるが、ひとたび袖の下がすくなくなったら、こちらがどれほど便宜を図ってくれるよう懇願してもおざなりな対応しかしてくれない。

　切り捨てられるだけなら、まだましだ。過去の所業を暴かれ、貪官汚吏として厳罰に処されることも予想される。大官は折にふれて汚職を摘発し、みずからの手柄とするものだ。犠牲となるのはたいてい、彼らが私腹を肥やすのに用をなさなくなった中級官僚。使い物にならないと判じられたが最後、官位を剥奪されるのみならず、これまで蓄えてきた莫大な家産も根こそぎ没収されてしまう。

　――大官の踏み台にされてたまるものか。

科挙を突破して官途についたのは、かくもみじめな末路をたどるためではない。孝国はまだ五十の坂を越えたばかり。あと十年は地方で甘い汁をすすり、致仕までの十年を廟堂の顔役として過ごすのだ。ここでつまずいてなるものか。

上供は減額できない。付け届けも減らせない。となれば、蝗災を上申するよりほかに道がない。蝗害に見舞われたことを公表すれば、綺州は秋糧を免ぜられる。浮いた銀子を袖の下にまわすことができる。被害額はできる限り軽減せねばならない。すくなくとも書面上は。実情をそのまま上申すれば、孝国の失点となるのは必至。あくまで保身のために上申するのだから、加減しなければならない。

最大の難関は皇帝だった。廟堂には孝国の味方をする顕官が多いので、蝗害を上申しただけで知州事の椅子が危うくなる事態にはならないが、昨年重祚したばかりの皇上が大耀帝国の米蔵たる綺閃地方から聞こえてきた蝗災の知らせにどのような反応をするか心配だった。なにぶん、年若い天子である。若輩者にありがちな青い正義感をふりかざして、孝国に蝗災を発生させた責任を問う恐れがあった。

最悪の事態を避けるため、孝国は伝手を使って今上の様子を探った。まず不審に思ったのは、最近、今上が後宮から遠ざかっているということだ。

湯太宰が健在であったころ、妃嬪は幼い湯皇后に遠慮して夜伽を避け、今上は独り寝を強いられていた。湯皇后が後宮を去ったいま、だれにはばかることなく美女を愛でることができるのに、なぜか今上は夜伽を避けるようになった。理由は公にされていないが、銭貴妃の病死以来、頻発している妃嬪の流産が影響しているのではないかと思われた。後宮でなにかよからぬことが起きている。それは風の噂で聞くように怨霊となった凶后のしわざなのかもしれないし、いまだ今上を慕う湯氏の呪詛によるものなのかもしれない。なんにせよ、今上は鬱屈しているようだ。若く健康な青年が禁欲を強いられているのだから無理もない。

　そこで孝国は一計を案じた。天子の気鬱を晴らすため、さまざまな趣向を凝らしたのだ。天女にも勝る美姫、麻姑が醸したような緑酒、ひと口に千金の値がつく山海の珍味。南蛮渡りの奇抜な曲芸、神仙の技にしか見えぬ幻術、蟠桃会で披露されるような歌舞音曲。この綺州にはありとあらゆる遊興がそろっている。次から次に楽しみが襲ってくるのだ。退屈している暇などない。

　策は功を奏した。いまや、今上は歓楽の虜だ。孝国を弾劾しようなどとは露ほども思うまい。これでよいのだ。青二才の天子には綺州という名の仙界で存分に楽しんでいただき、蝗災に打ち勝ったという成果を手土産に回鑾していただこう。

「懐知州の神策が功を奏して主上はご機嫌。懸案だった黄別駕の件も穏便にすみそうですな。いやはや、懐知州はたいへんな謀士でいらっしゃる」

「謀士というほどでは。身を守るため、知恵を働かせただけのことですよ」

ふたりしてほくそ笑んだときだ。下吏が官房に入ってきた。

「首尾は？」

孝国がちらりと視線を投げると、下吏はいかつい面を伏せた。

「つつがなく」

「けっこう。では、別室にて褒美を受けとるがよい」

孝国は側仕えを呼んだ。下吏を別室に案内するよう命じる。

「これで頭痛の種は消えましたな」

側仕えが下吏を連れて退室したあと、孝国と楚監州はふたたび笑みをかわした。

別駕は州府の次官である。孝国が知州事に就任する以前から綺州に仕えている黄別駕は清官気取りの生意気な若造で、いっさい賄賂を受けつけず、美女や美童にもなびかず、かねてよりあつかいづらくて困っていた。こたびの蝗災では一刻も早く朝廷に上申するよう、しつこく進言しており、うっとうしいことこのうえなかった。

――主上に余計な奏上をするのではあるまいか。

今上の綺州行幸が決まったと聞いたとき、心配になったのが黄別駕の存在である。小賢しい男だ、ひそかに今上に近づいて孝国の不正を訴えるかもしれない。今上が聞き届けなければよいが、もし真に受ければ万事休すだ。

黄別駕の口を封じる必要がある。賄賂が効かないなら、死をもって。

当初は今上の行幸前に片づけることを考えた。不安の種は迅速に消し去るに限る。ここで問題が生じた。行幸前に別駕ほどの州府の高官が不審な死を遂げていれば、官僚の不義不正を見逃すまいと目を光らせている監察御史が疑念を抱いて調査しかねない。監察御史も買収できれば話が早いのだが、連中のなかには正義感だの義侠心だのという一文にもならないものに燃える者もいて、その手の朴念仁に目をつけられれば、大官たちに働きかけて事態を収拾するのにも骨が折れる。

しばし悩み、孝国は妙策をひねりだした。それは今上の行幸中に暴動を起こし、混乱のどさくさに紛れて黄別駕を殺害するというものだ。

綺州じゅうにあふれている飢民は各地の粥廠に殺到しているが、常平倉の米のほとんどは孝国をふくめた官吏たちが横領しているので、足りないぶんは泥や砂を混ぜてごまかしている。当然、飢民は激怒し、怨みをつのらせている。ちょっとした火種を与えてやれば、すぐに蜂の巣をつついたような騒ぎになってしまう。

暴動を鎮めるよう命じて黄別駕を現地へ送り、暴徒どもに襲われたと見せかけて刺客に殺させる。暴徒どもに罪を着せ、処刑したのち、黄別駕は不運な犠牲者として手厚く葬る。のちに孝国が手を染めてきた数々の瀆職を横死した憐れな清官どのにかぶせ、蝗災の元凶たる悪政は黄別駕によるものだったことにするのだ。

――なんという神算鬼謀だ。われながら惚れ惚れする。

策は順調に進んでいた。先ほどの下吏は黄別駕を始末するために雇った破落戸だ。孝国の命令どおり、暴徒のしわざに見せかけて黄別駕を斬殺した。下吏には褒美をやると約束していたが、約定を果たすつもりはさらさらない。側仕えには下吏を毒殺するよう命じている。謀の証人となる者を生かしておく愚は犯さない。

これから今上の宴に顔を出して、黄別駕の横死を告げなければならない。黄別駕がどれほど有能な官僚であったかとうとうと語り、さぞや無念であったろうと涙さえ流してみせる。同時に下手人である暴徒は捕縛しており、近日中に処刑する予定だと奏上するのだ。孝国がぬかりなく芝居を打てば、今上は疑義を抱くまい。

孝国は身なりをととのえ、楚監州を連れて行宮に向かった。正庁に近づくと、にぎやかな管弦の調べが漏れ聞こえてきた。今上主催の宴には孝国ら以外の州府の官僚たちも招かれているようだ。艶っぽい詩を吟ずる声や、はやし立てる声がする。

「待ちかねたぞ、懐知州」

孝国の姿を見るなり、今上は上座にしつらえられた玉座から手招きした。左右に侍った美姫が玻璃の杯になみなみと酒を注ぎ、絹団扇で風を送っている。

——ずいぶんお楽しみだったようだな。

龍袍の領もとがだらしなくひらき、結い髪も乱れている。だいぶ酔いが回っているらしく、ろれつも怪しかった。

「今宵はお招きにあずかりまして恐悦至極に存じます」

「やめよやめよ。ここは廟堂ではないのだ。無礼講でよい」

今上はひらひらと手をふり、孝国に座るよう促した。

「実はお相伴にあずかる前に……申しあげねばならぬことがございまして」

黄別駕の件を奏上する。今上は暴徒が州府の官僚を殺したと聞いて気色ばんだが、下手人たちが捕縛されたと聞くと、安堵した様子だった。

「予の臣下を手にかけた不届き者どもは八つ裂きにせよ」

仰せのとおりに、と孝国は首を垂れる。

「して、例のものは持ってきたのだろうな？」

今上が身を乗り出して問うた。黄別駕の件は早くも忘れたらしい。

「もちろんですとも。ただいま、お目にかけましょう」

孝国は側仕えに耳打ちした。側仕えはいったん下がり、帷帽でおもてを隠した女人を連れて戻ってくる。女人が帷帽を取り去ると、その薄絹の下から古の皇帝に房中術を授けた素女もかくやというほどの艶めかしい玉のかんばせがあらわれた。

「瑞露蟬が主上に拝謁いたします」

綺州一の名妓は玲瓏たる美声を響かせ、たおやかに万福礼した。

「小州には技芸に長けた美姫がすくなくありませんが、この者の舞は群を抜いております。当人が主上に腕前を披露したいと申しておりますが、いかがでしょうか？」

「ん？　ああ、そうだな。見せてもらおう」

露蟬の美貌に見惚れていたせいか、今上の返答は滑稽なほどに遅れた。

では、と露蟬に舞の支度をさせる。露蟬は赤い荷花が描かれた扇子を持ち、舞台に立った。楽妓たちが琵琶や箜篌を奏ではじめれば、孔雀緑の衫襦をひるがえして蝴蝶のように舞う。

「素晴らしい舞姫がいたものだ。これほどの妙手は皇宮にもおらぬぞ」

今上は酔眼を細めて露蟬の舞に見入っていた。

「懐知州よ、卿の働きには感心している。綺州に来てからというもの、天上世界で遊んでいるような心地だ。卿には褒美をとらせねばならぬな」

「滅相もない。微臣のような菲才の者が主上にお仕えするだけでもこのうえない栄誉でございますのに、褒美などいただいては身に過ぎる果報となりましょう」

「殊勝なことよ。綺州には忠臣が多いのだな。まこと喜ばしい」

長々と感嘆の息をもらし、酒杯をかたむけようとした手をとめる。

「忠臣に褒美をとらせねば、予の気がすまぬ。貪狼、あれを持て」

貪狼は足音もたてずに下がる。戻ってきたときには螺鈿細工の箱を持っていた。

「卿のために用意させた。遠慮せず、受けよ」

皇上に勧められてむげに断っては非礼にあたる。孝国はうやうやしく受けとった。ずっしりと重い、大ぶりな箱だ。銀子がつまっているのだろうか。

「開けてみるがよい」

今上が笑顔で促すので、孝国は星屑のようにきらめく螺鈿のふたを開けた。とたん、金気くさいにおいが鼻をつく。手近な灯燭の光が箱の中身を舐めたとき、ぎょろりとしたそれと目が合った。ぎゃっと悲鳴をあげ、反射的に箱を投げ捨てる。

「無礼ですよ。下賜品を粗末にあつかうなど」

「……し、しかし、これは……」

貪狼に睨まれ、孝国はそれを指さした。箱ごと絨毯に叩きつけられた拍子に、その物体はごろりとまろび出ていた。不気味なほどに血走り、飛び出さんばかりに見ひらかれたふたつの目玉がこちらを凝視している。

「うれしそうな顔をしたらどうだ？　卿が欲していたものであろう？」

「……なっ、なにをおっしゃいます。微臣は、こ、このような」

「生首では不満か。手足のほうがよかったかな？　あるいは胴体か？　だが、それではこれがだれなのかわからぬ。ゆえに気を利かせて首にしたのだ」

「だ、だれなのですか、これは。なにゆえ、かようなことをなさるのか、微臣には」

「よく見てみろ。卿が見知っている顔だぞ」

おそるおそる視線を動かし、絨毯に転がった生首を見やる。賢しらな目つき、思いあがった鼻梁、清貧をひけらかす痩せた頰。それらは彼奴の持ち物だ。安っぽい道義心で孝国の輝かしい未来を脅かした、世間知らずの乳臭児——。

「こっ……これは、黄別駕ではありませんか！　な、なぜ黄別駕が生首に……」

「なぜだと？　妙なことを訊くのだな。黄別駕を殺せと命じたのは卿であろうに」

「ば、馬鹿な……！　そのようなことを命じたおぼえは」

「ああ、そうか。首を斬れとまでは言っていないか。暴徒のしわざに見せかけて殺せと命じたのだったな」

「とんでもない！　ありえぬことでございます。黄別駕は才物でございました。小州になくてはならぬ、微臣がもっとも信頼する者で……」

目の前の床に叩きつけられた書物がつづく言葉を断ち切った。

「黄別駕がつけていた帳簿だ。卿が抹消した蝗災被害の実情がつまびらかに記されている。予に報告した数字とはずいぶん異なっているが、どういうことだ？」

「……な、なにかの間違いでしょう。黄別駕が……いえ、何者かが微臣を陥れるために用意していた偽の証拠かもしれず……」

「どうした、楚監州。なぜ卿まで青くなっているのだ？」

いきなり声をかけられ、孝国のそばで小さくなっていた楚監州がびくりとした。

「楚監州、卿は知州事を監督するのがつとめであろう。なぜ懐知州が蝗災を握りつぶそうとした事実を朝廷に上申しなかった？　懐知州の不正を知りながら黙認していたのなら、天子を謀ったことになるが？」

「しゅ、主上……微臣は――」

「どうしても白を切るというのなら止めはせぬが、賢明とはいえぬな。卿がどんな悪事に手を染めていたにせよ、懐知州ほどではなかろう。卿は綺州に赴任した当初まで清廉だったと聞いているぞ。卿の変節が懐知州の影響によるものなら、懐知州の悪事を洗いざらい話せば、卿の罪は軽減される。それでもまだ白を切るのか？　ならばやむを得ない。卿の罪咎は懐知州と同等と見なす」

「……わ、微臣は、そ……その……」

「申し訳ございません、主上！」

狼狽して自白しそうになった楚監州を遮り、孝国は倒れこむようにひざまずいた。

「微臣は脅されていたのです！　蝗災を朝廷に上申しないようにと……」

「だれが卿を脅していたというのだ？」

「それは……」

怯え切った顔つきを作り、楚監州をちらりと見やる。

「蝗災が発生したとの報告を受けたとき、微臣はすぐさま朝廷に上申しようとしたのですが……楚監州に止められました。蝗災は知州事だけでなく、監州にとっても大きな失点。楚監州は九宰八使の座を狙う野心家でいらっしゃいますので、ご自分の立身出世の妨げとなる蝗害をもみ消してしまおうとしたのです」

「なっ、なにをおっしゃるのです、懐知州！　それではまるきりあべこべで――」

「むろん微臣は反対しました！　立身出世のために蝗災をなかったことにするのは主上への裏切りだ、反逆にもひとしい大罪だと！　さりながら、楚監州は微臣の諫言を聞き入れてはくださいませんでした。それどころか、微臣が強いて上申するなら、息子の嫁に――わが娘は楚監州のご嫡男に嫁いでおります――危害を加えると脅したのです！　微臣も人の親でございます。ましてや娘は目に入れても痛くないほど可愛がっております。愛しい娘に何事かあってはと、生きた心地もせず……」

よよと泣きくずれ、官服の袖で顔を覆う。

「娘を盾に脅迫されては手も足も出ません。楚監州に命じられるまま、近隣州県の要人に付け届けをして、綺州の蝗災を上申せぬよう内々に打診しました。恐ろしい罪を犯しているという自覚はございました。いつ事実があかるみに出るかと、日々、戦々恐々として……それもこれも、微臣の心の弱さゆえです。楚監州に脅されようとも、たとえ愛しい娘を人質にとられようとも、主上の臣下として忠義を貫くべきでした。大義のため、忠義のために、わが子を犠牲にすべきでした。されど、微臣は娘がいとおしく、どうしても親の情を捨てられず、楚監州の脅迫に屈してしまい……」

「と、とんでもない言いがかりです！　信じてはなりません、主上！　懐知州は嘘を申しております！　微臣に罪をなすりつけようと──」

「見苦しいですぞ、楚監州。事ここに至っては、嘘偽りを申さず、ありのままにご自身の罪科を告白するしかありません。主上は聖君であらせられます。赤心より懺悔すれば、罪深き御身にもかかならずやご恩情をかけてくださいましょう」

「……で、ですが、微臣は」

「ああ、なんと嘆かわしい！　この期に及んで罪をお認めにならないとは！」

孝国は大げさな所作で格天井を仰ぎ、床にひたいを打ちつけた。

「主上！　微臣は愚か者でございます！　楚監州のような卑劣漢の息子に大事な娘を嫁がせてしまいました……！　されど、これもやむを得ぬことだったのです。楚監州は微臣の愛娘を楚家に嫁がせるよう求めましたが、微臣は丁重にお断りしました。楚監州のご嫡男にはいろいろと悪い噂があったためです。ところが、楚監州はあきらめてくださらず……聞くに堪えぬ醜聞を流して娘の名節を傷つけました。ひとたび淫婦の烙印を押された以上、娘は楚家に嫁ぐしかありません……。父親としてこれほどの屈辱がほかにあるでしょうか。微臣はわが子を守ってやれなかったばかりか、楚監州という豺狼の住処に掌中の珠を嫁がせる羽目に……」

「鬼話（でたらめ）です！　懐知州の娘御はかねてから身持ちが悪いと噂されており――」

「お聞きになりましたか、主上！　楚監州は父親の前でも他人の娘を貶（おとし）めるような御（お）方（かた）です！　息子の嫁にすらこの仕打ちなのですから、野心のために主上を欺くことをどうして恐れましょうか。調査をすれば、微臣が不正を働いていたという証拠が続々と出てくるでしょう。楚監州は策略に長けています。いざとなれば、微臣にありとある罪を押しつけてご自分は処罰を逃れるおつもりなのです。わが娘を強引に娶ったのも微臣を意のままに操るため。陰の知州事として綺州を支配するためだったのです。いいえ、綺州だけではありません。いずれは九宰八使にのぼるおつもりだったのですから、廟堂を支配することすらもくろんでいたにちがいありません」

「よくも……よくも次から次に嘘を！　なんという恥知らずだ！」

　楚監州が怒りのあまり顔を真っ赤にしたとき、今上がだんと卓子（つくえ）を叩いた。

「もうよい。卿らの話を聞いていると混乱してくる。どちらかが嘘をついていると思われるが、どうにも判断がつかぬ。いかがしたものか、貪狼」

「証人にお尋ねになれば、どちらが嘘をついているかわかるでしょう」

「そうだな。証人に尋ねよう」

　黄別駕、と今上はそこにいるはずのない人物の名を呼んだ。

「懐知州は楚監州に脅されたと言っているが、事実なのか？」

「いいえ。真相はその逆です。もっとも、楚監州は脅迫されたのではなく、賄賂漬けにされて懐知州の言いなりになったのですが」

聞こえるはずのない声が聞こえて、孝国ははっとしてあたりを見まわした。思いがけず近い。孝国のために用意された卓子のそば――いや、絨毯の上から。

「……なっ、生首がっ……！」

楚監州が腰を抜かした。声の主が黄別駕の生首だと気づいたからだ。

「蝗災は懐知州が赴任してから毎年起きていましたが、懐知州は一度も朝廷に上申していません。娘御を人質に取られ楚監州に脅迫されたとは笑止千万。懐知州が娘御を楚監州のご嫡男に嫁がせたのは今年はじめのこと。昨年、一昨年と、つづけて蝗災をふせていた理由にはなりません」

「も、妄言を吐くな、妖物（ようぶつ）め！　主上！　これは鬼（ばけもの）ですぞ！　黄別駕の首に憑依（ひょうい）した悪鬼です！　お聞きになりませぬよう！　鬼の吐く言葉など、汚らわ――」

「娘御が楚監州に悪評を立てられたというのも真っ赤な嘘。懐知州の娘御の不行状（ふぎょうじょう）はかねがね音に聞こえておりました。未婚のまま身ごもった事実を隠すため、楚監州のご嫡男にあわてて嫁がせたのです。もちろん、楚家と姻戚になり、楚監州と関係を深めることで、いざというときの裏切りを防ぐためでもあるでしょうが」

「ええい黙れ、鬼め！　忌まわしい嘘偽りで主上のお耳を汚すな！」

「己の立場がまだわかっておらぬようだな、懐知州よ」

今上がひとつ手を叩く。生首がぱんと音を立てて弾けた。直後、無数の黒い虫が孝国めがけて猛然と飛んでくる。孝国は悲鳴をあげた。無我夢中でそれらをふり払おうとしていると、殺したはずの男の声が降る。

「悪あがきはおやめください。主上はなにもかもご存じなのです」

見あげれば、分別くさい顔つきをした細身の男が立っていた。孝国が再三にわたって贈った賄賂をつきかえし、かたくなに蝗災を上申しようとした黄別駕だ。

「……きっ、貴様がなぜここに!? 死んだはずでは……!?」

「おまえが殺させたのは黄別駕の偽者だ。本物はこのとおり生きているぞ」

今上が龍袍の袖を払って立ちあがると、そばに侍っていた美姫たちが煙のように消えた。美姫たちが座っていた場所には、紙切れがひらりと舞い落ちる。

「さて、洗いざらい白状してもらおうか」

「……な、なんのお話やら、わかりかね……」

「まだ白を切るつもりか。では、これではどうだ？」

今上は金碧山水（きんぺきさんすい）の扇子をひらいておもてを隠した。暫時（ざんじ）ののち、ひらりと扇子をひるがえす。一瞬だけ隠されていた龍顔があらわになった刹那、孝国は凍りついた。

黄別駕の暗殺を遂行した下吏のいかつい面貌がそこにあった。

「よもやこの顔を見忘れたとは申すまいな？」

「……そ、そんな……微臣は」

「おまえが蝗災の混乱に乗じて黄別駕を片づけるだろうと踏んで網を張っておいたのだ。なぜ予測できたのかと尋ねたいようだな？　愚か者め、予は亜堯だぞ。あらゆるものを見通す力がある。おまえのような生き血をすすって肥え太った暴吏がどれほど媚びへつらおうと、本性は隠しとおせぬ。晟烏鏡を宿した、この目には」

　今上がふたたび金碧山水の扇面でおもてを隠し、瞬息ののちに扇子をおろす。舞いもどった精悍な龍顔はどこまでも冷徹な双眸で孝国を射貫いた。

「綺州知州事、懐恩」

　今上は左手でなにかを招くようなしぐさをした。すると、この騒動のさなかにも舞をつづけていた瑞露蟬がふっと消えた。――否、空中に飛びあがったのだ。綺州一の名妓は孔雀緑の衫襦の袖を翼のように羽ばたかせ、極彩色の格天井が描き出したまがい物の天空を右に左に飛びまわる。まばたきも忘れて見惚れているうちに、あざやかな両翼は染められるように袖口から色が抜けていき、やがては真っ白になった。

　天女と見まがうその麗姿は、気づけばすっかり様変わりしていた。妖艶なかんばせは消え去り、いかめしい鳥の頭が出現している。純白の衫襦はおなじ色の羽毛に覆われた双翼になっている。ひらひらとはためいていた紅裙はいつの間にか人のかたちを失って、象牙を削り出したような三本の鳥足になっている。

晟烏鏡だと直感した。しかし、その姿は烏よりも鷲に近い。強力な素鵲鏡を持って即位した皇帝は、より強力な晟烏鏡を得る。晟烏鏡の霊威が強ければ、それを具現した白烏の姿もより強大で、猛々しいものとなる。

「晟烏鏡は悪人の目玉が好物だと知っていたか？」

今上が腕をひろげると、滑空してきた白烏がその腕に舞い降りた。白珠のような目玉に睨まれ、孝国は喉が張り裂けんばかりに悲鳴をあげる。

「この期に及んで、みっともない真似はおやめください」

四つん這いになって逃げようとする孝国の前に黄別駕が立ちはだかった。ふと見れば、楚監州は失神していた。弾劾の現場に居合わせた官僚たちは一様に青ざめた顔をふせ、肉付きのよい肩を震わせながら縮こまっている。必死に考えをめぐらせているのだ。どうすればわが身に降りかかる火の粉を払うことができるかと。

「何度もおなじことを言わせるな」

今上がはるか高みから冷徹に孝国を見おろしていた。

「白状するのかしないのか、どちらだ？」

否やと言えようはずもない。亜堯の御前では、だれもみな無力だ。

「あの悪徳知州、とんでもない額の銀子を貯めこんでいたようですよ」

懐家の帳簿を眺め、貪狼はうらやましそうにため息をついた。

「よくもまあ、こんなに貯めこんだものです。地方官は実入りがいいと聞きますが、ここまでとは。はあ、奴才も宦官なんかならずに官僚になればよかったなあ」

「言っておくが、横領はするなよ。いまは非常時だ。この銀子は窮民の食糧を調達するのに使わねばならない」

「わかってますよ。はああ、すごいなあ。いいなあ」

よだれを垂らしそうな貪狼から帳簿を奪い、天凱は黄別駕に投げて寄越した。

「おまえを仮の綺州知州事に任じる。懐恩に代わってその座にのぼり、蝗災による綺州の混乱をおさめよ。懐恩ら私腹を肥やしていた連中の私財から妻子の食い扶持を差し引き、残りは救荒にあてろ。囧都から持ってきた救米は晟烏鏡でひもをつけてあるのでだれの邸に運ばれたのかわかっている。それらも回収し、おまえに与える。心して賑済に励め。働きぶりによっては、正式に知州事に任じてもよい」

かしこまりまして、と黄別駕は慇懃に帳簿をおしいただいた。

――朝廷が腐敗しているのだ、地方が腐り果てているのも無理はない。

黄別駕の名は監察御史から聞いていた。堕落した綺州の官僚たちのなかでは泥中の蓮のごとき稀有な存在だという評判だった。それゆえに懐孝国とは折が合わず、たびたび強意見して煙たがられていると。懐孝国は狡猾な男だ。邪魔な黄別駕を排除する策として蝗災を利用しないはずはないと容易に想像できた。

そこで蒼梧を州府に送り、懐孝国のもてなしを受けさせ、女色で骨抜きにされているふうを装ったのだ。懐孝国が油断している隙に、貪狼が州府内に密偵を放ち、懐孝国と楚監州の蜜月関係を調べあげた。同時に黄別駕を監視していると、懐孝国に命じられて暴動の鎮圧に向かったことがわかったため、黄別駕の紙人をつくり、本物の黄別駕と入れかえて、懐孝国が放った刺客に殺させた。紙人から血飛沫がほとばしったので、刺客は手もなく騙された。首尾を報告に行った刺客を捕らえ、天凱はやつになりすまして懐孝国と楚監州の密談の現場に立ち入った。ふたりの汚職官僚は相手が天子であるとも知らず、無防備に裏の顔をさらした。

――これで解決するのなら気楽なのだがな。

あいにく、そう単純な話ではない。懐孝国のような輩はどこにでもいる。それこそ、大耀のいたるところに。さながら腐肉にたかる蛆虫のごとく。

「あれえ？　見世物は終わっちまったんで？」

雷之が酒壺と紙包みを抱えながらやってきた。紙包みの中身は例の揚げた飛蝗らしい。うまそうにもぐもぐと食べている。

「ひと足遅かったな」

「ひでえや。俺が飛蝗どもを片っ端から捕まえてるあいだに終わらせちまうなんざ、薄情ですぜ。せめてもうちょっと長引かせてくださってりゃ……」

「おまえ、どうしたんだ？　口の周りが真っ赤だぞ」

「真っ赤？　そうですかい？」

雷之はふしぎそうに目をぱちくりさせ、蒐官服の袖で口もとをぬぐった。

「うげ、ほんとだ。やけに金気くせえ飛蝗だなと思ったら。近ごろの飛蝗は生意気ですぜ。虫けらの分際で一丁前に赤い血を蓄えてやがる」

ぼやく雷之に歩み寄り、天凱は袖口についた血にさわってみた。ふれた瞬間、ぞくりと背筋が粟立つ。

「……これは、飛蝗の血ではない」

身中で晟烏鏡が警鐘を鳴らしている。耳をろうするほどに、けたたましく。

「人の血だ」


引きちぎられたような月が緑琉璃瓦の群れを照らしていた。東宮の建物であることを示すその色彩はほの暗く月光を弾き、夏の夜の底にひっそりと沈んでいる。

園林にそびえる高楼の露台で、白遠は玉笛を吹いていた。甘くせつない音色が涼やかな夜気と交わり、あるかなきかの余韻を残しながら消えていく。

――こんな夜だったな。美凰とはじめて言葉をかわしたのは。

そのかみ、美凰は七つ。のちに凶后と呼ばれることになる劉瓔の立后に伴って、皇后の姪となっていた。美凰が非馬公主とそしられるほどにあらゆる贅沢をほしいままにするかたわら、白遠――恒は皇長子らしからぬ貧しい暮らしぶりだった。

着古して穴があいた衣服をまとい、手癖の悪い婢僕に調度という調度を盗まれたがらんどうの部屋で、すえたにおいのする粥や黴臭い饅頭を胃の腑につめこんでいた。すでに生母伏氏は鬼籍に入っていた。全身に水疱ができて死の床に臥し、「熱い、熱い」とうめきながら事切れたのだ。その不可解な死は巫蠱によるものとしか思われなかった。母の崩御からほどなく、母方の親族は凶后の奸計によって族滅された。うしろ盾がなく、父帝の寵愛もない皇子は非力だ。尭酉の素鵲鏡しか持たぬがゆえに凶后に命を狙われることはなかったが、だれからもかえりみられず、みなに忘れ去られて、後宮の片隅でひっそりと露命をつないでいた。

自分には未来がない。遠からず飢えか病に殺される。冠礼まで生きていれば親王に封じられるかもしれないが、望み薄だ。そのうち腐った粥や饅頭すらも口にできなくなるだろう。利用価値のない皇子にはだれもみな情け容赦ないのだ。死の予感から目をそむけられなくなってもなお、節操のない人びとのように凶后のご機嫌取りをする気にはなれなかった。凶后は恒の怨敵だからだ。母の命を奪った奇病は凶后の呪詛によるものと噂されていた。否、噂では片づけられない。一寵妃の分際で皇后への野心を隠そうともしなかった劉瓔には、十分すぎるほどの動機があった。

腸が焼き切れんばかりに凶后を憎みながら、恒は無為に生きていた。母の仇を討ちたくても、復讐する力がない。凶后には近づくこともできず、たとえ近づいたところで傷ひとつつけられはしない。なにもかもをあきらめ、底なしの虚無感にさいなまれつつ、亡き母から贈られた玉笛を奏でて無聊を慰めていた。

いつもは母を想って蕭条たる曲を吹くのだが、その日は趣向を変えて母が好きだった陽気な曲を奏でた。玉笛からこぼれる軽やかな音色を聞いていると、母がそばにいて微笑んでくれているような心地がした。

最後の音が夜風に溶けたとき、晴れやかな声に背中を叩かれた。

「とっても素敵だったわ！」

ふりかえると、淡粉の襦裙をまとった少女がいた。一目で非馬公主だとわかった。きらきらしい装身具と、かしずく大勢の側仕えが彼女の身分をあらわしている。

――いい気なものだ。皇族でもないくせに〝公主さま〟などと呼ばれて。

母の仇である凶后とおなじくらい、恒は非馬公主・劉嫋を憎んでいた。外戚の娘でありながら、劉嫋は皇族よりも恵まれた暮らしぶりだった。甍をつらねる黄金の殿舎、宝珠をちりばめた調度、華美をきわめた衣服、食卓を埋め尽くす豪勢な料理……揶揄にしろ、阿諛にしろ、公主と呼ばれるはずだ。しかし、彼女は公主ではない。年ごろになれば凶后の手回しで皇家に輿入れし、皇后の鳳冠をいただくのだろう。

「横笛を吹いているというより、歌っているみたいね。まるで仙界の音色だわ。才能がある楽師なのね。わたくしも横笛は吹くけど、あなたには勝てないわ」

劉嫋は恒を下級楽師と誤解した。恒の身なりがみすぼらしかったためだ。

――私は素鵲鏡を持って生まれた正真正銘の皇族だ。偽公主の君とはちがう。

苛立ちのままに言い放とうとしてやめた。これは好機ではないかと思い立ったのだ。宿怨を晴らすための、第一歩になるのではないかと。

恒はできるだけ哀れっぽく事情を話した。凶后への怨みは巧妙に隠して。

「まあ、かわいそう……。たいへんな苦労をしたのね」

劉嫋は同情して恒を自分の殿舎に連れ帰り、あれこれと世話を焼いた。

「あなたがちゃんとした暮らしをできるよう、わたくしが伯母さまにお願いするわ」

劉嫋の口利きによって、恒の待遇は格段によくなった。殿舎は皇長子にふさわしいものになり、身なりは逆立ちしても楽師には見えないものになった。

――怨敵を討つには力が必要だ。

凶后が支配する後宮で力を得るには、凶后に気に入られるしかない。とはいえ、やみくもに媚を売っても相手にされないだろう。凶后の周囲には媚びへつらう者がひしめいている。また、凶后は非常に気まぐれで、おなじことをしても喜ぶときと喜ばないときがある。凶后の顔色を正確に読み取るのは至難の業だ。

それにくらべ、劉嫋は御しやすい。苦労知らずゆえに単純で、この世には善意があふれていると信じて疑わないおひとよし。自分が安逸に生活しているせいか、だれにでも憐憫を垂れ流す。哀れみを誘う物言いをすれば簡単に同情してくると踏んだが、予想どおりの結果になった。劉嫋と親しくなれば、凶后に取り入るのも難しくはない。劉嫋を溺愛する凶后は、劉嫋が好むものを無条件に愛するのだ。

「ぬしの音色はまことに美しいのう。耳が洗われるようじゃ」

劉嫋の勧めで凶后に演奏を聴かせると、恒は凶后のお気に入りになった。

以来、たびたび凶后の前で演奏した。横笛だけでなく、箜篌や琵琶、雲鑼や編鐘も。とりわけ喜ばれるのは劉嫋と合奏するときだった。恒は自分の音色が劉嫋のそれをうまくひきたてるよう心掛けた。劉嫋の引き立て役に徹することで、恒はますますもって凶后に寵遇された。

――いつか怨みを晴らしてやる。

楽師のように宴席に侍り、舌が爛れるような空世辞を吐く日々のなかでも、骨身を焼く怨憎はいっかな衰えなかった。いまは雌伏のときだ。復讐心を隠さねばならない。追従笑いで武装しなければならない。母の仇を討つ日まで。

復讐のために道化に徹するとかたく誓ってもなお耐えがたいのは、母の忌日に音楽を奏することだった。母が苦悶のうちに息を引きとったその日に、おごそかに母の冥福を祈るはずのその日に、月琴や三弦をつま弾いてお追従を言い、母を殺した毒婦を楽しませる。これ以上の親不孝が存在しようか。

怨心を悟られないためには、母の忌日にこそ浮かれ騒がねばならない。その日も凶后がもよおした宴で底抜けにあかるい音曲を披露し、素鵲鏡で珍妙な変化の術を見せて笑いを誘った。凶后は大いに喜び、恒に褒美を与えた。

西域出身の曲芸師が宴席をわかせはじめるころ、恒は中座した。

ひとりになると己への憤りで胸がつまった。貧弱な素鵲鏡しか持たぬばかりに、皇長子でありながら玉座への望みはなく、天下を腐す毒婦におもねって生きながらえている。とても皇后所生の皇子の行いではない。だが、そうしなければ生きられない。仇敵を討つためには生きていなければならない。どんな恥も、屈辱も、汚名も、甘んじて受け入れ、耐えるしかないのだ。

忸怩たる思いを噛みしめて月を睨んでいると、劉嫋に声をかけられた。恒は即座に笑顔を作っていつもどおり能天気にふるまった。

「なにかつらいことがあったの？」

おどけてみせる恒に、劉嫋は心配そうな顔を向けた。

「先ほどの演奏はなんとなく悲しそうに聞こえたわ。まるで、だれかを悼(いた)んでいるような……。つらいときは無理して笑ってはだめよ。我慢せず泣いたほうがよいわ」

「君もそうするのかい」

「可愛がっていた猫が死んでしまったときは何日も泣いたわ」

恒はそれとわからぬように注意しながら嘲笑した。非馬公主は猫を喪って泣いたという。たったひとりの母を喪った恒は心のままに泣くこともできないのに。

「君はやさしいね」

皮肉をこめて言った。君はなにもわかっていない、ほんとうの悲しみはそんなものではないのだと。

「やさしいのはわたくしではなくてあなたよ。つらい気持ちを周りに見せないようにして笑っているんだもの。だけど、ときには自分にやさしくしてもよいと思うわ」

「自分にやさしく？」

「自分の気持ちを受け入れるの。隠したり、拒んだりしないで。そうすればきっと、すこしだけ楽になれる。また前を向こうという気持ちになれるはずよ」

劉嫋の言葉に心動かされたわけではない。きれいごとだと内心では笑い飛ばしていた。凶后に愛され、守られ、すべてを与えられて、なんの苦労もせず、艱難(かんなん)とは無縁で、糖蜜のような幸福を貪(むさぼ)っている非馬公主らしい空疎な言葉だと。

「取り柄ならちゃんとあるじゃない」

あるとき、劉嫋が言った。自分はなんの取り柄もない皇子だと自嘲する恒に投げかけられた台詞だった。

「音楽のことかい？　これは手慰みだよ。取り柄というほどのことじゃ……」

「ううん、音楽ではなくて。もちろん、それも美点のひとつにはちがいないけれど。あなたのいちばんの取り柄は、とくべつということよ」

「私が、とくべつ？　どうして？」

「あなたはこの世にひとりしかいないわ。だから、とくべつなの」

「そうかなあ。どこにでもいるありふれた人間だよ、私は」

「似た境遇の人はいるでしょう。顔立ちやしゃべりかた、趣味や嫌いなものが似ている人も。でも、あくまで『似ている』だけ。あなたとなにからなにまでおなじ人はいないわ。あなたはあなたよ。だれもあなたに成り代わることはできないの」

劉嫋は「とくべつって素敵な言葉ね」と軽やかに笑った。

「とくべつな人にはとくべつなことができるはずだわ。いつかきっと、そのことに気づくときが来るわよ。自分の天命はこれだったのかって思う日が」

「君の天命はなんだい」

「さあ、いまはわからない。だけど、楽しみだわ。すごくわくわくするの。わたくしにしかできないことはなんだろうって」

弾けるような笑顔に、はしなくも見惚れた。

「あなたの天命はなんだと思う？　想像してみて。胸がどきどきしてくるわよ」

劉嫋と付き合ううちに、彼女は凶后とはちがうらしいと思うようになった。世間知らずではあるが、劉嫋には悪意がなかった。いつだって本心から恒を案じてくれ、気遣ってくれた。上っ面では如才なく愛想笑いをしつつ、腹のなかで彼女を嘲笑って、声もなく毒づくたびに、恒は自分が下劣きわまりない生き物になりさがったような心地がした。無垢な劉嫋にくらべ、恒は奸悪にまみれていた。怨憎や嫉妬にさいなまれていた。己のあさましさを思い知らされるたび、苦い感情が臓腑を蝕んだ。

しだいに劉嫋をうらやむようになった。悪意と欲望が渦巻く皇宮で、醜悪な汚泥に染まらず、清らかなまま成長していく彼女がまぶしかった。

純粋な羨望は知らず知らずのうちにべつのものにすりかわっていった。劉嫋の音色に合わせるのが苦痛ではなくなった。彼女のそばにいるのが骨の折れるつとめではなくなった。彼女に微笑みかけるのが凶后の目を欺くための芝居ではなくなった。そのふしぎな情感の出どころを探り当てたときには、天凱が皇宮にあらわれた。凶后は天凱を玉座にのぼらせ、ゆくゆくは劉嫋——美凰を皇后に立てるつもりでいた。

玉座と美凰。白遠が渇望してやまないものを、天凱はいともたやすくわがものとする。そう考えた刹那、時ならぬ憎しみが胸にきざした。奪われたような錯覚に陥った。自分が手に入れるはずだったものを、かすめ取られたような。

　真新しい憎悪は長続きしなかった。天凱はほかならぬ凶后の懿旨で玉座から引きずりおろされ、廃帝となった。美凰は叔父である雪峰が娶った。雪峰——先帝が崩御したいま、美凰は寡婦だ。白遠にとっても天凱にとっても叔母である。

　天凱は帝位に返り咲いたが、幼き日の口約束どおりに美凰を嫡室に迎えることはできなかった。たった一夜でも先帝の皇后だった美凰を皇宮に連れもどすには、彼女を尊んで皇太后に立てるしかなかった。叔母と甥、皇太后と皇帝。ふたりにあてがわれた配役は彼らのあいだに横たわる隔たりをいっそうたしかなものにした。もっとも側近くにいながら、けっして情を交わすことのできない禁忌の関係。その揺るぎない事実が底意地の悪いやさしさで白遠を慰めてくれる。

　かつて、白遠は天凱を怨んだ。いまでは哀憐の情を禁じ得ない。そして同時に、うしろ暗い愉悦を感じてしまう。持って生まれた素鵲鏡はちがえど、天凱も白遠とおなじ苦患を味わっているのだ、われらは同類なのだと。

　玉笛の音色が夜にたなびいて溶けていく。

　歌口から唇を離し、白遠は月を見あげた。月が人を魅了するのは、彼女が夜空に住んでいるからだ。手に入らないものは美しい。いついつまでも。

霍才人の出産は例によって難産であった。生まれたのはやはり赤子大の黒い石だ。

霍才人は疲労困憊していたが、かろうじて意識を保っていた。

「どうして……どうして、こんなことに……」

むせび泣く霍才人をなだめ、美凰は産房をあとにした。遊廊の左右にひろがる内院が炎で炙られたように輝いている。このところ干天がつづいているせいか、いまを盛りと咲き誇る石榴花の鮮烈な色彩までもが目に痛い。

「しっかし、なんで黒なんですかねー？」

絹団扇でしきりにあおぎながら、宋祥妃がのんきそうに大あくびした。

「色なんかなんでもいいじゃないですか。赤でも白でも緑でも黄色でも。なのになんでそろいもそろって真っ黒なんでしょうね？」

「黒い妖物なのだろう。高牙みたいな漆黒の毛並みの妖鬼なのかも……」

喉に刺さった小骨のような違和感が言葉尻を濁した。

――なぜ黒なのだ？

言われてみれば面妖だ。六つともおなじ色である必要はないはずなのに。なんの意味があるのだろうかと思案しているとき、陶器の悲鳴が耳をつんざいた。

「なにをしているの!?　それは霍才人が入宮なさるときにお持ちになった花瓶よ！」

遊廊のなかばで女官が婢女を怒鳴りつけている。申し訳ございません、と婢女は平蜘蛛になって謝罪した。

「だからあつかいには気をつけなさいとあれほど注意したのに。おまえはほんとうにそそっかしいわね。急いで片づけなさい。じきに皇太后さまが……」

女官がこちらに気づき、険のある目を伏せてあわただしく礼を取った。

「あまり叱るな。霍才人には哀家があたらしい花瓶を贈ろう」

「そ、そんな……とんでもない」

恐縮して肩をすぼめる女官の足もとに色褪せた花が散らばっていた。花びらはあらかた散っているが、蜂の巣のような花托を見れば蓮だとわかる。

――趙華儀の部屋でも見たような。

季節柄、蓮を飾る妃嬪は多い。気にするほどのことではないと思ったが。

「流行ってるんですかね。部屋に蓮を飾るの」

「そんなによく見るのか」

「けっこう見ますよ。まあ、妃嬪の部屋にはだいたい季節の花が飾ってありますけどね。私にはわかりませんが、花が部屋にあると気慰みになるそうで。毎日取り換えたり、ほんの数刻飾って捨てさせたりする人もいますよ。ちょっとでも色彩が衰えると縁起が悪いから、さっさと片づけてしまうんだとか」

瑞々しさが失われた花は容色が陰った女人を思わせるのだろう。

「そういえば、銭貴妃の部屋にも蓮が飾ってあったなー。銭貴妃が身ごもったばかりのころ、取材に行ったんですよ。主上の後宮ではじめてのご懐妊だったし、まだ奇怪な懐妊だってわかってなかったからすんなり取材に応じてくれたんですが、そのとき花瓶に生けてあった蓮を見ました。あれはこんなみすぼらしいのじゃなくて、切ってきたばかりの新鮮なので。藍で染めたみたいなきれいな青い蓮だったんですよ」

「青い蓮か。それは風変わりだな」

「あ、あの……これも青い蓮でした」

おずおずと言ったのは地面にひれ伏している婢女だ。

「宋祥妃さまがおっしゃるように、藍で染めたようなあざやかな色をしていましたが、六日ほど前から色が落ちていって……」

「お黙りなさい。婢女の分際で皇太后さまに直言するなど、万死に値するわよ」

女官が叱りつけると、婢女は鞭打たれたようにびくりとした。

「かまわぬ。哀家はちょうど婢女と話したい気分だったのだ」

美凰は婢女のそばに膝をついた。花瓶の破片をひとつふたつ拾いあげる。

「こ、皇太后さま！　そのようなものにお手をふれては、お怪我を……」

「知っておろう。哀家は不死だ。怪我をしても見ているうちに治る。それよりも宋祥妃、そなたの帳面から紙を数枚ちぎってくれ。破片を包むのに使う」

「えー、大事な帳面なのにー」

「余白でよいのだ、物惜しみするな。帳面など腐るほど持っておろうが」

「しょーがないなあ。あとでとっておきの艶種を聞かせてくださるならいいですよ」

宋祥妃がいかにもしぶしぶちぎった紙を床に敷き、その上に破片を置いていく。

「して、蓮の色が落ちはじめたのは六日ほど前と言ったな？　霍才人の懐妊がわかったころか？」

はい、と婢女は肩をすぼめてうなずく。

「上役からは処分するよう命じられたのですが、めずらしい蓮でしたので捨てるのがもったいなくて。なんとか色をとどめられないかとあれこれ手を尽くして世話をしていました。結局はどうにもならず、いまではすっかり枯れ色に……」

婢女は壊れやすい玻璃にふれるように枯蓮を拾う。花托からはらりと離れたひとひらの花びらが青花蓮池文のかけらに落ちた。

「四人とも青い蓮を部屋に飾っていましたよ！」

息せき切って書房に駆けこんできた宋祥妃が弾んだ声を放った。

「すごい符合ですよね？　四人――胡淑妃、温令容、呂青娥、趙華儀――をふくめ、石を産んだ妃嬪全員が青い蓮と関連してます。それにね、蓮を片づけた日はばらばらでしたが、臥室に飾った日は懐妊がわかる前日だったんです。丘公公によれば、銭貴妃もそうだったんですって！　偶然にしてはできすぎですよね！」

丘公公、と言いながら宋祥妃は遅れて入室してきた文泰を見やった。公公というのは宦官の敬称である。

文泰には銭貴妃の側仕えに、宋祥妃には胡淑妃、温令容、呂青娥、趙華儀、彼女たちの側仕えに話を聞くよう命じておいたのだ。もっとも、この手の調査は蒐官の職掌なのだが、宋祥妃がどうしてもやりたいと言い張るので不承不承ながら任せた。

「臥室？　化粧殿や居室ではなく？」

「そこなんです！」

よくぞ訊いてくれましたと言いたげに、宋祥妃は美凰に詰め寄ってくる。

「この青い蓮は曰く付きでしてね、これを花瓶に活けて臥室に飾って寝ると願い事が叶うらしいですよ」

「願い事が叶う？　花で？」

「よくある厭術のたぐいでしょう」

後宮では耳に胼胝ができるほど聞く話です、と文泰はうんざりしたふうに言った。

「子の日に三度沐浴すれば肌が美しくなるとか、恋人の髪を数本焼いて飲めば浮気を防ぐことができるとか、相思草なる雑草で染めた手巾を持っていれば意中の男に愛されるとか、恋敵の履物に魚の鱗を入れておけばその者は醜くなるとか。子供だましの験担ぎから呪詛めいた物騒なものまで、禁台ではいちいち記録をとっていますが、多種多様なものがありますね。後宮のご婦人がたにとっては格好の退屈しのぎなんでしょう。たいていは燎原の火のように流行って、たちまちすたれます」

厭術か、と美凰は机上に置いた枯蓮に目を落とした。霍才人の殿舎から持ち帰った枯蓮は花びらを失い、消し炭のような花托を虚しくさらしている。

「『願い事が叶う』とは、漠然としているな」

「そうでもないですよ。女官の願い事ならいろいろあるでしょうが、妃嬪や宮女の願い事といったら、寵愛か懐妊、もしくはその両方と決まってます」

女官は宮官ともいう。原則として宮官は龍床に侍らない。彼女たちのつとめは掖庭の諸事をつかさどり、皇上をはじめとした貴人たちの世話をすること。よって夫や恋人を持つことも許されている。一方、妃嬪や宮女の夫は皇上だ。宮女は妃嬪に封ぜられていない者、いわば妃嬪候補であり、ふだんは女官の下であくせく働かされる立場だが、一度でも寵を受ければ妃嬪となって女官に指図する身分になる。

「銭貴妃たちも寵愛や懐妊を願ったのだろうか？」

「みなさん口をそろえてそうおっしゃってましたが、どうも胡散臭いんですよねー」

宋祥妃は思案顔で顎に手を当てる。

「そりゃあ、懐妊や寵愛って妃嬪の願い事の定番ですよ。でも、六人が六人ともおなじ願い事っておかしいと思いませんか？　とくに趙華儀は山海の珍味のために入宮したと言ってたのに、寵愛や懐妊を願って縁起物をそばに置くって矛盾するでしょ」

「側仕えが勝手にしたこと、という線は？」

「だったら、そう言えばいいだけの話ですよ。べつに罪咎じゃないんですから。妙に緊張した面持ちで『懐妊したくて』って言ってたのが引っかかるんですよねえ」

「ほんとうは禾虫だの土肉だのをたらふく食べたいと願ったのであろう」

そっちのほうがありえますね、と宋祥妃は呵々大笑した。

「あ、それで思い出しました。青い蓮を臥室に飾った翌朝、趙華儀は朝寝していたらしいんです。ふだんは早起きなのにその日に限ってなかなか目覚めなかったって」

「朝寝といえば、銭貴妃もそうでしたね。寝坊して朝礼の時刻に遅れそうになったとか。規律正しい銭貴妃にはめずらしいことだったと側仕えが話していました」

皇后空位の後宮において、婕妤以上の妃嬪が出席する朝礼をとりしきるのは、妃嬪の筆頭たる貴妃のつとめ。貴妃らしい麗姿をつくりあげるのに時間がかかることを考えれば、のんびり寝過ごしている暇はない。わがまま娘だった湯皇后ならともかく、四徳を体現した生真面目な銭貴妃が寝坊するのはよほどのことだ。

「具合が悪かったのか？」

「いいえ、目覚めたときには上機嫌だったそうですよ。青い蓮の香りがすばらしく心地よくて、ぐっすり眠れたらしいです」

「趙華儀もです。気持ちがゆったりするいい香りがしたので熟睡できたって言ってましたね。素敵な夢を見たんですって。どんな夢なんですかーって訊いてみたら、案のごとく、下手物料理をおなかいっぱい食べる夢だそうで」

「香りか……」

美凰は枯蓮を手に取って鼻先に近づけてみた。芳しさの残滓すら感じとれない。

「その枯蓮からはなにかわかりましたか？」

文泰の問いに、美凰は首を横にふる。

「鬼火で焼いてみたり、哀家の髪の毛で縛ったり、呪言を書いたりしてみたが、てんで手ごたえがないのだ。……背筋が寒くなるほどに」

「妖物ということですか？」

「生の残り香がないということだ。花托から茎にいたるまで、無色透明のうつろが充溢している。ひとかけらの死穢さえ感じられない」

溢している。生きとし生けるものには魂魄がある。魂魄があるからこそ、命を燃やすことができる。魂魄なき生き物を生き物とはいわない。それは命なき〝器〟だ。

「たとえ枯れていても、魂魄の名残はある。妖物でさえ、なんらかの痕跡を残すものだ。これが妖鬼のたぐいなら、その気配がどこかに残っているはずだが……」

生気も死穢も妖気もなく、不気味なほどに沈黙している。はじめからがらんどうだったかのようだ。ひと房の虚無に花の衣を着せたかのような。

「巫師が使う人形みたいなものでしょうか」

文泰は枯蓮を手にとって眉をひそめた。

「もし、そうだとしたら……たいへんな代物ですね、こいつは」

「え？　妖気がないなら、安全じゃないんですか？」

小首をかしげる宋祥妃に、文泰は「とんでもない」と強い言葉をかえす。

「巫師が使う術にはかならず痕跡が残ります。それを見れば使い手の力量がわかるんです。いわば署名のようなものでして」

「署名が残ってないから、相手の力量がわからない？」

「いえ、署名がないからこそ力量がわかるんですよ」

「んー？　なんだかこんがらがってきましたよ」

「巫術にせよ怪異にせよ、そこに残る痕跡とは、易々と消すことができるものではないのだ。たいていの場合、意図せずして残ってしまう。それは漆のような濃い翳かもしれぬし、糸くずほどの罅かもしれぬ。大なり小なり、作為のあとが残る」

「たいていの場合ってことは、例外もあるんですね？」

ある、と美凰は首肯した。

「仕掛けた者の力が尋常ではない場合だ」

人形をつくるとき、巫師は紙や木札、石や絹布、獣の皮などを用いる。それらがなんらかの〝気〟を持つためである。

「気の力を利用しないと、術を完成させられないんですか？」

「させられない者もいる。その者自身の力が弱ければ無理だ。一定以上の能力があれば、気を用いず、無気──うつろから術をつくることもできるが」

「ふつうはやりませんがね。手間がかかって七面倒くさいうえに、術が壊れやすくなるし、おまけに霊力をやたらと消耗する。百害あって一利なしですよ」

「じゃあ、この蓮を仕掛けた者はわざわざ困難な方法で術をつくったわけですか？なんだってそんなことを？　よほどの物好きなんですかね？」

「物好きなのか、己の力を誇示したいのか、足跡を気取られたくないのか……理由はわからぬが、かなりの難敵だということは疑う余地がない」

石を孕んだ妃嬪全員が青い蓮を臥室に飾っていた。さらにはそれが魂魄の残滓すらもない花の衣をまとった虚無だったとくれば、この〝縁起物〟が奇々怪々な懐妊の主因であることはあきらかだ。

「枯蓮ではらちがあかぬ。咲いている状態のものを調べなければ。妃嬪たちはどこで青い蓮を手に入れたのだ？」

「冷宮のそばの翠灑園だそうですよ」

「翠灑園？　あそこはずいぶん長いあいだ、手入れされておらぬはずだが」

後宮には皇帝が代替わりするたびにあたらしく造られた園林が数限りなくあるが、なかには打ち捨てられて荒廃しているものもある。翠灑園は失寵した后妃が幽閉される冷宮に隣接しており、人の訪いが絶えてひさしく、往時の華やぎはない。

——なればこそ、陰の気がよどみやすいか。

人が寄りつかない場所は陽の気と縁遠くなる。人が持っている陽の気が入ってこないためだ。そのせいで陽界よりも陰界に近しいものになりやすい。


「意外なことがあるのだな」

翠灑園の大門をくぐりながら、美凰は随行する宋祥妃に視線を投げた。

「物見高いそなたが後宮に流布する噂にうといとは」

「いやー、うとくはないんですよ。後宮に限らず、噂のたぐいはできるだけ蒐集するようにふだんから気をつけてますし。今回はなぜか……あ、ひょっとすると……」

宋祥妃はとなりにひかえた女官を見やった。三十路をいくつか越えたくらいの、いやに上背のある女人だ。肩幅がひろく、手足はがっしりとしている。手弱女とはいえないが、挙措には愚直な気品があって、女武人のような凜とした佇まいである。

「まーた私の耳に入らないよう手をまわしたね？」

「当然のことをしたまでです」

女官は癇癖の強そうな目もとで主の視線を受け流した。

「噂を耳になされば、頼まれもしないのに調査なさいますので」

「とーぜんでしょ。噂ってのはね、まんざら捨てた物じゃないんだよ？　鬼話だって多いけど、たまに重大なネタが転がってるんだから。きっちり調べなきゃ」

「そのような仕事は妃嬪のつとめではございません」

女官はたっぷりと時間をかけて嘆息した。

「祥妃さまは好奇心が強すぎます。くだらない噂を真に受けていろいろな事件に介入なさるせいで、私ども側仕えは生きた心地もしません」

「介入してるんじゃないんだって。取材だよ、取材」

「その取材とやらをおひかえくださいと申しているのです。後宮の噂のなかには、余計な詮索をせぬほうがよいものも多くございます。不用意に関与するのは無分別というもの。大事になってから後悔しても遅いのです」

「それくらいの分別は私にもあるよ。わきまえてるから、安心して」

「ちっとも安心できません。祥妃さまはご令嬢時代から奇聞を耳にするや、私の制止も聞かず巷間に飛び出していらっしゃったではありませんか。向こう見ずな行動の果て、御身が危険にさらされたことは一度や二度ではございません。お忘れになったわけではないでしょう。芳紀まさに十五であらせられたころ、若い娘ばかりを襲う鬼の正体を突き止めると言って日暮れ時に邸を抜け出し、危うくお命を失いかけたことを。万事休すというところで当時の禁中丞に助けていただいてからくも命拾いしたものの、聞くに堪えない醜聞を流されて……」

裁断されたかのように女官はつづく言葉を打ち切った。けたたましい蟬のすだきが荒れ果てた小径に降りかかる。

「おや、あれが問題の池ですかねー？」

不自然な沈黙を破り、宋祥妃が前方を絹団扇で指し示す。旋花模様の絹団扇の先に瓢簞形の大きな池があった。物憂げな汀には野慈姑が群生し、蛍火のような白い花が無慈悲な夏の陽にさらされている。池のむこうには奇怪なかたちの岩をかさねた築山がそびえていた。おびただしい水泡が石化したようなその奇岩は、数代前の道楽者の皇帝が遠路はるばる綺閃地方から運ばせた銀漢石だ。

風が凪いでいるせいで、嘔気をもよおすような草いきれが鼻をつく。眉珠がさしかけてくれる傘の下にいてもひたいに汗がにじんだ。

「蓮など見当たらぬではないか」

日ざしに磨かれ、玻璃のようになった水面にはすっくと背を伸ばしているはずの蓮の姿がない。

「ほんとだー、蓮の花どころか蓮の葉すらもないですねー」

宋祥妃がひたいに手をかざしてあたりを見まわし、くるりとふりかえった。

「ここで合ってるの？　べつの池とまちがえてるんじゃない？」

「いいえ、たしかにこの池でした」

道案内してきた霍才人付きの宦官はしかとうなずいた。年のころは三十手前であろうか。氷に彫刻したような鹿鳴の凄絶な美貌とならべても遜色ない……とは言いすぎだが、鼻筋の通った面立ちは女人の目に好ましく映るたぐいのものだ。

「こちらの亭から池を眺めたとき、池の右手側の中ほどに青い蓮がたくさん咲いているのが目に入ったのです。その日は小糠雨が降っており、視界はけぶるようでしたが、薄ぼんやりとした景物のなか、群立つふしぎな青い花が鬼火のように見えて、ぞっとするほど美しかったのをおぼえております」

池を見晴るかすかたちで建つ亭を指さし、いやに詩情あふれる口調で語る。

「その口ぶりでは最初から青い蓮を探してここに来たわけではないらしいな」

「はい。奴才が耳にした噂は、後宮の園林に咲いている青い蓮を臥室に飾ると……というものでした。具体的な場所までは存じあげなかったのです」

「霍才人は青い蓮を探していたのか？」

「奴才が噂をお耳に入れると、どこで手に入るのかとしきりにお尋ねでした」

宦官は掖庭（えきてい）内の園林をひととおり探してみたという。

「方々探しまわりましたが、見つけられず……。すっかりあきらめていたところに、はしなくもここで見つけたのです」

「いわくつきの蓮を探すため、こんなうらぶれた場所まで足を運んだのか？」

「……主のお望みとあらばいずこへもまいります」

かたどおりの返答だが、宦官が目を白黒させるのが気になった。

「そなた、嘘を申しておるのではあるまいな？　なにか隠し立てしておるなら――」

「皇太后さま、皇太后さま」

宋祥妃が美凰の袖を引っ張った。絹団扇の陰で耳打ちする。

「野暮なことをお尋ねになっちゃいけませんよ」

「は？　野暮？」

「宦官が人気のない場所に来る理由といったらひとつしかないでしょうよ」

「ひとつ？　なんだ、それは」

「やだなあ、あれですよ、あれ。艶っぽい系の」

「艶っぽい……？　どういう……ああ、なるほど」

生殖機能を失っているとはいえ、宦官にも心はある。皇宮の奴僕として酷使されていれば、人恋しさに耐えられなくなる日もあろう。事実、掖庭では宦官が女官や宮女と懇ろになることはめずらしくない。女官や宮女もまた、孤独をわけあう相手として身近にいる宦官を選ぶことが多かった。宦官の色恋は褒められたことではないが、とりたてて罰するほどのことでもないと黙認されている。

「逢瀬を楽しむなとは言わぬが、昼日中から情事にふけるのは賢明とは言えぬぞ」

「恐れながら、昼間ではございません。奴才がこちらで青い蓮を見つけたのは夜でした。一目見るなり、霍才人がお求めになっていた花だとわかりましたので、あちらの渡し場につながれている小舟に乗って……」

宦官が手前の汀を指さして言葉を打ち切った。

「……おかしいですね。あそこに渡し場があったんですが」

野慈姑が刃物じみた葉を虚空に突き刺している汀には、渡し場などありはしない。

「やはりどこかと勘違いしておるのではないか？　周囲は夜陰、あまつさえ小糠雨まで降っていたのなら、視界は悪かったはず。見間違えたのでは」

「いえ、まちがいありません。翠灑園には瓢箪形の池はここにしかございませんし、青い蓮を数本手折って岸辺に戻ってくるとき、小舟の上から亭の窓を見ました」

方形の亭は四方を壁に囲まれており、小径に面したほうに格子戸が、残りの三方には月洞窓がそなえられている。池に面した嵌め殺しの月洞窓は透かし彫りで美しい山河があらわされた、古式ゆかしい精緻な意匠だ。

「亭内の灯籠に火を入れておりましたから、月洞窓の模様がはっきりと見えました。あの意匠は中宗皇帝の御代に流行したもので、当世ではほとんど見ることがありません。古めかしい絵柄だと感心したので、しかとおぼえております」

「そなたはたびたびここへ来るのか？」

「たびたびというほどでは……。ときおり、まいりますが」

「いつもこの亭で逢引きするのか？」

場所はその都度変えます、と宦官は答えにくそうに目を伏せた。

「何度か来ているのなら、渡し場があるかどうか知っていたのではないのか？」

「存じませんでした。池のほうは見ませんので」

宦官に許された逢瀬の時間は短い。恋人に夢中で周りが見えないのだろう。

「そなたが青い蓮を持ち帰ったので、霍才人は喜んだのだろうな？」

「たいそうお喜びでした。翌朝もねぎらってくださったほどです」

「翌朝？」

「青い蓮のかぐわしいにおいのおかげで素敵な夢を見たとおっしゃっていました。しかし妙なことには、奴才の……」

余計なことを口走ってしまったとばかりに、宦官ははっとして唇を引き結んだ。

「罪には問わぬ。包み隠さず話せ」

「は……実のところ、青い蓮は霍才人にさしあげる分だけ手折ってきたのではございません。奴才の連れ……親しくしている女官の分も数輪取ってきました」

「その女官も喜んでいたのか？　素敵な夢を見たと？」

喜んではおりましたが、と宦官は怪訝そうに眉を曇らす。

「よい夢を見たのかと尋ねましたところ、夢など見なかったと申しておりました」

「いったいどのような夢を見たのだ？」

ふたたび殿舎を訪ねた美凰の問いに、霍才人は血の気のない頰をひきつらせた。

「……たわいない夢ですわ。主上にやさしいお言葉をかけていただきました」

「やさしい言葉？　具体的には？」

「ええと……わたくしを愛おしく思ってくださっていると……。愚にもつかぬ妄想ですわね。われながら、はしたないことだと恥じ入っております」

羞恥に耐えかねるというふうにうなだれ、両手を腿の上で握りしめる。なにかを抑えこもうとしているのか、爪が白くなるほど強く力をこめていた。

「恥じることではあるまい。妃嬪が皇上(みかど)を恋い慕うのは自然なことだ」

美凰は微笑み、絹団扇の陰で声をひそめた。

「愛しく思っている、か。主上らしくもなく、甘い睦言(むつごと)を囁かれたのだな」

「……夢のなかの出来事ですから、現実味はございません」

「夢のなかの主上はどういう状況でそなたにそのようなことをおっしゃったのだ？」

「……こ、細かいことはおぼえていないのです。あれから奇妙な懐妊のことで頭がいっぱいになってしまったので……」

「さもあろう。そなたは不運にも災難に見舞われたのだから。では、哀家(わらわ)が術を用いてそなたの夢をのぞくとしよう」

「ゆ、夢をのぞく？　そ、そんなことが……」

「哀家には奇しき力があるゆえ、その程度のことは嚢中(のうちゅう)の物を探るようなもの。さて、髪の毛を一本もらおうか。抜く必要はないぞ。ほんの中指くらいの長さでよいのだ。髪に満ちている霊気を頼りに、そなたの夢路をたどろう」

美凰が髪にふれようとすると、霍才人は火傷(やけど)したかのようにあとずさった。

「なにゆえ逃げるのだ？　痛くないぞ。たった一本、切るだけだ」

「……か、髪を切るのは憚(はばか)られますので……」

「気持ちはわかる。髪は女人の魂だからな。ならば、ほかの方法を使おうか」

「えっ……ほかにも方法があるのですか？」

「夢見の術は種類が豊富だ。鬼火でそなたの夢を呼び出そうか、それとも水盤に張った水に映そうか。そなたの記憶から夢だけを取り出して真珠に変える方法もある。それを哀家が服用すれば、そなたが見た夢を追体験できるのだ。夢の真珠をふたつに割って、ともに夢境へ遊ぶこともできるぞ。どれがよい？」

霍才人は小動物のように肩をすぼめた。

「……わたくしの夢など、皇太后さまの御目汚し（おめよごし）になってしまいますわ」

「下手な言い訳だな。哀家に見せたくないのであろう」

「そういうわけでは……」

「なぜ隠す？　他人に見られてはまずい夢なのか？」

心労ゆえか、すこしく痩せた双肩が目に見えて跳ねた。

「哀家は主上に頼まれて後宮の怪異を調べておるのだ。例の石と関係がありそうなことはすべて耳に入れておきたい。そなたが見た夢の内容もそのひとつだ。咎（とが）め立てはせぬゆえ、包み隠さず話してくれぬか」

「……きっとお怒りになりますわ。恥知らずの姦婦（かんぷ）だと」

「なにを申すやら。そなたは夢を見ただけであろうに」

「いいえ、いいえ……！　わたくし、恐ろしい罪を犯してしまいましたの……」

「恐ろしい罪？　まさか……私通したと言うのではなかろうな？」

「……どうかお赦しください！」

悲鳴じみた声をあげ、霍才人は倒れこむようにして床にひれ伏した。

「主上を裏切るつもりなど、毛頭なかったのです……。不義が万死に値する大罪であることは重々承知しておりました。……なれど、わたくし、つい心揺らいで……」

「そなた、後宮に姦夫を引き入れたのか？」

「それはちがいます！　断じて引き入れたわけではございません！　でも、わたくし、気づいたら……身を任せていて……」

「引き入れたわけではないのなら、たまたま出会った男に身をゆだねたのか？　いったいどこで？　後宮に侵入者がいたという話は聞いておらぬが」

掖庭の治安維持は長秋監の職掌だ。女の園である後宮に皇帝以外の男が侵入すれば、彼らが見逃さないはずだが。

「侵入者ではございません。北辺にいらっしゃるあのかたが京師に……まして後宮に立ち入るなど、ありえないことですわ」

霍才人はさめざめと泣くばかり。まったく要点がつかめず、美凰は途方に暮れた。

「なるほどなるほど。なんとなく話が見えてきましたよ」

「いったいどういうことなのだ？」

美凰がふりかえると、宋祥妃は訳知り顔でにんまりしていた。

「かたくなに夢の内容を語らず、恐ろしい罪を犯したと懺悔し、不義の相手は北辺にいるという。つまりこういうことではないですか？　霍才人は夢のなかで私通した」

「夢のなかで？」

「私は常日頃から趣味と実益を兼ねて後宮の人びとの私情を調べていましてね、妃嬪のみなさまの裏事情にも通じてるんですよー。で、小耳にはさんだ噂によれば、霍才人には令嬢時代に許婚がいたそうで。相手は禁軍の武官で、名は于鵬元だったかな。勇猛で壮健、身の丈は六尺を越え、なかなかの男ぶり、将来有望な殿方だったとか。霍才人とは相思相愛で、無事に請期もすませてあとは婚儀を待つばかりってときに、博戯に興じたかどで罰せられて北辺に送られたそうです。ああ、皇太后さまはご存じないでしょうから補足しますと、博戯は軍法で禁止されてます。違反者は杖刑に処されたうえ、辺塞に送られるのが習いです。辺塞といえばしょっちゅう夷狄が侵入してくるいちばん危険な最前線。要するに配流ってことですよ」

「濡れ衣ですわ！　鵬元さまは博戯なんてご存じありません！」

霍才人が弾かれたようにおもてをあげた。

「鵬元さまは邪な同輩に陥れられて、辺塞送りになるよう仕向けられたのです」

「そうなのか？　宋祥妃」

「みたいですよー。その邪な同輩が霍才人に横恋慕して、霍才人と于鵬元どのの仲を引き裂くため、于鵬元どのに無実の罪を着せたんですって。おかげで縁談は白紙になりました。腹黒同輩にとって計算外だったのは、霍才人のご尊父が娘を武官に嫁がせず、入宮させることにしたってところですね。ちょうどそのころ、主上の重祚（ちょうそ）に伴って宮女の募集がかかりましたから、欲を出したんでしょう」

「そうか……。では、そなたは無理やり入宮させられたのだな」

　美凰が気の毒に思って見やると、霍才人は思いのほか強く首を横にふった。

「入宮は父に強いられたことではなく、わたくしの希望です」

「なぜ？　そなたは于鵬元を慕っていたのでは？」

「お慕いしていればこそ入宮したのです。わたくしが主上の寵姫（ちょうき）になれば、鵬元さまを京師に呼び戻していただくことができるかもしれない、死地から救い出すことができるかもしれないと……。愚かな考えであることは百も承知でした。後宮には三千の美姫が仕えているのですもの。わたくしのような平凡な庶民の娘が名門出身の妃嬪をさしおいて寵姫になるなど夢物語ですわ。それでも、ほかに道がなかったのです。入宮しなければ、鵬元さまを陥れた奸物（かんぶつ）に嫁がされていたのですから」

　鹿鳴が霍才人を、美貌を武器に立身出世を狙う〝ありふれた妃嬪〟だと冷ややかに評していたのを思い出した。

──恋しい男のための野心だったのか。

獰猛な蛮族がたびたび国境を侵す辺境では、毎年多くの将兵が命を落とすと聞く。愛する男が危地にいるのなら、なんとかしてやりたいと思うのが人情だろう。名族の生まれでもない非力な庶民の娘が力を得ようとすれば、己の若さと容色をたのんで権力者に近づくしかない。

「そなたの事情はわかったが、それと夢の話がどうつながるのだ？」

「皇太后さまってば鈍いですねー。どうつながるもなにもそのままですよ。夢に于鵬元どのが出てきたってことです。ね、霍才人」

はい、と霍才人はうしろめたそうにうなずいた。

「元許婚の夢を見たと？　それがなにゆえ恐ろしい罪に……」

言いさして、はたと気づく。夢のなかで私通した、と宋祥妃は言ったではないか。

「そなたが見たのは、于鵬元と床入りする夢だったのだな？」

返答の代わりにしめやかな袖時雨が降った。

「……現ではないとわかっていましたわ。だって、わたくしは花嫁衣装を身にまとっていましたもの。鵬元さまは深紅の袍をまとっていらっしゃって……」

つややかな紅色に染まる華燭の閨で、ふたりは貪るように見つめ合った。

「幾度となく心に思い描いた鵬元さまと迎える婚礼の夜でした。花婿衣装をお召しになった鵬元さまは胸が苦しくなるほど凜々しくて……見惚れてしまいましたわ」

　やっとおまえと結ばれることができる、と鵬元は愛おしげに霍才人を抱き寄せた。

「……懸命に抗おうとしたのです。たとえ夢のなかでも、わたくしは妃嬪です。主上以外の殿方に身を任せることは姦通にほかなりません。鵬元さまにそう申しました。わたくしは龍床に侍ってしまったから、あなたの妻にはなれないと……」

「于鵬元はそなたを腕ずくで従わせたのか？」

「まさか。鵬元さまは女人に乱暴なさるようなかたではございません」

「では、そなたが進んで身をゆだねたのだな？」

「……魔が差したのです」

　霍才人は紅涙に濡れた玉のかんばせを両手で覆う。

「これは夢なのよ、と自分に言い聞かせました。夢境で起きたことは秘密にしておけばいい。だれにも知られなければ、罰を受けることはないと……」

　恋い焦がれる男にやさしく愛を囁かれ、抗えなくなったのだろう。

「なんという浅慮でしょう。夢であろうと不義は不義なのに……。きっとこの罪科のせいですわ。わたくしの身体に……怪異が宿ったのは」

「そう思いつめるな。夢のなかの出来事は罪にならぬ」

　いいえ、いいえ、と嗚咽まじりにくりかえす。

「罪にはちがいありませんわ。わたくしは夫を――天子さまを裏切ったのですから」

「青い蓮が出現するには条件があるようですね」

文泰が紙面に目を落とした。文書にまとめられているのは妃嬪たちが青い蓮を入手した経緯と、青い蓮を飾った夜に見た夢の詳細である。調書を記したのは宋祥妃だ。美凰が話を聞きに行くと、妃嬪たちが必要以上に怯えて話しづらいということで、美凰はおとなしく寿鳳宮(じゅほうきゅう)で待っていた。

「雨と夜だな」

ふしぎなことに昼間や月夜に翠灑園(すいさいえん)を訪ねても青い蓮は見つからなかったと、妃嬪たちの側仕えは口をそろえて証言した。

「雨の降る夜にだけあらわれる渡し場で側仕えは小舟に乗り、青い蓮を手折りに行った。彼らが持ち帰った青い蓮を六人の妃嬪が閨に飾り、そのうち五人が洞房華燭(どうぼうかしょく)の夢をごらんになって、夢のなかで男と情を通じた」

調書の内容をかいつまんでまとめ、文泰は美凰に視線を向けた。

「銭貴妃はいかがでしたか？」

「婚礼の閨ではなかったようだな。相手は主上だ。甘い言葉を囁かれる点、不快感や恐怖はなく、進んで身を任せる点は似通っている」

銭貴妃に尋問するため、美凰は招魂を行った。招魂——死者の霊魂を現世に招く際には、憑代として死者が生前身につけていた衣を用いることが多い。美凰は銭貴妃が好んでいたという青磁色の襦裙を衣桁にかけ、もうもうとたちのぼる反魂香のなかで呪をとなえ、銭貴妃の名を幾度となく呼んだ。

「……わたくしのせいですわ」

青磁色の襦裙に憑依した銭貴妃は血まみれのおもてを恥じるように手で覆った。

「あのような魔物を孕んだのは、わたくしの心根が悪いからなのです。わたくしのあさましさが妖異を招いたのです。主上になんとお詫びすればよいのか……」

黄泉路から舞いもどったばかりの幽鬼は、死んだときの姿のままで出てくる。紅牆の上から飛びおりて自死した銭貴妃は見るも無残な姿だった。豊かな髻ごと頭蓋は打ち砕かれ、手足はあらぬ方向へ折れ曲がり、口からは絶えず血泡を吹いている。

「災厄に見舞われたことはそなたの責任ではない。禦ぐ手立てはなかったのだから」

美凰がなだめようとすると、銭貴妃は崩れた結い髪を左右にふった。

「いいえ……！　わたくしの責任なのです！　わたくしが悪しき心を持っていたから、悪しきものがこの身に宿ったのですわ！」

「そなたは穏和で心やさしい婦人だったと聞いている。悪しき心とは無縁であろう」

「わたくし自身もそう思っておりましたわ。己の心に悪を冠した感情の種があるなんて、夢にも思いませんでした。……ですが、それは誤りでした。わたくしにも悪意があったのです。この身を焼き焦がすほどの邪悪な情念が――」

銭貴妃は小枝のように折れた手指のあいだから美凰を見た。

「――皇太后さまをお怨み申しあげる気持ちが」

驚きはなかった。美凰はすっかり慣れているのだ。怨憎を向けられることに。

「哀家(わらわ)には怨まれる理由が多数あるが、そのうちのどれがそなたを悩ませている？」

「主上の御心を独占なさっていることですわ」

「……なんだと？」

「皇太后さまがご還御(かんぎょ)なさってから、主上は心ここにあらず。わたくしがおそばに侍(はべ)っていても、わたくしのことを想ってはくださいません。やさしいお言葉はかけてくださいます。龍床では細やかに気遣ってくださいます。そのお声に、なさりように情けはございます。なれど、それは君王としての恩情です。恋情ではないのです」

滴る鮮血が上襦の袖口を赤く染めていく。

「ああ、恨めしいこと。わたくしは身を焦がすほどに主上をお慕いしているのに、主上はわたくしを愛してくださらない。わたくしをごらんになるときでさえ、わたくしを通して皇太后さまを見ていらっしゃる。主上のまなざしが、声色が、指先が、わたくしではだめだとおっしゃるのです。欲しいのは、この銭香嫣(こうえん)ではないと」

「主上をお慕いするあまり、そなたは妄念にとり憑かれているのであろう」

「妄念ではございませんわ。わたくしにはわかるのです。主上がわたくしではなく、皇太后さまに御心をかたむけていらっしゃることが。わたくしには御心の一端すら与えてはくださらないのに、皇太后さまのことを……」

「それが妄念だというのだ」

美凰は冷徹に銭貴妃を見かえした。

「ひとつ尋ねたい。そなたはなにゆえ入宮したのだ？」

「主上に嫁ぐためですわ。わたくし、一瞬で心奪われてしまったのです。重祚のために上京なさった主上が暴走する香車からわたくしを救い出してくださったときに」

銭香嫣は市井で偶然、天凱に出会い、一目惚れした。そのかみ、彼女は新帝の後宮に入ることが決まっていたので、入宮の日が近づくにつれて憂いがつのった。自分を助けてくれた青年がこれから二度目の玉座にのぼる人物だとは夢にも思わなかったからだ。しかし、ゆくりなくも初恋の相手は自分の夫になる男だった。

「恋しい殿方のために花嫁衣装をまとうことができると知って、夢見心地になりましたわ。入宮の日を指折り数えました。とうとう比翼門をくぐる日がやってきましたが、湯皇后の妨害により夜伽をすることが叶わず……。その後も湯皇后に命じられて主上のお召しを泣く泣くお断りしておりました。湯皇后が後宮を去り、ようやく龍床に侍ることができた夜は、心に翼が生えたみたいで……」

「失念しておるようだから指摘するが、後宮は恋の病に身を焦がす場所ではないぞ。皇上に仕え、次代の天子を産み育てる場所だ。妃嬪の筆頭たる貴妃のつとめは、経世済民のため日夜肺肝を砕いていらっしゃる主上に寄り添い、支えてさしあげること。頑是無い童女よろしく龍袍の袖にすがりつき、愛情をねだることではない」

鼻をつく金気くさいにおいが銭貴妃の動揺を示すように立ち迷った。

「主上の御心はそなたのものでも、哀家のものでもない。それどころか、主上ご自身のものでさえない。天下にひしめく億万の民のものなのだ。そなたは万民から天子を奪い、独占するつもりだったのか？　かくも幼稚な心構えで貴妃の位を賜ったのか？　なんとまあ、嘆かわしいことだ。頑是無い童女そのものであった湯皇后は国母たる自覚を持ちあわせていなかったが、皇后を補佐するはずの貴妃も同類だったとは」

「……でも、わたくしは」

「湯皇后のようにわがままを言って主上をわずらわせたわけではない、と申したいのか。なれど、それは表向きのこと。四徳をそなえた貴妃として立ち振る舞いながら、そのしとやかな仮面の内側で『なにゆえ愛してくださらぬ』と主上に怨みをつのらせていたのであろう。なるほど、そなたの心根が悪いというのは事実のようだ」

ひどい、ひどい、と銭貴妃は恨めしげにうめく。

「哀家を責める前に己をかえりみよ。主上は廃帝の身分から重祚なさり、先帝から引き継いだ朝廷を安定させようと四苦八苦なさっていた。廟堂がいまださだまらぬなか、折悪しく見鬼病騒動が起き、ひとりでも多くの民を救おうと奔走なさっていたが、本来なら皇上を支えてさしあげるはずの皇后は幼すぎて、かえって気苦労の種になるばかりであった。そうした状況にあって、そなたはわが恋心だけを肥え太らせ、主上が自分とおなじように恋情に溺れることを期待していたのだ。恥を知るがいい、銭香嫣。そなたはあまたの妃嬪を統率する立場にありながら、甘やかされた小娘のやりかたで主上を愛した。これが罪でなくてなんであろうか」

激しい慟哭とともにおびただしい鮮血が滴り落ちた。

「怪異に憑かれたことは不運であった。夭折したことは不憫である。さりとて不幸な死が貴妃として不適格だったそなたの罪を洗い流してくれるわけではない。自省せよ、銭香嫣。そして一切の怨みを捨て、奈何橋を渡って来世を迎えよ。主上とそなたは幽明境を異にしておる。どれほど主上を怨んでもそなたが望むものは得られぬ。否、はじめからそうであったのだ。そなたは天子を愛してしまった。けっして自分のものにはならぬ男を、けっして自分を愛してくれぬ男を恋うてしまったのだ」

言下に藤紙をひろげ、筆で呪言を書く。穂首に用いられているのは美凰の髪だ。褘華の霊力を帯びているから、墨は必要ない。

「恋そのものが罪悪なのではない。相手が悪かった。ただ、それだけのこと」

書きあげた呪符を鬼火で焼くと、銭貴妃の無惨な亡骸が見る見るうちに生前の姿へ立ちかえっていく。折れた手足がしなやかさを取り戻し、くずれた髻がかつての美しいかたちを思い出して、血染めのおもてが婉然たる花顔に変わる。

「来世では慎重に相手を選ぶことだ。自分が愛するように愛されたいと願うなら」

「皇太后さまにはおわかりにならないでしょう。わたくしの気持ちなんて……」

「わかるとも。哀家もそなたとおなじ過ちを犯したことがあるゆえ」

美凰は天凱を恋うべきだったのに、敬宗――雪峰を恋慕した。その結果、凶后は天凱を玉座からひきずりおろして廃帝とし、雪峰の許婚を殺して美凰を彼の皇后に据えた。美凰の誤った恋が三人の人生をくるわせてしまった。

「われわれはおなじ罪を犯したが、互いの罪が生んだ結果は異なっている。すくなくともそなたは、だれも不幸にはしなかった。そなた自身以外は」

銭貴妃に歩み寄り、美凰は生気のない白い手をそっと握った。

「今生で犯した過ちを二度とふたたびくりかえしてはならぬ。そなたはそなた自身を幸福にせねばならぬ。そのために来世があるのだ」

銭貴妃の霊魂を黄泉路へ送り出して、美凰はしばし沈思した。

――私にも来世があるのなら……。

いつか奈何橋を渡り、迷魂湯を飲んで今生の記憶を忘却し、あたらしい生を享けることができたら、そのときは幸せを願ってもよいのだろうか。たとえば無邪気に恋をして、慕わしい相手と結ばれることを希っても罪にはならないだろうか。そんなことを考えること自体が罪深く思われて、美凰はうしろめたさをのみくだした。

「その怪しい蓮を閨に飾って寝ると新婚初夜の夢を見るってことかよ？」

あくびまじりの高牙の声が美凰を現在に連れもどした。

「初夜はさして重要な点じゃありませんよ。注目すべき点は同衾する相手が妃嬪にとって好ましい男であるということです」

文泰は調書をぱらぱらとめくった。

「胡淑妃はひそかに恋い慕っている美貌の太医、温令容は愛読書である歴史小説の主人公、呂青娥は令嬢時代に贔屓にしていた花形役者、趙華儀は下手物料理に長けた庖人、霍才人はいまも想いを寄せる元許婚、そして銭貴妃は主上。全員もれなく妃嬪たちが好ましく思う男。妃嬪たちは見たいものを見ているわけです」

「欲求不満なんだろ。後宮なんかに閉じこめられて、たった一本しかない陽根を三千の女たちで奪い合ってるんだから無理もないね」

榻に寝転がって蛇たちに髪を結わせている如霞が無遠慮に話の腰を折った。

「それにしてもさ、みんな示し合わせたように洞房華燭ってのがおぼこ娘みたいで笑えるね。一度は夜伽をしてるんだから、とっくに生娘じゃなくなってるってのに」

「みな、ではないだろう。銭貴妃は初夜ではないと言っていたぞ。ふだんどおりの夜伽の手順で床入りしたのだと……」

考えてみればおかしいな、と美凰は首をひねった。

「好ましい相手である点、甘い睦言を囁かれる点、夢見心地になってつい肌身を許してしまう点は一致しているのに、銭貴妃だけ洞房華燭ではないのはなぜだ？」

「床入りの相手が主上だからですよ。妃嬪にとって、夜伽は大事なつとめです。名誉な仕事であって、うしろ暗い行為ではありません。しかし、胡淑妃ら、ほかの妃嬪の相手はいずれも主上じゃない。主上以外の男との同衾はまごうことなき不義密通ですから、婚礼の夜じゃないとまずいでしょう」

「なにがまずいのだ？」

「たとえば皇太后さまが恋しい男――もちろん夫以外の男ですよ――の夢をごらんになるとします。見慣れた常服をまとった男が皇太后さまを熱心にかき口説いてくる。深紅の花婿衣装をまとった男が熱心にかき口説いてくる。どちらの場合がより雰囲気に流されて、一線を越えやすくなると思いますか？」

相手が常服なら、婦道を守らねばならないという貞心が勝って拒否するだろう。されども相手が花婿衣装をまとい、自分も花嫁衣装を着ていたなら、ふたりがいるのは洞房ということになる。洞房は新婚夫婦が共寝するための部屋。ましてや相手は好ましく思っている男なのだから、かたくなに拒みつづけるほうが難しい。

「妃嬪たちが床入りしやすいように舞台をととのえたというわけだな」

青い蓮の怪異は妃嬪たちの心を読み、たくみに誘惑して寝床に招き入れている。

「おいおい、夢のなかで情を交わして身ごもったってのかよ？」

「現段階で『夢のなか』と断定することはできぬ。心地よい夢に溺れているあいだに鬼（ばけもの）が閨に忍んできて、妃嬪たちを手籠（てご）めにした恐れもある。なんにせよ、敵の正体は見えてきたな。花を介して妖異をなし、その美しさで人を魅了し、なおかつ色事に長けている鬼――花妖（かよう）と見てまちがいあるまい」

「花妖っていうと、花に化生（けしょう）した鬼ですよね」

せわしなく筆を動かしていた宋祥妃がぱっと顔をあげた。

「でも、花妖って女人でしょ？　もともとは人で、死後に鬼魂（きこん）が花に寄生して美女に化け、色香で男をたぶらかして精気を吸いとるってのが怪異譚（たん）の定番ですが」

「女が多いのは事実だね。やつら、男の精気が大好物だからさ」

てめえもだろ、と高牙が如霞を睨んだ。

「数はすくないけど、男の花妖もいるにはいるよ。まあ、長持ちはしないが」

「長持ち？」

「妖鬼として長生きできないってことさ。花木ってのは陰のものだからね。陽に属する男とは相性が悪いんだろ。調子よく精気を食らったとしても百年かそこらがせいぜいってとこさ。女の花妖ならどんな粗忽者でも五、六百年生きる。あたしみたいに要領がよけりゃ千年は生きるし、三千歳はゆうに超えた大年増もいるよ」

てめえも大年増だろ、と高牙が合の手を入れる。

「大年増といえば、三千五百歳の花妖に会ったことがあるよ。あの婆さん、あたしが目をつけた檀郎を横取りしやがったんだ。とんだ狒狒婆がいたもんだと怒鳴りこみに行ったんだが、存外気前のいい婆さんでさ、檀郎をあたしにも分けてくれたよ。ふたりして楽しんだもんだから檀郎は干からびちまったが――まあ、そんなことはどうでもいい。その婆さんは長く生きすぎたと嘆いてたよ。馴染みの妖鬼たちがすっかり死んじまって、さびしくてしょうがないんだと。長生きするのも考え物だね」

「老婆子の思い出話ならよそでやれ」

「お黙りよ、せっかちな老頭子だね。ここからが肝心なところさ。婆さんに聞いたんだが、ごくまれに長生きする男の花妖がいるんだとさ。そいつは恐ろしいほどの怨念を抱えてる危ないやつだから、近づかないほうが身のためだと言ってたよ」

「青い蓮の妖鬼が長生きしてる男の花妖だってのかよ?」

「後宮は強固な軒轅に守られてる場所なんだよ。凶后のせいで軒轅がほころびてるにしたって、有象無象の妖鬼がおいそれと入ってこられるもんか。ましてや妃嬪たちの寝床にもぐりこむなんざ、乳臭い小鬼の芸当じゃないよ。すくなく見積もっても千歳、ひょっとするとそれ以上の、甲羅が生えた爺さんにちがいないよ」

　敗蓮から痕跡をたどれなかったのは、老練家の花妖であるためか。

「で、どうするんだ？　青い蓮を片っ端から食っちまえばいいのか？」

「なんでも食おうとするんじゃないよ、卑しん坊。ともあれ、爺さん花妖をとっ捕まえないことにはどうしようもない。ここはあたしが一肌脱ごうじゃないか。青い蓮とやらを手折ってきて閨に飾って寝れば、花妖が出てくるんだろ。やつがのこのこ出てきたところを捕まえちまえばいいのさ」

「年取った男の花妖は怨念を抱えた危ねえやつなんだろ。てめえで大丈夫かよ」

「危険な男ってぞくぞくするねえ。挑みがいがあるわ」

　如霞が舌なめずりするので、美凰は「そなたはだめだ」と言った。

「そなたは男のにおいが強すぎる。花妖が狙っているのは妃嬪だ。妃嬪はそなたほど男を知らぬ。そなたが囮になれば、たとえどんなに見てくれをつくろったとしてもこちらの意図に気づかれる。花妖とは本来、臆病な妖物だ。警戒して姿を隠してしまえば、ますます厄介なことになる」

　狐狸精はだめだってよ、と高牙がせせら笑うので如霞は蛇を投げつけて黙らせた。

「なんだい、つまんないねえ。じゃ、だれが囮になるんだい？」

「私だ」

「花妖が狙ってるのは妃嬪だろ。あんたは皇太后じゃないか」

「むろん私の身体は使えぬゆえ、妃嬪に憑依する」

美凰は黙々と筆を走らせている宋祥妃を見やった。

「宋祥妃、そなたの身体を貸してほしい」

「え？　私ですか？　でも、私は夜伽していませんよ」

「ちょっとした細工をすれば、夜伽したように見せかけられる。一晩くらいならごまかすのは簡単だ」

「私じゃなくてもほかの妃嬪をお使いになればいいんじゃないですか。夜伽したけど懐妊しなかった人は何人かいますし」

「いちいち事情を説明するのが面倒だ。怯えられて妙な噂を流されても困る」

はあ、と宋祥妃は生返事をする。

「憑依すると憑依された側の意識がなくなるのが定法だが、場合によっては、意識を残したまま憑依することも可能だ。哀家（わらわ）をとおして花妖を見ることもできるぞ。好奇心旺盛なそなたなら、二つ返事で引き受けると思ったが」

予想に反して、宋祥妃は浮かない顔つきをしていた。

「皇太后さまをとおして花妖を見たら、変な影響を受けませんか？　銭貴妃や趙華儀が黒い石を孕んだみたいに……」

「銭貴妃らは魂気が弱かったが、そなたは魂気が強いから、怪異には耐性があるはずだ。もとより哀家が守るので大事にはならぬ。石を孕むことはなかろう」

　宋祥妃に悪影響が出る前に花妖を祓うつもりだ。

「そなたらしくもなく渋るが、なにか障りがあるのか？」

　見鬼病事件では厲鬼に興味津々だった宋祥妃が妖物を恐れるとも思えない。

「べつに障りというほどのことじゃないですけど……条件があります」

　いつになくまなじりを緊張させ、宋祥妃は美凰を見た。

「憑依しているあいだ、私の意識は完全になくなるようにしてください。それから夢のなかで会った人のことは話さないでください」

　なぜ、と問おうとしてやめる。だれしも秘密のひとつやふたつ持っているものだ。

「わかった。そなたの言うとおりにしよう」


　人血を吸う飛蝗。それは昆虫ではなく妖物だ。

　際限なく湧いてくる飛蝗を片っ端から調べてみたが、すべての飛蝗が人血を吸っているわけではないようだ。血を吸っている飛蝗と、吸っていない飛蝗がいる。どちらかといえば前者のほうがすくない。全体の三割程度といったところか。

ただし、飛蝗どもが腸に蓄えていた人血はことごとく女人のものだった。

「ひとりから大量に吸いとっているわけではなさそうだが……」

真っ二つにされた黒光りのする胴体からたちのぼる血のにおいに、天凱は顔をしかめた。血の臭気は百人百様、ふたつとしておなじものはない。吸血飛蝗から採取した人血は一匹につきひとりのものだった。複数の飛蝗がひとりの女人から多量の血を吸いとったのではなく、あまたの女人からすこしずつ吸いとったらしい。

「女人の死者がことさら目立つということはありませんね」

貪狼は小首をかしげながら天凱に文書をさしだした。黄別駕の奏状だ。吸血飛蝗を発見してすぐに、天凱は黄別駕に命じて州内の死者を調べさせた。

「妖物を目撃した、鬼に襲われたっていう訴えもとくに増えてはいませんぜ」

雷之がさしだしたのは、州府に仕える巫師——州巫の記録である。原則として州県には蒐官が置かれないので、各府寺に籍を置く巫師がその役目を負う。

文書に目をとおしたのち、天凱は藤紙をひろげた。飛蝗の腸から滴る鮮血を筆先に吸わせ、鏡文字で〈歸〉と書く。血文字があらわれた藤紙を鷲摑みにして宙に投げれば、赤黒い翼の化鳥が軽やかな羽音とともに飛び出した。鳩ほどの大きさだが、足は三本で、ぎょろりとした目玉は猫のそれに似ている。化鳥は格天井の空をぐるりとひと回りし、雷之が開け放った格子窓から夜陰の海に飛びこんでいった。

天凱はおなじ要領で次々に化鳥を飛ばした。化鳥は飛蝗に血を吸われた女人たちのもとへ飛んでいき、彼女たちの様子を探ってくる。むろん、ふつうの人間の目には映らぬよう術をかけている。この場で化鳥が見えているのは天凱と雷之だけだ。

小半時（こはんとき）ののち、最初の化鳥が戻ってきた。天凱の手にとまると、赤黒い羽毛で覆われた鳥の輪郭が音もなく砕け、丸まった藤紙に戻る。それを鼎形（かなえがた）の香炉にくべれば、わっと燃えあがった紅焔（こうえん）が鏡面のように平らになって華やかな閨を映した。

部屋の主は富家の令嬢らしかった。年のころは十六、七。化粧台の前に座り、侍女に髪を梳かせている。かたわらに立つ太りじしの婦人は乳母のようだ。昼間、令嬢がこっそり邸を抜け出したことを諫（いさ）めている。令嬢はふてくされた顔つきで、許婚に会いに行くのがそんなに悪いことかと抗弁する。嫁入り前の娘がみだりに外出するものではない、相手が許婚でも名節にかかわると乳母はがみがみ叱りつける。

令嬢の右耳から赤い糸が垂れている。これは彼女たちには見えないだろう。化鳥がたどっていった血の痕跡がどこにつながっているかを示している。

「うわ、すげえ美人。この鼻っぱしの強そうな目つき、俺の好みのど真ん中ですぜ」

雷之の軽口を聞き流し、二羽目の化鳥を香炉にくべる。

「今度は老婆ですか。どうやら選り好みはしないようですね」

炎の鏡面をのぞきこんだ貪狼がどうでもよさそうに言う。三羽目、四羽目、五羽目と作業をつづけていくにつれて、違和感ばかりがつのっていく。

「女人たちは妖物の影響を受けていない……」

鬼に襲われれば病に罹る。はっきりとした症状が出ていなくても、気鬱にさいなまれたり、むやみやたらに癇を立てたり、はたまた魂が抜けたように放心したり、異様なまでの眠気をもよおしたり、なんらかの変調をきたすものだ。しかるに、血を吸われた女人たちにその傾向は見られない。

「そりゃそうでしょうよ。吸われた血の量がすくないんですから。飛蝗一匹の腹を満たすくらいの量なら、相手が鬼でも蚊に刺された程度ですぜ」

「なぜ飛蝗どもはひとりの女人に群がって血を吸わないんだ？　あちこち飛び回るより、ひとりに群がったほうが楽に空腹を満たせるだろうに」

「やつらにも好みってもんがあるんでしょうよ。俺は若い女がいい、おいらは熟した女がいいってな具合に」

「それなら好みが重複することもあるはずだ。おまえみたいに勝気な美人が好きなやつは天下にごまんといる。飛蝗だってそうだろう。一匹につきひとり分の血しか出てこないということは、ひとりの女人を襲った飛蝗は二匹以上いないということだ。好みでは説明できぬ。そんな恣意的なものではない。一定の法則がある」

最初から決まっているみたいだ。一匹の飛蝗が吸血できるのはひとりの女人だけだと。

「……飛蝗どもはいったいなんのために血を吸っているんだ？」

鬼は人を食うこともあるが、これはちがう。女人たちは死んでいないばかりか、妖気にもあてられていない。鬼はわけもなく人を襲わない。空腹を満たすため、殺戮を楽しむため、怨みを晴らすため……その行為にはなんらかの目的がある。

考えこんでいると、部屋の隅で耳の奥をひっかくようなかすかな音がした。吸血飛蝗を入れておいた方形の籠がかたかたと揺れているのだ。

「飛蝗ども、いやに元気ですぜ。女の血が効いてるんですかね」

くぐもった羽音が薄暗い室内で不気味にこだまする。

「いまにも出てきそうじゃないですか。阮公公、ふたに重石でものせてくださいよ」

「大丈夫だって。やつら、女の血しか吸わねえんだから。俺ら宦官には無害だぜ」

「無害じゃありませんよ！　あんな気色の悪いものが飛んできたらぞっとします！」

「あんた、虫が怖えのかよ？　へへ、女みてえだな」

けらけらと笑う雷之に「笑いごとですか！」と貪狼が目をむいた。

「飛蝗というのはね、恐ろしいほど生産性のない生き物なんですよ。連中はそこらのものを手当たり放題に食い尽くすんですよ。やつらがとおったあとには草一本も残ら

いたい
ないんですよ。やつらの通り道にいた人間はみんな餓えて死ぬんですよ。窮鬼みたい
じゃないですか！　あんなものにさわったら貧乏がうつりますよ！」
「心配するなよ。貧乏になったって人生が終わるわけじゃねえぜ」
「終わるんですよ！　匣いっぱいの銀子を肴に晩酌できなくなったらどうしてくれる
んです!?　あなた、責任を取って奴才に毎年千両支払ってくれるんですか!?」
「面白えな、あんた。そんな大金、俺が持ってるように見えるのかよ？」
「銀子がないなら飛蝗を外に出さないでください！　一匹たりとも！」
「いや、外に出そう」
天凱は席を立った。部屋の隅に行って籠のふたにふれる。晟烏鏡を使ってふた越し
になかの様子を探ると、飛蝗たちが必死で翅をばたつかせているのがわかった。一見
すると、閉じこめられた虫がやみくもに暴れているかのようだが、よく観察してみる
となにかがちがう。彼らはどこかに行きたがっているようだ。
「雷之、あとをつけろ」
天凱は雷之の胸に指をかざし、鏡文字で〈變〉と書いた。たちまち、雷之の輪郭が
雨に濡れた墨絵のようにとけていく。彼を構成する色彩が暗がりににじんだかと思う
と、ふたたび集まって黒い飛蝗のかたちをとった。
「飛蝗どもの行き先をつきとめてこい」

天凱が籠のふたを開けると、飛蝗たちが耳障りな羽音をまき散らしてわっと飛び出す。虫けらに変じた雷之はそれらにまぎれ、窓外にひろがる夜闇に飛びこんだ。

翌朝、天凱は鏡殿に入った。右手側では険しい雪山がつらなり、左手側では冬の海が荒れくるう回廊をとおって、日暮れ時の内院に足を踏み入れる。斜陽に炙られていっそう赤く色づいた石楠花を見るともなしに見ながら、亭の階をのぼった。

夕陽をさえぎる丸屋根の下に入ると、欄干にもたれていた美凰がふりかえった。

頭頂部に大きなふたつの輪を作る飛仙髻を結っている。胸までひきあげた淡紅色の長裙はあでやかな小瀑布のように足もとまで流れ、銀泥の花蝶文がきらめきわたる玉虫色の大袖衫は細腕のかたちに添いながら風と戯れる。珠玉をつらねた金歩揺の垂れ飾りは涼しげな音色を奏で、白い耳朶では青金石の耳墜が憂わしげに揺れていた。ほっそりとした首をひきたてる瓔珞が落陽を弾いてきらりと光った瞬間、まぶしさに目を射られる。否、ほんとうは彼女の花顔に浮かぶ甘やかな微笑に目を奪われたのだ。大輪の月季花がほころぶような、優艶な笑みに。

しばし見惚れ、天凱は短いため息をもらした。

「大兄……悪ふざけはよしてくれ」

「もう見抜いたのか。君の審美眼はたいしたものだね」

金魚模様の絹団扇をゆるりと動かし、美凰――の姿をした白遠が艶然と笑う。

「審美眼は必要ない。美凰には禔華の気配がある。大兄にはない。それだけのことだ」

たとえ禔華の気配がなくてもわかる。美凰は天凱にかくも甘い微笑を向けてはくれない。いまも昔も……あるいは、これからも。

「美凰はどうした？　呼んでおいたが」

「奇怪な懐妊を引き起こしている鬼をおびき出すから欠席すると連絡があったよ。なんでも花妖が夢のなかで妃嬪と同衾し、孕ませているらしいんだ」

花妖、と聞いて天凱は眉根を寄せた。

「なんだい、険しい顔をして。花妖に心当たりでも？」

「大いにある」

飛蝗に変化した雷之は、吸血飛蝗のねぐらが小さな沼だとつきとめた。人気のない忘れ去られた場所で、瘴気がとぐろをまき、怨憎に起因する汚穢が沈殿していた。まだ夏場なのに敗荷が無残な姿をさらしていたのも異様だったと雷之は語った。

「飛蝗どもは泥水にもぐり、蓮の根に吸いこまれるように消えていったそうだ」

「蓮の根が女人たちの生き血を吸収しているのかい？」

「なお悪いことに、吸い取られた血は皇宮へ向かっている」

血に「印」をつけておいた。それは水脈をたどってどんどん北上し、冏都に流れる水路を駆けのぼり、いくえにもなった軒轅をすりぬけて皇宮に入っていった。

「蓮の根を介していることから考えると、飛蝗を操っているのは花妖だ」

「花妖が飛蝗を操って血を集めるなんて聞いたことがないな」

白遠は美凰のおもてに困惑をにじませた。

「美凰が言うには、後宮を騒がせている花妖は男で、千歳をゆうに越えた古参者じゃないかって話だ。男の花妖は総じて短命だから、そのくらいの年齢になると妖気も衰えてくるはず。妖力を保つために血を集めているのかもしれないね。人の生き血は妖物にとって精気よりももっと効率的な食事だから」

血肉も精気も鬼の好物だが、どちらかといえば後者を好む鬼が多い。そちらのほうが彼らにとって好ましい味だからだ。なお、精気を食らうには相応の技量を要するので、未熟な鬼は手っ取り早く血肉を食いあさって飢えを満たす。一方で長く生きた老獪な鬼は舌が肥えているから精気だけを貪って骸には見向きもしない。

「だとしても迂遠すぎないか？　なぜわざわざ綺州で血を集めたんだ？　どうせ皇宮に送るつもりなら、最初から皇宮内で集めるほうが簡便だろう」

「皇宮には美凰がいるからね。目立った動きをして勘づかれたくなかったんじゃ……」

言いさして、白遠が頬を強張らせた。その意味を天凱は瞬時に察する。

「……蝗害は俺を綺州まで誘い出すための餌か」

後宮で不審な懐妊が相次いだ。時をおなじくして綺州で蝗害が猛威をふるっているとの一報が入った。天凱は後宮の怪異を美凰に任せ、綺州に行幸した。

一連の出来事は天凱を皇宮から遠ざけ、美凰を後宮にとどめる結果になっている。

――胸騒ぎがする。

なぜ花妖は天凱と美凰を引き離したのだろうか。ふたりがそろっていると都合が悪いのか。いったいなにをしようというのか。

「蝗害が君を綺州に誘い出す手段だったとしたら、花妖が綺州で血を集めているのはなぜだろう。ほかの場所で集めたほうがより安全だったはずなのに」

「綺州でなければならない理由があるのかもしれぬな」

「たとえば？」

「ここが生まれ故郷なのかもしれぬ。死後、鬼魂が花に寄生して花妖になった場所」

花木に根があるように、花妖にも己を生んだ土壌がある。若く妖気が強ければ郷土を離れても力を保つことができるが、年をかさねて妖気が衰えてくれば郷里の土から離れた土地では妖力を維持することが難しくなる。そのため、多くの花妖は生地から離れすぎないように心掛けるものだが、この花妖は本体を皇宮に置いている。

「綺州に張った根を三千里離れた皇宮まで伸ばして生きながらえる。そんなことが可能だろうか……？　女人の血を貪って妖力を補う老いぼれ花妖に」

郷里を遠く離れても活動できるなら、人血は無用だ。人血を求めるほど弱っているのなら、郷土から遠く離れることはできない。あきらかに矛盾している。

花妖だけでは説明がつかないのだ。なにか、大事な要素が欠けている。

「老いぼれ花妖ひとりではないのかもしれないね。われわれの敵は」

ぽつりとつぶやかれた白遠の言葉に背筋が寒くなった。

「……凶后か」

白遠と天凱の父・熹宗の皇后であった凶后・劉瓔。鬼道を操り、政を壟断し、栄耀栄華をほしいままにしながら、官民を虫けらのごとく殺戮した希代の悪女。美凰の伯母にあたる鬼女の通り名は、口にするだけで怖気がするものだ。

「先帝に死体を封じられても、凶后はいまだ滅びていないんだったね」

「完全に穢華を取り戻したわけではなさそうだが、先帝の骸を食らって力を補い、なんとか現世にとどまっているようだ」

「凶后が裏で糸を引いているのなら、老花妖の不可解な行動にも説明がつくね。凶后は見鬼病を京師に蔓延させて人びとの怨念を集めていた。あの一件で蓄えた力を用いて、またよからぬことをしでかそうというのではないかい」

「それならそれで、疑問がある。なぜ凶后は老いさらばえた花妖を手先に使っているんだ？　もっと生きのいいやつのほうが使い勝手がいいんじゃないのか」

「強い妖鬼を使役できるほど回復していないのかもしれないよ」

釈然としないまま、天凱は頭を切りかえた。

「美凰はどうやって花妖をおびき出すつもりなんだ？」

「宋祥妃の身体を借りて花妖が見せる夢のなかに入るそうだよ」

「夢に入っているあいだ、美凰の身体は？」

「明器が守るらしい。老花妖の背後に凶后がいるとしても、美凰に危害をくわえるつもりはないんじゃないかい？　凶后は美凰を溺愛していたんだから」

「溺愛していたからこそ危険なんだ。鬼魂だけになった凶后には軀が必要だ。奇しき力の源たる禎華を回復させ、ふたたび完全なかたちを得るために。あつらえむきの軀が目の前にある。自身とおなじ禎華を持ち、不老不死となった美凰の身体が」

凶后が不死身であったか否かは議論がわかれるところだ。現に凶后は首を斬られ、肉体を寸断されて、いったん活動をとめた。火葬が失敗したことから推測すると、黄泉路を下ったわけではなさそうだが、斬首されて身動きできなくなる程度には生身の人間に近いということになる。しかるに美凰は、破壊された先から肉体が修復されていく。斬られても、焼かれても、どれだけ血を流しても、寸刻後には元通りになる。

もし凶后が美凰の軀を手に入れたらどうなるか、想像するだに恐ろしい。

「美凰の身体を奪うため、凶后は俺を皇宮から遠ざけた……そう考えればつじつまが合う。蝗災は陽動で、ほんとうの狙いは後宮で起こっている謎の懐妊なのでは」

なにもかも凶后の目論見どおりに進んでいるのではあるまいか。

「すぐ皇宮に帰る」

「蝗害はもういいのかい」

「あらかた片付いた。あとは蒐官に任せておけばいい」

状況が変わったら連絡するよう言い置いて、亭を飛び出す。

「主上！　大事になりやしたぜ！」

鏡殿から出ると、雷之が待ちかまえていた。

「飛蝗どもが人を襲いはじめましたぜ！　そこらじゅうで！」

「女人以外も襲っているのか？」

「襲ってるなんてもんじゃありませんぜ。やつら、手当たりしだいに人の肉を食ってるんですよ。死んだ人間だろうが生きてる人間だろうがお構いなしで食らいついてますぜ。まるで収穫期の稲穂に群がるみてえに」

天凱は思わず舌打ちする。これで皇宮がなおいっそう遠ざかった。

後宮を攪乱する怪異の正体に目串をつけてから数日後、折よく雨が降った。

「なぜ奴才がそのような雑用を仰せつからなければならないのです」

美凰が「青い蓮を手折ってきてくれ」と鹿鳴に頼むと、案のごとく睨まれた。

「哀家や高牙たちが行けば花妖に勘づかれる。蒐官もな。よってそなたに頼みたい」

「寿鳳宮に仕える宦官なら、ほかに大勢いますが」

「これは極秘の任務なのだ。掖庭に妖物がいると妃嬪たちに知られたら事だぞ。妃嬪たちは恐れおののき、錯乱するやもしれぬ。事情を知る者は極力増やしたくない」

鹿鳴がなおもしかめ面をしていると、高牙が彼の肩をなれなれしく叩いた。

「やけに渋るじゃねえか。さてはてめえ、妖鬼が怖えーのかよ？」

「妖鬼を恐れているなら、あなたと会話しませんよ」

「そんじゃあれだ。水が怖えんだろ。落っこちたらどうしようって思ってるんだな」

「思っていません」

「だったら、舟を漕ぐのが下手くそなんだろ」

短い沈黙のあと、「雨に濡れたくないだけです」と鹿鳴は釈明じみた返答をした。

渋る鹿鳴を説き伏せて使いに出した。一抹の不安をおぼえたのでひそかに文泰を付き添わせたところ、文泰だけが青い蓮を持って戻ってきた。鹿鳴はどうしたのかと問えば、別室で着替えているという。小舟から落ちて溺れかけたらしい。

「小舟がひとりでに転覆したのです。花妖のしわざにちがいありません」

着替えをすませてきた鹿鳴は憤然として言い放った。すでに文泰から「圭内侍監は舟に乗った時点でぐらぐらなさっていましてね、危なっかしいなあと思ってたんですが、櫂を握って寸刻もせぬうちに均衡をくずしてご自分で池に落っこちたんですよ。あの人にも苦手なものがあるんですね」と聞いていた美凰は、ほかの者に任せるべきだったと反省しつつ、憤懣やるかたない鹿鳴をねぎらった。

ともあれ、青い蓮は手に入った。しかし、これだけでは不十分だ。

霍才人付きの宦官によれば、彼の恋人である女官は青い蓮を閨に飾っても洞房華燭の夢を見なかったという。その理由は女官が夜伽をしていないからだろう。青い蓮だけでも夜伽だけでも足りない。花妖が夢に出てくるのは、両方がそろったときだ。

そこで宋祥妃には疑似夜伽をさせた。天凱の龍袍をまとわせ、美凰が術をかけたので、ほんの短いあいだだけだが、夜伽をした場合と同等の状態になる。

花妖は皇上の陽の気を目印にして妃嬪を狙っているから、これで十分だ。

「詮索しないという約束、守ってくださいね」

念押しする宋祥妃を牀榻に寝かせ、美凰は印を結んで呪をとなえた。深刻そうな顔つきをしていた宋祥妃のまぶたが徐々に重くなり、眠りの淵に落ちていく。頃合いを見て宋祥妃のひたいに禽字で神呪を書く。眠っているあいだに彼女の肉体が花妖の影響を受けないようにするための細工だが、花妖には悟られないよう注意を払う。

室内には十二台の燭台を置き、それぞれに鬼火を灯している。青い炎が蛍のように薄闇で揺らめくなか、美凰は牀榻を祭壇に見立てて花氈の上にひざまずいた。両手を合わせ、胸のうちで呪をとなえながら呼吸をととのえる。古より、霊魂は呼吸であるという。呼吸は気であり、その本質は魂に属している。心を落ちつけて深い呼吸をくりかえしていると、霊魂と肉体が離れやすい状態になる。

美凰は手前の燭台をひきよせ、ひと息で蠟燭の火を吹き消した。次に二台目の燭台を手にとり、また吹き消す。同様の手順で火を消していく。最後の蠟燭を吹き消したとき、ふわりと身体が浮きあがるような感じがした。呼気とともに流れ出た霊魂が肉の衣を脱ぎ捨てて空中に舞いあがったためだ。

背後で倒れかかった美凰の身体を高牙が抱きとめる。ここに置いておけば花妖に警戒される恐れがあるので、肉体は寿鳳宮に運ばせる手はずになっている。

霊魂だけになった美凰は規則正しく上下している宋祥妃の胸もとにふれた。彼女の軀は空になっているわけではないので、入るときに多少の抵抗を感じる。たとえるなら向かい風のようなものだ。強い霊力を持つ者が相手ならはねかえされてしまうこともあるが、ふつうの人間の場合は向かい風を押しかえせば容易に侵入できる。

憑依してどれくらい時間が過ぎただろうか。どこからともなく甘い香りが漂ってきた。牀榻のそばに飾ってある青い蓮が艶っぽい芳香を放っているのだ。

甘ったるいにおいを吸いこむと、酩酊したように思考がぼんやりとしてきた。ふわふわと浮かんでいるような感覚に襲われ、意識が弛緩していく。

高く澄んだ音がした。水面にしずくが落ちる音だ。

気がついたときには、美凰の魂が入った宋祥妃は紅の閨にいた。身にまとっているのは華麗な刺繍に彩られた婚礼衣装。深紅の錦や花で飾りたてられた臥室には百千の彩色蠟燭が灯され、調度という調度に赤い絹がかけられている。

慶事の色彩に染められた洞房は、美凰にとって悪夢がはじまった場所だ。あの日からすべてが変わった。——否、真実があらわになったのだ。美凰が翡翠公主ではなく非馬公主であったことも、雪峰が美凰を愛していたのではなく憎んでいたことも、万民がこの婚姻を祝福していたのではなく呪っていたことも。なにもかもが歴とした事実であり、だれもが承知していたことだった。美凰が知らなかっただけで。

「今日という日を待ちわびていたぞ」

聞き覚えのない声が耳朶を叩いた。となりを見れば、金糸の刺繍がきらめく花婿衣装を着た青年が座っている。年は二十代なかば。肩幅がひろく、がっしりとした体軀をしているが、やや目じりが下がり気味の面差しはやさしげだ。顔じゅうにひろがった愛おしげな表情がことさらそう見せているのかもしれない。

「なんて美しいんだ、麗詩」

青年は宝玉に語りかけるように宋祥妃の字を囁いた。身体の奥底で眠る宋祥妃の意識が狼狽している。最初に来たものは衝撃だった。つづいて戸惑いがわき起こり、断腸の思いがあふれ出す。さまざまな情動に見舞われたあと、やみがたい慕わしさが胸に満ち、美凰の意思とは関係なく幾筋もの涙が頬を濡らした。

――恋しい男なのだな。

思いがけないことがあるものだ。他人の艶話ばかり追いかけている宋祥妃が夫以外の男に人知れず恋心を抱いていたとは。

「どうした？　俺を忘れたのか？」

青年は宋祥妃の頬にふれ、あたたかい視線を注いだ。ここで妃嬪が恋しい男の名を呼べば、花妖は彼女の心をいともたやすく支配することができる。逆にこちらが感情をあらわにしなければ、花妖はそれ以上、侵入できない。

美凰が黙っていると、青年は悲しげな表情を残して霧のように消えた。

ふたたび水滴の音が聞こえる。あっと思ったときには水中にいた。水が手足にからみつき、ほの暗い水底へひきずりこもうとする。

「公主さま」

鹿鳴の声が降り、美凰ははっとした。そこは水中ではない。化粧台の前に置かれた椅子に座っている。視線の先にあるのは少女のおもてを映した八花鏡。

──幼いころの私だ。
十三、四歳だろう。白粉を塗り、螺子の黛で眉を描いていてもなお、未熟な目鼻には甘やかされた無知が充溢している。
このころは凶后が作った箱庭のなかで慈雨のごとく降り注ぐ贅沢に首までつかり、欺瞞にかたちづくられた幸福を疑いもせず貪っていた。凶后の虐政によって天下に怨嗟の声が轟いていたことも、皇宮の内外で人びとの怨憎がふくれあがっていたことも知らなかった。無知であるがゆえに、安穏と生きていられた。

「いかがでしょう。お気に召しましたか」

美凰の髻に翡翠の簪を挿し、鹿鳴がにこやかに問うた。親しみが感じられる穏和な笑み。当時の美凰は、これが彼の本心からの笑顔だと思っていた。美凰の軽率な言動によって人生を奪われた鹿鳴が腸で怨毒を育てているとも知らず。

「阿嫋」

馴染みのある声に名を呼ばれた。もはや美凰を「阿嫋」と愛しげに呼んでくれる人はいない。美凰が名を呼ばれるのは「劉嫋」と憎々しげに口にされるときだけだ。

「似合うな。天女のようじゃないか」

「翡翠には翡翠がふさわしいわね。とっても素敵よ」

八花鏡になつかしい顔がふたつ映りこんだ。太宰として強権をふるい、政を壟断した父。奢侈の限りを尽くし、邪淫を貪った母。父は凌遅に、母は梟斬に処された。酸鼻をきわめた処刑の一部始終も、変わり果てた亡骸も、眼裏にしかと焼きついている。だがしかし、八花鏡に映ったふたりは生前の姿のままだった。

──これは、過去だ。

わずかに揺らぎそうになった心を強張らせる。宋祥妃の記憶をもとにした夢が不首尾に終わったので、花妖は美凰の記憶を読みとって夢を見せている。あくまで記憶の表層をすくいとっているにすぎず、内面まで入りこむことはできない。幻に反応して感情が揺らがないようにしなければならない。情が動けば心に隙ができる。その隙が通り道となってしまい、花妖は心の奥深くまで入りこんでくる。

「さあ、早く行こう。今日はおまえの誕辰祝いだ」

「みなが待っているわよ」

両親に手を取られると、八花鏡と化粧台が消えた。水面に波紋が立つように場面が変わり、にぎやかな宴席の情景があらわれる。

金漆塗りの円柱が立ちならぶ正庁。見目麗しい楽師たちが妙なる音曲を奏で、美しい宮妓たちが水袖をひるがえして舞い踊っている。美凰の好きな曲に、美凰の好きな舞。純金の縁金具で四隅を覆った宴卓にはめずらしい食材をふんだんに使った宮廷料理や西域の木菓子が山と盛られている。どれも美凰の好物だ。いたるところに飾られた季節外れの碧桃の花も、七宝の香炉で焚かれている伽羅も、あざやかな翼を持つ南蛮の鳥も、美凰が大好きなものばかり。

「おめでとう、美凰」

木漏れ日のような声に字を呼ばれ、思わず総毛立った。目の前で雪峰が微笑んでいる。出会ったばかりの――齢十八の雪峰。まだ許婚を喪っておらず、美凰を怨んでいないころの、純粋で柔和な青年であった彼。

「今日は一段と可憐だね」

微笑とおなじくらい甘い言葉が落ち、過去のなかの美凰は――ほかのだれでもなく雪峰のために着飾った美凰は、頬に朱を散らした。

それは恋心の発露であり、言いかえれば無知のなせる業であった。知らなかったのだ。自分の幼稚な初恋が雪峰の人生をくるわせてしまうことなど、露ほども。

――過ぎたことだ。

いくら悔いても過去を書きかえることはできない。罪を消すことはできない。うろたえれば花妖を利するだけ。心を殺すことが唯一の打開策だ。

幼き日の天凱と白遠があらわれた。ふたりも祝福の言葉をかけてくれた。族滅された劉一族の者たちも勢ぞろいしていた。みな笑っていた。のちの湯太宰をはじめとした重臣たちも晴れやかに破顔(はがん)していた。だれもがわれがちに美凰を寿(ことほ)いだ。

美凰は喜んで彼らの祝辞を受けた。誇らしささえ感じていた。自分はこれほどまでに大勢の人たちから愛されているのだと。

——なんて愚かな。

気づきもしなかった。自分をとりまいているのが偽物の笑顔だということに。

「なんとまあ愛らしいうしろ姿であろう」

艶やかな声に背中を撫でられ、全身の血が凍りついた。

「うしろ姿がかくも愛らしいのなら、おもてはさぞ可愛らしいのであろうな。ふりむいておくれ、わが翡翠よ。ぬしの伯母が花のかんばせを見たがっておるぞ」

ふりむくことができない。感情を殺すので手いっぱいだ。

「困ったのう。翡翠は機嫌が悪いようじゃ」

凶后がため息をつくと、ふたつの笑い声が琴瑟(きんしつ)のようにかさなった。

「公主さまは恥ずかしがっていらっしゃるんですよ」

凶后に仕える双子の宦官だ。二十歳前後の眉目秀麗な青年で、合わせ鏡のような瓜二つの容姿をしている。宦官服をまとってはいるが、実は浄身(じょうしん)（去勢）しておらず、男の身体のままで夜ごと凶后の閨に侍っているのではないかと噂されていた。

その噂はほんとうなのか、と凶后に尋ねたことがある。凶后は苦笑して「口さがない連中の戯言じゃ」と言った。美凰は素直に信じたが、ひょっとしたらあれも嘘だったのかもしれない。凶后は美凰にたくさん嘘をついた。災害もなく豊作つづきなので民は毎日ご馳走を食べている。だれもが立派な民居に住み、刺繡をほどこした絹の衣をまとい、行楽や芝居見物に出かけている。天下万民は劉太后がもたらした安寧に感謝し、彼女の血を引く美凰が宗室に嫁いでほしいと願っている。

事実と正反対の空言を囁き、凶后は美凰を欺いた。不義密通を犯していたことをひた隠しにしていたとて、いまさらなにを驚くだろうか。

「さて、わが翡翠よ。そろそろ花火の時間じゃ」

両肩に指甲套をつけた凶后の手が置かれた刹那、どんと低い音が轟いた。烏羽色の上空にぱっと花火があがる。はらはらと炎の花びらが散り落ちるや否や、またしても水滴の音が響いて場面が変わった。凶后はいない。父や母もいない。美凰は身体に縄をかけられ、刑場に立っている。刑場を十重二十重にとりかこむのは熱狂する大勢の士民。彼らは憎しみを滾らせたまなこで美凰を射貫き、口々に叫ぶ。

「殺せ！　殺せ！　殺せ！　非馬公主を八つ裂きにしろ！」

罵詈雑言が投げつけられ、小石や汚物が雨あられと降り注ぐ。雪峰の命令で処刑がはじまる。斬首、腰斬、凌遅。処刑法はどんどん残虐なものになっていくが、美凰は泣きもせず、叫びもせず、ひたすら沈黙を貫いていた。

――こんな夢はとっくに見飽きている。そのむごたらしい情景を、この十年、幾度となく反芻してきた。もとより、そうしたかったわけではない。毎夜、床に入るたび、忘れたくても忘れられない恐怖と激痛が鮮明によみがえって美凰の心身をさいなんだのだ。それゆえ一睡もできぬ日がつづいたが、いまでは慣れてしまった。もうなにも思わない。なにも感じない。罵声を浴びても、身体を破壊されても、失うものがない。

水滴の音を合図に刑場が、刑吏が、群衆が消える。見わたす限りの桃林があらわれた。春のにおいを運ぶそよ風が恋人の指先のように美凰の頰を撫でる。

「私がまちがっていた」

かつての柔和な青年の顔をした雪峰が美凰の手をやんわりと握った。

「君は凶后に利用されていただけだ。君自身はなにも悪くない。処刑するべきではなかった。過ちだった。私は憎しみでわれを忘れていたんだ」

どうか赦してくれ、と雪峰は懇願する。

「皇宮にもどってくれないか。ふたたび私の皇后になってほしい」

雪峰が寛大な心で美凰を赦し、迎えに来てくれる。そんな夢を見たこともあった。

――夢のなかでは生きられない。

人は現のなかでしか呼吸できない生きものだ。夢の空気は肺腑を腐らせてしまう。

動じずにいると、雪峰は悲しげに微笑した。その姿が煙のように消え、雲のように繁った淡粉の花びらが寒風に吹き払われて散り落ちる。

あたりが暗くなる。頭上に怒濤が押し寄せた。――ちがう、羽音だ。全身をひっかくような不快な羽音が中空いっぱいに響いている。そして悲鳴。男のものもあり、女のものもある。喉を引き裂くようにして放たれる叫び声が方々を飛び交う。

暗さに目が慣れてくると、逃げ惑う人びとが見えた。ある男は両手をふりまわしながら、ある女は赤子を抱いてこけつまろびつしながら、なにかから逃げている。それは黒雲に似ていた。いびつなかたちをした無数の漆黒の雲が耳をろうするような羽音を立て、人びとを追いかけまわしているのだ。

――飛蝗か。

雲のように見えたのは、ひと群れの飛蝗だった。飛蝗はあきらかに人間を狙っていた。わずかに残った葉叢や灌木には目もくれず、人をめがけて飛んでいる。

――これは……私の記憶ではない。

蹴躓いて転んだ老人に飛蝗の群れが襲いかかった。どす黒い雲のように密集したそれらが老人の身体を覆ったかと思えば、不気味な咀嚼音が響きはじめる。

飛蝗が肉を喰っているのだと気づいて肌に粟が生じた。ありえないことだ。飛蝗が人を襲い、その肉を喰らうなど。

花妖が見せる怪異だろうかといぶかしんでいると、蒐官姿の天凱が視界に飛びこんできた。炎を帯びた剣をふるって飛び交う飛蝗を焼いている。炎の一端にふれるや否や、飛蝗はまたたく間に灰となって散り落ちる。飛蝗の身体を燃やす火は暗がりにばらまかれた幾千の光る玉のようで、いっそ幻想的だ。

天凱は地面にうつ伏せになっている老人にも剣をふりおろした。老人の身体は燃えあがったが、火はたちまち消える。それと同時に、老人に覆いかぶさっていた黒い雲のような飛蝗の群れがことごとく灰になって散り落ちた。天凱が老人を抱き起こす。飛蝗が祓われたためか、その身体には傷が残っていない。

天凱は蒐官たちに指示を出しながら休みなく剣をふるい、飛蝗に襲われている人を助けていく。奇妙なことに、飛蝗が群がっているのは男ばかりだった。逃げ惑う人びとのなかには女人の姿も多いが、不穏な羽音をまき散らす黒雲は女人たちを素通りして、青年や少年を追いかけまわしている。赤子を抱く婦人に襲いかかった飛蝗も彼女でなく赤子を狙っていた。おそらく男子なのだろう。

――これは綺州の光景なのか？

天凱は綺州で駆蝗に奔走している。飛蝗が人肉を喰らうという話は聞いたことがないが、なんらかの理由で妖異が生じて飛蝗が変容したとも考えられる。

細身の蒐官があわてふためいた様子で天凱に駆け寄った。天凱に何事か話しているがあいにく聞こえない。天凱は宦官の案内で疎林（そりん）のほうへ駆けていく。

疎林と呼ぶのは語弊があるかもしれない。飛蝗に喰い尽くされたのだろう、葉という葉が失われ、樹皮という樹皮が剝ぎ取られたそれらは元がなんの樹木だったのかも判然としない。樹木の骸骨とでも呼ぶべきか。

木の墓場のような疎林の残骸に、小さな沼があった。天凱は沼のほとりにひざまずいた。その直後だ。細身の蒐官が袖口から刃物を出した。飛蝗に覆われて月影もまばらな視界で、むき出しの匕首（ひしゅ）がぎらりと光る。

「天凱！」

蒐官が匕首の切っ先を天凱の背に向けた瞬間、美凰は叫んでいた。しまった、とほぞをかんだときにはもう遅い。感情をあらわにしたせいで隙ができた。花妖が美凰の心のなかに入ってくる。じわじわとからみつく蔓草（つるくさ）さながらに。

天凱がふりむいた刹那、眼前の光景が石畳に落ちた水滴のごとく砕け散った。

はたとわれにかえると美凰は小舟に乗っていた。小舟は瓢箪形の池に浮かんでいる。上空では大きな月が黄金色のおもてを物憂げに輝かせており、夜風が甘い香を運んでくる。左右を見やると、金砂子をまいたような水面からすっくと首をもたげた蓮が藍で染めたような青い花をひそやかにひらいていた。

――花妖は近くにいる。

花の香りが濃いということは、それだけ花妖との距離が近いということだ。

美凰は櫂を手に取り、池畔を目指して小舟を漕いだ。無駄だとわかっている。ここは花妖がつくりだした檻のなか。やみくもに動いても外には出られない。なればこそ、うろたえたふうを装って行動した。己の術に慢心した花妖が次の手を打ってくるように。花妖が動くときが美凰にとっての好機だ。


「主上、ご無事ですかい」

天凱に斬りかかった細身の蒐官を地面にねじ伏せ、雷之が問うた。その右足は蒐官の手から払い落とした匕首を踏みつけている。

「ああ、すんでのところで避けたからな」

「お召し物が切れてますぜ。玉体に傷がついたんじゃねえですか」

「かすり傷だ」

天凱は匕首がかすめた左腕にふれた。血が出ているが、重傷ではない。

飛蝗が人の肉を喰いはじめた。その一報を受け、天凱は州府を飛び出した。州府の表門から一歩外に出ると、阿鼻叫喚の巷だった。どす黒い洪水のような飛蝗の群れが逃げ惑う人びとに襲いかかっていた。ふしぎなことに、飛蝗が群がるのは決まって男だ。悲鳴をあげる女たちには目もくれず、飛蝗は男たちの肉を貪り喰う。家屋のなかに逃げこんでも当座しのぎにしかならない。轟音のような羽音をまき散らす害虫どもは戸を、壁を、屋根を喰い破り、男たちめがけて突進するのだ。

天凱は各地に結界を張るよう蒐官たちに命じ、民を避難させた。妖物と化した飛蝗の勢いは予想以上だった。蒐官たちが仕掛けた結界のほとんどが飛蝗に喰い裂かれた。破られた結界を修復するため、天凱は鏡殿(きょうでん)をとおって方々を駆けまわった。

混乱をきわめる州内を駆けずりまわりながら南部までたどりついたときだ。先ほどの蒐官が奇妙な報告をもたらした。疎林のなかにある沼の付近で美凰を見たという。その沼は雷之が突きとめた吸血飛蝗のねぐらだった。

――美凰の名を聞いて、度を失ってしまった。

吸血飛蝗と皇宮に巣くう花妖。両者がつながっているのなら、美凰の身が危ない。花妖の背後には凶后がいるかもしれないのだ。一刻も早く皇宮へ戻らなければならないのに、鬼(ばけもの)飛蝗に足止めされて綺州を離れられない。焦燥がつのり、冷静さを欠いた。見慣れない蒐官に誘われるまま、件の沼へ急行するという愚を犯した。

そこにはたしかに美凰が倒れていた。長い黒髪が妖艶な波のごとく地面を覆い、白い手が助けを求めるように投げ出されていた。天凱は即座に彼女を抱きあげようとした。それが花妖による幻術だとわかったときには背中に殺気を感じた。とっさに切っ先をかわしていなければ、匕首が深々と背中に突き刺さっていただろう。

「ところで、こいつは何者なんですかね？　なんだって主上を狙ったんで？」

「貴妃さまを殺したからだ！」

雷之に手をねじりあげられた蒐官――の衣を着た男が怒声を張りあげた。

「司馬炯！　おまえが廃妃劉氏と通じて内乱を犯したから妃嬪たちが石を孕んだ！　おまえのせいで貴妃さまは自害なさったんだ！」

泥まみれの頰がはち切れんばかりに怨憎でわなないている。

「貴妃さまはおまえなどに嫁ぐべきではなかった！　叔父の妻を寝取る禽獣に仕えるべきではなかった！　後宮に入らなければ怪異に見舞われることもなく、自害なさることもなかったのに！　おまえの邪心が貴妃さまのご名節を踏みにじった！　おまえの獣心が貴妃さまを黄泉路に追いやった！　恥を知れ、司馬炯！　腐臭を放つ淫欲で五倫五常を乱し、皇祖皇宗を辱めた昏君め！　狗にも劣る蛮人め！」

おやみなくわいてくる罵詈雑言は突如として断ち切られた。雷之が男のひたいに呪符を張りつけたのだ。

「うるせえから黙っててくれよ」

術で口を封じられた男は無言のまま蒐官たちに連行されていく。

「かすり傷でも放っておくとまずいですぜ。太医を呼びましょうか」

「いや、太医はよい」

天凱は右手を見おろした。手のひらを染めた鮮血から禍々しい気配が立ちのぼる。

「仁術では治せぬ。これは……呪詛だ」


――天凱は無事だろうか？

耀が月影色の水に沈むたび、美凰の胸に憂患がつのっていった。先ほど見た光景が花妖の幻惑なのかどうか判別がつかず、物恐ろしさに囚われている。もし現実の出来事だったら、と危惧せずにはいられない。天凱は凶刃を避けられただろうか。大事無かっただろうか。最悪の事態になっていないことを祈るのみだ。

天凱は大耀に必要不可欠な人物だ。彼に万一のことがあったら、また玉座の持ち主が変わってしまう。目下、天凱以上に玉座にふさわしい者はいない。帝位に固執した敬宗の暴挙により、主だった皇族は暗殺されてしまったのだから。

――それに……私との約束を果たす前に死なれては困る。

天凱は約束した。いつの日か美凰にほどこされた封印を解くと。はからずも天の理から外れた存在になってしまった美凰を、ふたたび人に戻すと。天凱には約束を果たしてもらわなければならない。そのためには生きていてもらわねば。

漕げども漕げども小舟は進まない。確実に水面を滑っているはずなのに、池畔に近づくことができない。堅牢な水の鎖でつなぎとめられているかのように。

——なぜだ？　花妖の気配が遠ざかっていくのは……。

接触してくるかと思った花妖は、いっかな姿をあらわさない。むせかえるような花の香はしだいに空疎になり、夢に入る前に感じた妖気はすこしずつ薄らいでいく。

美凰は櫂を置き、水面をのぞきこんだ。黄金の水鏡に映るのは宋祥妃ではなく、十年前と変わらぬ十六のままの自分の顔だ。花妖ははじめ、宋祥妃を誘惑しようとしたが、宋祥妃の軀に美凰の霊魂が入っていることに気づき、美凰の心を読んで惑わそうとした。思わしい反応がないので、美凰を幻の池に閉じこめた。そして遠ざかっていっている。目的を果たせないまま、いったいどこへ行ったのだろう。

——目的を果たせないまま……？

そもそも花妖の目的はなんだ。妃嬪たちを孕ませ、黒い石を産ませることか？　その結果、なにが起きた。銭貴妃が自死した以外に、なにも起きていない。石を産んだ妃嬪たちは快復している。妖気に侵された兆候も見られず、憂慮すべき点はない。

花妖は妃嬪たちの胎を借りただけなのだ。欲しかったのは彼女たちの命でも肉体でもなく、黒い石だったのだ。では、黒い石とはなにか？

——妖力を回復するために必要なものなのだろうか。

如霞の推察を信頼するなら、花妖は老齢だ。老いた鬼はなすすべもなく朽ちていくか、なんとかして現世にとどまろうとあがくかのどちらかだ。後者の場合、衰えた妖力を取り戻すため、通常なら欲しがらないものを欲するようになる。

——石ではなく……骨なのか？

なぜ黒い石なのか。なぜ六つなのか。憑き物が落ちたように疑問が氷解する。人の骨は白いが、妖物の骨は黒い。人の骨は百あるが、妖物の骨は六つしかない。

花妖は自分の軀を再生しようとしているのではあるまいか。軀を再生するには骨だけでなく、霊気と血と肉も必要だ。そこまで考えて卒然と思い出した。花街に出没する、女人の髪を喰う蛾。古くから、髪には霊気が宿るといわれている。蛾は蝴蝶となじ花の眷属。花妖が放った手下であるなら、もろもろの現象に得心がいく。

同様の方法で血と肉を集めているとすれば、非常に危険な状況だ。妃嬪たちを孕ませた青い蓮にほどこされていた術から見ても、十人並みの妖物ではない。もし、この花妖が自分の軀を再生したら、どんな悪事をなすかわかりはしない。

花妖気が遠ざかっていくのも気がかりだ。花妖は美凰を置き去りにしてどこへ行ったのか。なにをするつもりなのか。早急にここを出て、彼奴の足跡をたどらねば。

呼吸をととのえ、美凰は左手をあげた。呪をとなえながら二本の指を上から下にすべらせ、背丈ほどの大きな半円を描く。鉄漿を塗ったように黒いそれをつかみ、右手で矢をつがえる動作をすれば、指先がなぞった部分に銀の鏃があらわれ、黒橡色の矢柄が浮き出て、殷紅の矢羽根が姿を見せる。長弓は黝弓、矢は翬飛矢という。いずれも祲華を帯びており、鬼を射貫くことができる。

美凰は前方へむかって矢を放った。薄い玻璃が粉みじんに砕ける音がする。左方へ、後方へ、右方へ、とつづけざまに矢を射れば、繊細な破壊の音色がかき鳴らされるように連鎖する。間髪をいれず四方八方に翬飛矢を射つづけると、池を取りかこむ地面がすこしずつあがってきた。実際には水面が下がっていくので、そう見えただけだ。池から水が引いていき、周囲を彩っていた青い蓮たちが急速に萎れていく。

ここは花妖がつくりだした箱庭。目に映るものはすべて、複雑に絡み合った妖気が見せる幻影。妖気の結玉を砕きさえすれば、術が壊れて外に出られる。

池の水が干上がってしまうのを待たず、美凰は夜空に鏃を向けた。標的は鏡のように輝く満月。狙いをさだめて矢羽根を放す。弦音が耳をつんざき、白銀の鏃が張りめぐらされた妖気の網を引き裂いて偽の天を貫く。暫時ののち、けたたましい玻璃の絶叫がひびきわたった。まがい物の月が砕け散り、千の破片が暗がりを染めあげる。

池の水が底をついて、足もとがぐらついた。ひび割れた夜空が音を立ててくずれ落ち、なにもかもが見えない絵筆で黒く塗りつぶされる。

ややあって肉体の重みを感じた。自分の身体に戻ってきたのだ。安堵した直後、冷水を浴びせられたかのごとく血の気が引く。何者かが自分にのしかかっていた。重く沈みゆくようにして美凰の首に顔をうずめている。

渾身の力で払いのけると、激痛とともに耳もとでいやな音がした。首の肉を喰いちぎられたのだ。傷が深い。不死の身体でなければ致命傷となっていただろう。

痛みのせいで一瞬薄れていた嗅覚がもどってくる。頭の芯をしびれさせるような濃密な甘いにおいが鼻をついた。青い蓮の香りだ。なまめかしい蘭麝のにおいが広い寝間に満ち満ちており、呼吸するたびに肺腑が溶けるような心地がする。

牀榻のそばでは高牙が黒猫の姿で眠りこけていた。青い蓮が放つ凄絶な妖気にあてられて昏睡しているのだろうか。

「ずいぶん早く戻ってきたね」

耳に馴染んだ声音が芳しい夜闇を打ち震わせた。

格子窓に切り刻まれた月。そのあえかな光が彼の横顔を照らしだす。なぜ、という言葉が喉にからみついた。彼がここにいるわけがない。とうに死んだはずだ。紅閨の変後、凶后に仕えていた多くの佞臣が処刑された。凶后の側仕えたちも刑場に送られ、天下を乱した悪女の走狗として万民の罵声にさらされながら酷刑に処された。

「……そうか、そなたは——」

ひねもす凶后のそばに侍っていた双子の宦官、楊兄弟。彼らの処刑を美凰はこの目で見ている。ふたりがそれぞれ五台の馬車につながれ、頭部と四肢を引きちぎられた場面を。十の肉塊となった楊兄弟の骸は、熱狂する群衆によって奪い去られた。

車裂き(くるまざ)に処された楊兄弟の片割れが、なぜ美凰の眼前にいるのか。

その問いに対する答えは、ひとつしかない。

「凶后の――明器(めいき)だったのだな」


彩色蠟燭の火影を踏みながら、天凱は歩を進めていた。

――ようやくこの日が来たんだ。

昨日、天凱は冠礼(かんれい)を迎えた。冠礼、すなわち齢十五となったのだ。もう童子とは呼ばれない。だれからも一人前の男としてあつかわれる。

予定されていたとおり、本日は大婚(たいこん)の儀が行われた。花嫁はかねてから皇后となることが決まっていた劉太宰(りゅうたいさい)の愛娘・劉美凰だ。

新婚の閨に向かって一歩進むごとに、鼓動が高鳴っていく。この日をどれほど指折り数えただろうか。ずいぶん長いあいだ、待ち焦がれていた気がする。

美凰とはじめて出会った日、彼女には悪感情しか抱かなかった。天凱を養父から無理やり引き離した凶后への怨みが、そのまま美凰に引き写されていたからだ。

凶后の寵愛をほしいままにする非馬公主(ひばこうしゅ)。どうせ凶后にそっくりな傲慢で冷酷な女だろうと心底軽蔑していた。凶后が美凰を天凱の皇后に立てるつもりだと聞いて、非馬公主を娶るなんて死んでもごめんだと思った。凶后の姪であることをかさに着て威張りちらし、天凱をうんざりさせるに決まっていると。

ふつふつと煮え滾る反感が覆されるのに、さほど時間はかからなかった。美凰とともに過ごすうち、やさしい雨で洗い流されるように敵意が薄らいでいった。彼女は傲慢でも冷酷でもなかった。純真無垢な少女で、言動にはかけらほどの悪意もなく、むしろ細やかな思いやりに満ちていた。市井からいきなり皇宮にほうりこまれ、鬱屈していた天凱をいっとう気遣ってくれたのは、ほかならぬ美凰だった。

天凱自身にそれと気づかせぬ巧妙な手口で、日々薄らいでいく敵意はべつのものにすりかわっていった。美凰は幼い弟の世話を焼くような気持ちでいたのかもしれないが、天凱は彼女を姉のようだと思ったことなどない。そう遠くない未来、自分の正妻になる女人。一生添い遂げる相手だと思っていた。

心待ちにしていた未来がとうとう実現した。今夜から美凰は天凱の皇后だ。

美凰もおなじ気持ちでいてくれるだろうか。彼女の口から決定的な言葉を聞いたわけではないのでわからないが、すくなくとも嫌われてはいないはず。ひとつ気がかりなのは、美凰がいまだに天凱を弟あつかいすることだ。

天凱は美凰より六つ年下。冠礼を迎えてもなお、彼女から見れば頼もしい大人の男ではないだろう。いまは頼りない弟のような存在だとしても、いつかかならず美凰にとってだれよりも凛々しく、逞しく、頼りがいのある男になるつもりだ。

──いつか、じゃない。今夜からだ。

この夜を境に天凱は美凰の夫になる。美凰にとって最初で最後の男になるのだ。朝を迎えるころにはきっと、ふたりの関係は姉弟のようなものではなくなっている。

宦官に案内されて臥室に入る。精緻な落地罩で仕切られた寝間はくまなく濃艶な紅に染まっていた。牀榻に腰かけている美凰を見て、胸が轟く。身にまとっているのは深紅の花嫁衣装。おなじ色の紅蓋頭をかぶり、花のかんばせを隠している。

天凱は牀榻のそばに立ち、高揚を抑えようと深呼吸した。字を呼べば、紅蓋頭越しに「はい」と返事が聞こえる。たしかに彼女の声だ。ほんとうに美凰なのだ。

「今日からあなたは俺の……予の皇后だ」

「そうよ」

「後悔していないか？　予に嫁いだことを」

返答はない。長すぎる沈黙に耐えかね、天凱は紅蓋頭を持ちあげた。とたん、ぎょっとして息をのむ。紅蓋頭の下にあったのは待ち望んだ美凰の顔ではなかった。

「美凰はぬしの皇后にはならぬぞ」

毒々しいまでに赤い唇をゆがめ、凶后は高らかに嗤笑した。鋭い爪で耳をひっかくような笑い声にわれ知らずあとずさりしたときだ。炎が吹き消されるように婚礼の閨が消えた。次の瞬間、そこは美凰の化粧殿になっている。

「口紅の色が強すぎないかしら？」

　美凰は化粧台に座って八花鏡をのぞきこんでいた。身にまとっているのはやはり深紅の花嫁衣装。結いあげた黒髪に宝珠をちりばめた鳳冠をかぶっている。

「ちょうどよいですよ、翡翠公主さま。とてもあでやかです」

「天女の唇のようですわ。主上がうっとりなさるでしょう」

　かしずく女官たちがかわるがわる誉めそやす。美凰は恥ずかしそうに微笑んで立ちあがった。鳳凰が舞う長い袖をひろげ、陶然とため息をもらす。

「夢を見ているみたい。わたくし、とうとう雪峰さまの皇后になるのね」

　だめだ、と天凱は叫んでいた。

「叔父上はあなたを愛していない。腹の底から憎んでいるんだ。凶后におもねるため、愛しているふりをしているんだ。叔父上に嫁げばあなたは廃され、処刑される。不老不死となった身体を幾度も切り刻まれ、焼かれるんだぞ！」

　騙されるな、と必死で訴えたが、彼女は幸福そうに微笑むばかり。

「雪峰さま！」

　美凰は蝴蝶のごとくひらりと袖をひるがえした。急ぎすぎたのか、途中で蹴躓いてしまう。転びそうになった美凰は紅蓮の龍袍をまとった両腕に抱きとめられた。

「なんて美しいんだ」

雪峰が腕のなかの美凰を愛おしげに見おろしている。

「私は夢を見ているんだろうか？　花嫁姿の君を、この腕に抱いているなんて」

「甘言に耳を貸すな！　叔父上はあなたを騙しているんだ！」

「床入りが待ち遠しいよ。早く君を名実ともにわが妻としたい」

「嘘をつくな！　この婚姻はでたらめだ！　美凰、叔父上から離れろ！」

天凱は美凰の腕をつかんで雪峰から引き離そうとしたが、なぜかその手は彼女の腕をとおりぬけてしまう。美凰はこちらに気づきもせず、雪峰と見つめ合っている。

「目を覚ませ！　叔父上に嫁いでもあなたは幸せになれないぞ！」

ふたりは連れだって化粧殿を出ていく。天凱は反射的に追いかけた。化粧殿から一歩外に出ると、そこは薄暗い牢獄（ろうごく）だった。

「うそよ……ぜんぶ、うそだわ……こんなの……悪い夢よ」

鉄格子のむこう、藁（わら）敷きの獄房（ごくぼう）の隅に美凰がうずくまっている。身にまとっているのは華麗な花嫁衣装ではなく、薄汚い獄衣（ごくい）だ。

「美凰！　待ってろ、すぐに助けてやる。一緒に逃げるんだ。叔父上から離れて――」

「雪峰さまに会わせて！　お願い！」

美凰が飛びかかるようにして鉄格子にすがりつく。涙に濡れた瞳が見ているのは天凱ではない。食事を運んできた獄吏だった。

「お願いだから雪峰さまのところに連れていって！　わたくしはあのかたの皇后なのよ！　これはなにかの間違いだわ！　雪峰さまは誤解なさっているの！」

悲痛な叫びを無視して、獄吏は粗末な食事を置いて去っていく。

――俺は、過去を見ているんだ。

以前も見たことがある。美凰がどんな目に遭ったのか知らなければならないと思い、当時の記録をもとに紅閨の変から荊棘奇案の顚末を晟烏鏡に映し出した。

これは処刑される前の美凰だ。彼女は雪峰が自分を助けてくれると信じて疑わず、必死に雪峰を呼ぶ。その雪峰こそが彼女を殺したがっているのに。

「助けて！　わたくしを助けに来て、雪峰さま！」

美凰の慟哭が響きわたり、急にあたりがあかるくなった。目を射るような日ざしの下、荒々しい罵声の大群が餓えた飛蝗のようにこちらへ襲いかかってくる。

「手足を斬れ！　首を刎ねろ！」

立錐の余地もなく刑場をとりかこむ群衆が怨言を吐き、思いつく限り残酷な方法で美凰を殺せと叫ぶ。美凰はうつ伏せにされ、地面に押さえつけられた。何度か処刑が行われたあとなのか、かろうじてその身を覆う獄衣は血まみれだった。

「……たすけて……雪峰さま」

血だまりになかば顔を沈め、美凰は繰り言のようにつぶやいていた。刑吏たちに抗うそぶりはない。あきらめているのだ。どうせ逃げられはしないと。

群衆に急かされ、刑吏が鬼頭刀をふりあげる。

「やめろ！」

刑吏から鬼頭刀を奪おうと伸ばした手は虚しく空をつかんだ。言うもおろかなことだ。これは過去。美凰を救うことはできない。どんなに願っても、けっして。

美凰の絶叫が耳をつんざく。ほとばしった血飛沫が視界を真っ赤に染めた。

「お目覚めですか」

貪狼の声が降ってきて、天凱は重いまぶたをあげた。ぼやけた視界に牀榻の天蓋が映りこむ。寝床に横になっているらしいと、他人事のように考えた。

「どれくらい経った」

一刻（二時間）ほどです、と貪狼が答えた。刺客に襲われたあと、飛蝗どもを焼き払おうとして剣をふりあげたところまでは記憶している。どうやらその後、気を失ったようだ。呪詛の毒が思いのほか強かったのだろう。身体が焼けるように熱い。

「状況は？」

「蒐官たちが化壁を用いて飛蝗狩りをつづけていますが、なかなか被害を抑えられないみたいですね。雷之どのが言うには、飛蝗の勢いが増しているとのことです」

逆だ、と天凱は大きく息を吐いた。

「飛蝗の勢いが増しているのではなく、化壁の力が衰えているのだろう。化壁は作り手の晟烏鏡の影響を受ける。俺が臥せっていたせいで霊力が弱まったんだ」

目下、晟烏鏡は呪詛の浄化に集中している。解毒に時間がかかれば、それだけ化壁にそなわっている霊力が目減りしてしまう。

「もうお起きになるんですか？」

「のんきに寝ていられる状況じゃない。早く始末をつけなければ……」

手伝おうとこちらに伸ばされた貪狼の手をよけ、自力で半身を起こす。身体じゅうを虫が這いまわるような不快感がある。呪詛が全身をめぐっているのだ。

「あの者はどうした？　俺を襲ったやつは」

「主上が気を失われたあと、朽ちました」

「朽ちた？」

「ええ、文字どおり。飛蝗に喰われたわけでもないのに見る見るうちに肉が削げ落ち、骨になったんです。雷之どのが調べたところ、殭屍だとわかりました」

刺客は銭家の奴僕だった。恋い慕う銭貴妃の死を嘆いて自害したといわれていたが、ひそかに殭屍になり、宦官になりすまして天凱に随行していた。

「裏に凶后がいるな」

殭屍は動く死体。下等な鬼である。連中の妖力では晟烏鏡のそばに近寄ることさえ難しい。一介の殭屍が気配を悟られず天凱に近づくことなど不可能だ。それができたのは、何者かによってなんらかの細工がほどこされていたため。

「凶后が主上のお命を狙ったと？」

「命をとるつもりにしては呪詛が中途半端だ。弱くはないが、一瞬で雌雄を決するほど激烈でもない。この程度の蠱物ではそのうち晟烏鏡が浄化してしまう。殺すつもりならば、もっと毒性の強い呪詛を用いたはず」

「では、なんのために？」

「俺を綺州にとどめおきたいんだろう。皇宮から遠ざけておくために」

化璧が弱って飛蝗の猛威を祓えなくなれば、天凱は皇宮に戻ることができない。

――美凰の安否を確認せねばならぬのに。

凶后が一枚嚙んでいるとなると楽観できない。美凰は祲華を持つが、それは凶后もおなじこと。軀を失ったとはいえ、長年にわたって鬼道を操ってきた凶后は美凰より祲華のあつかいに慣れている。両者が対峙したとき、美凰に分があるかどうか。

「飛蝗は後宮の怪異と連動している。あちらを止めないと飛蝗も止まらない」

「では、皇宮へお戻りになるんですか？」

「戻る前にいま出ている飛蝗どもを祓っておかねば」

「それはそうでしょうが、お怪我をなさったばかりで飛蝗狩りをなさるのは……」

「いちいち狩っていてはきりがない。まとめて駆除する」

「いかがなさるので？」

「血の雨を降らせる」

　皇帝の血は陽の気を帯びているため、怪異が生んだ飛蝗を地中にひそむ卵ごと駆除できる。これまで用いなかった理由はふたつ。ひとつは霊力の消耗が激しいこと。はなはだしい場合は、回復までに一月かかることもある。もうひとつは劣弱な鬼まで根絶やしにしてしまいかねないこと。この世の事物には陰陽があり、両者の均衡が保たれることで天下は平穏になる。陽が強すぎても陰が強すぎてもいけない。どちらかが過度に衰えれば、そのぶん片方が増長し、天下大乱を招く恐れがある。人を脅かす強力な妖物ならともかく、人の脅威とはならない脆弱な妖物まで殲滅してしまうのは良策ではないのだ。しかしいまや、手段をえらんでいる余裕はない。陽の気を調節して対処するよりほかに道はないだろう。

「そのお身体では危険です。解毒がすむまでお待ちになっては」

「待てないんだ。後宮でなにかがはじまっている。いや、あるいは終わろうとしているのかもしれぬ。時間がない。飛蝗に足止めされていては手遅れになる」

なおもひきとめようとする貪狼をふりきり、天凱は臥室を出た。遊廊を駆け抜けて内院におりる。中天よりややかたむいたところで茫々と月が輝いていた。月明かりが陰って見えるのは、飛蝗の大群が夜空を飛びまわっているせいだ。

おもむろに剣を抜き、切っ先を地面にあてがって鏡文字で〈竉〉と書く。文字の一画一画が燃えるように赤く浮かびあがるのは、剣身を伝って天凱の血が注ぎこまれているからだ。書き終えたところで一息つき、肘を張って両手で柄を握る。剣先は地面にふれない。文字の中央を貫くようにさしたまま、停止させる。

「鑠々たる昊天、昭々たる上帝よ。怪すでにはなはだしく、烝民に虐を為す。天佑をもってわが身を保明せよ。われ王師をもって凶殃を祓除せん」

断ち切るように柄から両手を放せば、剣は血文字の中心部に突き刺さる。とたん、爆風のごとき灼熱の風が地面からわき起こった。それは雷光をまき散らし、紅蓮の鱗に覆われた胴を波立たせ、五本の爪で風を蹴って夜空へ駆けのぼっていく。

上空は血飛沫を浴びたように真っ赤に染まった。天を破壊せんばかりの雷鳴が轟きわたり、矢のような稲光が赤い暗がりを照らす。不穏なきらめきとともに、なにかがはらはらと降ってきた。夜陰に舞い散る姿は紅の花びらに似ている。さりとてこれは花びらではない。先ほど飛び立った紅龍の胴体から剝がれ落ちた鱗だ。

民を混乱させないために、血そのものは降らせない。龍鱗がその代わりとなる。

足を折られたようにくずおれたせいか、貪狼が大慌てで駆けてきた。

「……主上！」

「後始末は任せると雷之に伝えろ。俺は皇宮に戻る」

天凱は剣にすがって立ちあがろうとした。見えない力で押さえつけられているかのようだ。地面に落ちた膝は微動だにしない。

「そんなお身体では無理ですよ……。しばらく、おやすみにならなくては」

「やすんでいるあいだに美凰になにかあったらどうする。取り返しのつかない事態になるかもしれない。たとえば……美凰が凶后に奪われるというような」

切り刻まれるように心の臓が痛む。呪詛の毒で弱っていたところに強いて力を使ったせいで、晟烏鏡の器たる肉体が悲鳴をあげているのだ。

――無事でいてくれ、美凰。

彼女を失ったらと考えるだけで正気を無くしそうになる。おかしな話だ。美凰ははじめから天凱のものなどではないのに。

「ひさしぶりだね、翡翠公主」

禍々しい香気が満ちる寝間に物柔らかな声音が響いた。声の主は漆黒の衣をまとい、長い黒髪を結わずに背に垂らした青年だ。

蜜のように甘い微笑を浮かべた秀麗な容貌は、夜となく昼となく凶后に仕えていた楊兄弟のもの。兄は怜、弟は慎といったか。いま美凰の前にいるのはそのうちのひとりだ。兄弟のどちらなのかはわからない。昔から見分けがつかなかった。媚をふくんだ目もとも、誇らかな高い鼻梁も、薄くととのった唇も、なにもかもおなじ。彼らは互いが互いの完全な写しだった。

「伯母上……凶后だな。そなたを後宮に送りこんだのは」

軀を失った明器が強固な軒轅で守られる後宮に易々と侵入できるはずはない。凶后が手引きしたのだ。

「軀がないと不便でね。いくつかそこらの人間のものを使ってみたけど、使い勝手が悪くてかなわない。やはり自前の入れ物じゃないとだめみたいだ」

「そんなことのために妃嬪たちを辱めたのか」

「辱めたとは聞こえが悪いね。仕方なかったんだよ。あのかたが一度、妖力を断たれたときに私たち明器もばらばらになったんだ。あのかたがお目覚めになってから、私たちもすこしずつかたちを取り戻しはじめたけど、完全な姿には程遠くてさ。骨からつくり直さなきゃいけなかった。面倒なことにね」

高牙たちが黒い石を見て「いやな感じがする」と言ったわけがわかった。明器は主の感情に影響される。美凰が凶后を恐れているので、高牙たちも本能的に黒い石から楊兄弟の気配を感じとり、彼らの背後にいる凶后に忌避感を抱いたのだ。

「晟烏鏡って便利だねえ。万物を生長させるというのはあながち誇張じゃないよ。明器の骨も再生してくれるんだから。おかげで助かったよ。まあ、妃嬪たちだって夢心地になって十分楽しんだだろうし、お互いに得るものがあったってことさ」

「下種が！　そなたのせいで銭貴妃は自死したのだぞ！」

「銭貴妃？　う一ん、だれだったかな。ああ、司馬炯にのぼせてた小娘か。魯鈍な娘だったねえ。自分を愛さない男をひたむきに慕ってさ。最後は犬死にだ。死んだからって司馬炯が愛してくれるわけじゃないのにね。笑えるほど無益な一生だったよ」

月光に照らされた傲岸な憫笑が美凰の怒りに油を注いだ。

「笑えるほど無益だと？　それはそなたのことだ。凶后は死に、そなたは軀を失くした。とうに黄泉に下っていなければならぬのに、なぜ現世にとどまっておるのだ」

「決まってるだろう。あのかたが現世にいらっしゃるからさ」

「凶后はなにゆえ黄泉に下らぬ。これ以上、この世でどんな罪を犯すつもりだ」

「ふしぎなことを言うねえ、君は。あのかたがいつ罪を犯したっていうんだい？」

「天下万民を虐げたではないか。凶后の虐政により幾万の骸の山が築かれ……」

「虫けらどもをいくら殺したって罪にはならないよ」

「虫けらではない。凶后が殺したのは人だぞ。百万を下らぬ人びとを虐殺したのだ。

凶后に従っていたそなたも関与していたはず」

もちろん、と楊兄弟は手柄顔で首肯する。

「私たちもたくさん殺したよ。楽しかったなあ。人をたぶらかして殺し合わせたり、悪夢を見せて正気を失わせ、夫や妻が家族を殺すよう仕向けたり。虫けらどももがもだえ苦しんで死ぬと、あのかたがすごく喜んでくださるんだ。私たちのこともよくねぎらってくださった。私たちがそばにいるから退屈しないでいられるって」

邪気のない口ぶりだった。母親に褒められたことを自慢する童子のような。

「馬鹿なことを……。そなたとて、かつては人であったはず。妖物に身を落としたとしても、人の心を葬り去ったわけではあるまいに」

「さあ？　人だったころのことなんかとっくに忘れたよ」

「嘘を申すな。どんな明器も一度は人として生まれ、人として生きている。命を落とし、化生の者として現世にとどまっても、己の過去から逃れることは……」

「君こそ、すっかり忘れてるようだね。あのかたに大恩を受けたことを」

「……たしかに私は凶后の庇護のもとで享楽に耽っていた。いまではそのことを心から恥じておる。凶后が人びとを虐げていると知っていたら、私は——」

「そんなことはどうでもいいんだよ。私が言ってるのは荊棘奇案のことさ」

楊兄弟は美しい顔を苛立たしげにゆがめた。

「君は司馬莞に禝華を封じられ、不老不死の身となって幾たびも処刑された。司馬莞は君をいたぶり、むごたらしく殺すことに楽しみを見出していた。無垢な童子が地面に落ちた蝴蝶の翅をすこしずつちぎって嬲り殺しにするようにね。司馬莞は君を心底憎んでいた。飛び散った君の血をすすって哄笑し、泣いて命乞いする君を傲然と見おろして、『この女に際限なき苦患を与えよ』と刑吏に命じた。なぜ知っているのかって？　私たちは見ていたんだよ。車裂きにされて軀を壊されたあと、かたちなき姿のまま、囧都をさまよっていたんだ。あのかたの気配を探して――」

　惨刑がくりかえされるにつれ、刑場をとりかこんでいた士民の熱狂は冷めていった。どんな酷烈な仕打ちを受けても美凰が死なないので、彼らは恐れをなしたのだ。

「怨みにわれを忘れていた士民ですら、死を忘却した君の姿に恐れおののいたのに、司馬莞は逆だった。君が死ななければ死なないほど、やつは奮い立って狂喜乱舞した。完全に常軌を逸していたよ。あのかたがとめなければ、君はいまでも断末魔の声をあげつづけていただろうね。やつのあくなき嗜虐心を満たすために」

「あのかたがとめなければ……？　いったいなんの話だ」

「にぶいなあ、ここまで言ってもわからないの？」

　長々とため息をもらし、楊兄弟は唇についた血を荒っぽく指先で拭った。

「荊棘奇案はなんで荊棘奇案と名づけられたんだっけ？」

「私の処刑がはじまってから、囮都に荊棘が生い茂るようになったからだ」

　荊棘は王朝滅亡のきざし。美凰が泣き叫び、血を流すたびに音を立てて枝をのばしていく荊棘は劉家を憎む人びとさえ震えあがらせた。

「荊棘が茂りはじめてしばらくすると、司馬莞は病になったね。君の処刑が残酷になるにつれてやつの病状は悪化し、とうとう多量の血を吐いて床に臥した。だれもが噂した。これは非馬公主の――つまり君による呪詛だと。封じられてもなお邪気をみなぎらせている祲華が皇帝を呪殺せんとしてるんだって。高官どもは度を失って処刑の中止を進言した。息の根を止められないなら幽閉するしかないってね。やむをえず、司馬莞は君を羈袄宮に閉じこめた。殺しても殺したりないほど君を怨んでいるからこそ、君の呪詛で死ぬのは沽券にかかわるってわけだ。まあ、やつの脆弱な晟烏鏡で君にとどめをさすなんて不可能だからね、賢明な判断さ」

「さようなことは百も承知だ。昔話をしている暇は……」

　つむぎかけた言葉が舌の上で凍りつく。

「気づくのが遅すぎるよ、翡翠公主。そうさ、あれは君の呪詛なんかじゃない。君は祲華を使いこなせず、狼狽するばかりだった。その気になりさえすれば、司馬莞を嬲り殺しにすることもできたのに。愚鈍な奴婢のようにされるままになって無様に命乞いしていた。だからあのかたがお救いになったのさ。軀を破壊され祲華が衰えていたのに、あのかたは残された力をふりしぼって荊棘を茂らせ、司馬莞を呪詛なさった。やつが君を傷つければ傷つけるほど、その殺意がやつの肉体を内側から攻撃するように。わかるだろう、劉美凰。君が司馬莞から解放されたのは、あのかたのおかげなんだよ。君を守るために消耗したせいで、あのかたはいまも力を完全に取り戻せていない。皇宮に立ち入ることもできないんだよ。それなのに君は天下の愚民どものように、あのかたを悪しざまに言う。凶后と忌まわしい蔑称を口にする。妖鬼の私でさえ知ってるよ。人間（じんかん）では君のような者をこう呼ぶんだ。〝忘恩（ぼうおん）の徒（と）〟って」

嘘を申すな、と叫びかかった喉がひきつる。

荊棘奇案は美凰自身の禬華が無意識のうちに作用した結果だと思っていたが、よく考えてみれば、それでは理屈がとおらない。もし、あの怪異が美凰の禬華の暴走によるものだとしたら、羈袄宮に幽閉されたのちも荊棘は茂りつづけたはずである。なぜなら美凰は処刑の中止が雪峰の病状の悪化のせいだと知らなかったからだ。

羈袄宮で暮らしはじめてからも、美凰はおびえつづけていた。また刑場に引っ立てられるのではないかと戦々恐々としていた。風が格子戸をきしませるたび、猫の声を聞いた鼠のように飛びあがった。雪峰が罪を赦し、迎えに来てくれることを待ちわびる一方で、自分を連行しにくる武官の足音が門前に迫っているのではないかと恐懼（きょうく）していた。美凰が処刑中止の内情を知ったのは、荊棘奇案から数年後のことである。

美凰の禯華が主の恐怖に反応して荊棘を茂らせていたのなら、幽閉によってそれが終わる道理はない。さりながら、荊棘は美凰の幽閉とともにぴたりと止まった。目的は達成したとでもいうように。

「なぜ……なにゆえ、凶后は私を助けたのだ？」

「いちいち教えられないとわからないのかい。うんざりするね、君の魯鈍さには」

楊兄弟は唾を吐くように言い捨てる。

「なんであのかたは君を寵愛なさるんだろう。いくら血は水よりも濃いとはいえ」

憎々しげな吐息が落ち、眼前に水柱が立ちのぼった。

「疲れたなあ。軀を修復しながら君と話すのは億劫だ。すこしやすませてもらうよ」

待て、と牀榻から飛び出そうとしたが、飛矢のような水飛沫に阻まれる。降りかかる水滴の一粒一粒が煮え滾る鉄のしずくのように美凰の肌を焼いた。

灼熱の雨を浴びながら美凰が臥室から出ると、そこは水の檻だった。四方を水の格子がとりかこんでいる。外に出ようとして格子をつかんだ瞬間、火花が散った。

「兄さんの代わりに、私が君の相手をしてあげよう」

声のするほうを見やると、楊兄弟がにこやかにこちらを眺めていた。

「兄？　では、そなたは……楊慎か」

容姿のみならず、人を陶酔させるような甘い妖気もそっくりおなじだ。

「楊怜はどこへ行った？」

「なかで眠ってるんだよ。骨と血と肉をつなぎあわせるのに時間がかかるんだ」

「骨と肉だけでなく、血も集めていたのか」

「綺州の女人の血をね。あそこは私たちの生まれ故郷だから、土壌が合うんだよ」

花妖には、人の血を水のように摂取するものがいる。彼らの多くは魅力的な男女に化けて人に近づき、甘言蜜語で惑わして、骨抜きにしてから血を盗む。

ただしそれは、未熟な花妖に限ったこと。老巧な花妖は人の精気のみを吸いとり、血肉には手をつけない。老練家のくせにあえて若輩者の真似をしたのは、彼らが衰えている証左だ。人と同様に、妖鬼にとっても軀の喪失は致命傷となる。

「綺州の女人を大勢殺したのだな」

「ちょっとずつ血をもらっただけさ。私は順繰りに食いつぶしていったほうが楽だと思ったんだけど、あんまり派手にやると司馬炯に気づかれるって兄さんが言うから。死人が出ないように加減しなきゃいけなくて面倒だったよ。人って馬鹿みたいに壊れやすいね。死なない量しか取れないから、なかなか満腹にならなくて困ったよ」

「それでも足りずに花街で髪を盗んでいたのであろう」

「とても足りないよ。不完全な軀にはたくさん餌が必要なんだ」

綺州で髪を盗まなかったのは、飛蝗騒動と結びつかないようにするためだろう。駆蝗を進めていく過程で、天凱は飛蝗の吸血行為に気づく。彼らの目的が明器の軀の再生であることをぎりぎりまで悟られないよう細工したのだ。

「私の血も餌にしたのか」

「君の血は単なる餌じゃないよ。最後の条件だったのさ。禝華を身に宿す者の血が私たちの軀をつくるのに必要なんだよ。あのかたが軀を壊されていなければ話は早かったんだけど、いまは非常時だからね、君の血で代用するしかない」

これで条件がそろったよ、と楊慎は晴れ晴れと笑う。

「じきに私たちは軀を手に入れる。なにもかも元通りさ」

「さようなことは断じて許さぬ」

高々と左手をあげ、美凰は二本の指で大きな半円を描いた。薄闇に出現した黝弓(ゆうきゅう)の弝(ゆづか)の中心に虎口(ここう)をあてがい、見えない矢をつがえる。白銀の鏃(やじり)、黒橡(くろつるばみ)色の矢柄、殷紅(くれない)の矢羽根。百鬼を射貫く翬飛矢(きひや)が楊慎のひたいに狙いをさだめた。

「そなたたち兄弟は二度死んだ。一度目は人として、二度目は妖鬼として。このうえ現世に居つくことは許されぬ。己が天命を受け入れて黄泉路を下り、地獄の門をくぐれ。しかるべき罰を受けたのち、ふたたび生まれ変わるがよかろう」

「生まれ変わる？　冗談じゃない。転生なんてうんざりだ。何度やりなおしたって結末は決まってる。くりかえしてなんになるんだい」

兄と瓜二つの凄絶な美貌に嫌悪の情がそそけ立つ。

「そなたが望もうと望むまいと、命は流転する。それが天の理だ」

「天の理なんて関係ない。私たちはあのかたとともに在るんだ。いついつまでもね。翡翠公主、君もそうすべきだよ。君はあのかたに寵愛され、だれよりも恩恵を受けていた。ありあまる大恩に報いるときが来たんだ。私たちと一緒においで、劉美凰。あのかたがお待ちかねだよ。君の禝華があれば、あのかたを元通りにしてさしあげられる。あのかたがお戻りになれば、こんな国、一日で滅ぼしてくださるよ。耀の連中はさんざん君を苦しめた。いまこそ、積もり積もった君の怨みを晴らして――」

みなまで言わせず、美凰は翬飛矢を放つ。水の格子の隙を貫き、楊慎のひたい目がけて闇を切り裂くはずの鏃は矢柄もろとも粉々に砕け散った。二本、三本、四本とつづけざまに射るが、どれもこれも隙にぶつかって粉微塵になってしまう。

「無駄だよ。君の禝華では私たちを御せない。半分封じられているうえに君自身が力を抑えているからね」

「……私自身？」

「禝華なんかなければいいと思ってるだろう？　こんなものがなければ、一度の処刑で死んでいたのにって。君の怨みが鎖となって禝華を縛っているんだ」

劉美凰、と楊慎は憐憫の情さえ感じさせる声音で言った。

「君は弱いんだよ。非力な童女そのものだ。君にはなにもできない。だれかを守ることはおろか、自分を守ることだって。わかるだろう？　君はあのかた無しでは生きられないんだ。くだらない意地を張らずに、私たちと――」

楊慎が言葉を打ち切った。足もとの翳（かげ）から躍り出た一頭の黒い虎が彼の右足を喰いちぎったからだ。鮮血の代わりに水が噴き出した。瀑布（ばくふ）のような水勢だ。みるみる水に覆われていく地面に、楊慎は左足一本で平然と立っている。

「ほらね、君が童女同然だから君の明器は乳飲み子同然だ」

黒煙がたちのぼる被毛を逆立たせ、黒い虎――妖虎が楊慎めがけて跳躍する。匕首をならべたような鋭利な牙が楊慎の頭部に届く直前、漆黒の獣は小石のごとく弾き飛ばされた。楊慎は微動だにしなかった。地面からにわかに生じた太い縄のようなものが挑みかかる黒い虎を一撃で撥（は）ね飛ばしたのだ。それが蓮の茎だとわかったときには、体勢を立てなおしてふたたび跳躍した妖虎が横ざまに打ち払われていた。

「高牙！」

美凰が叫んだ瞬間、楊慎の足もとで濃い翳がうぞうぞとうごめいた。おびただしい数の蛇だ。黒光りのする長い胴体が楊慎の左足を、腰を、胸を、両腕を覆い尽くし、きりきりと締めあげていく。やがて左足が弾け飛び、二本の腕が立てつづけに破裂した。喉に巻きついていた蛇は両側から引っ張られるように首を絞めつける。圧迫に耐えかねて目玉が飛び出し、頭部は高々と舞いあがった。弧を描いて落下する首が地面に叩きつけられる寸前、残された楊慎の胴部が千々に飛び散る。

傷口からは次々に水が噴き出し、荒波のような飛沫をあげ、美凰の檻に襲いかかる。

「退屈だ。ほんとうにつまらない」

水飛沫の名残が滴る視界に、楊慎が悠然と立っていた。彼の両側には高牙と如霞が人の姿で磔にされている。ふたりの身体に巻きついた蓮の茎は荊棘のように棘だらけだった。過剰なまでに鋭い棘が手足に深く突き刺さり、かわるがわる絶叫がほとばしる。ふたりを責めさいなんでいるのは単純な肉の痛みではない。己の妖気を奪いとられていく、明器にとっては致命的な苦しみだ。

——このままでは、ふたりが消滅してしまう！

助けなければならない。まずはここから出なければ。されど、出口はなく抜け道もない。楊慎が作った水の檻は見た目こそ隙間だらけだが、一分たりとも隙がない。

「今後はあのかたが君を守ってくださるから、明器なんかいらないよ。廃物は処分しておこう。身軽になったほうがいい。変な未練が残ってはいけないからね」

楊慎が不敵に笑う。高牙と如霞の絶叫がいよいよ激しくなる。もう一刻の猶予もない。ぐずぐずしていれば、ふたりの妖気は枯渇し、軀が破壊されてしまう。

美凰は印を結んで呪をとなえながら、空いた手で格子を握った。容赦なく皮膚が焼け爛れたが、痛みをこらえてより強く握る。

――蓮の花妖の属性は水。したがって火に弱い。

手のひらを焦がす灼熱が水の格子に伝わり、上下にひろがる。水が温められ、たちどころに煮え滾って、湯気となって消えていく。

「そんなことをしても無駄だよ。私がすこし力をくわえれば、すぐ元通りに――」

楊慎が言い終わる前に、格子がもろくも砕け散った。美凰はすかさず翬飛矢をつがえ、ややひろがった格子の隙を射る。銀の鏃は目にもとまらぬ速さで空を切り、楊慎の片耳を射貫いた。わずかに揺らいだ妖気の隙をついて、三度、弓を鳴らす。三度目の弦音が鳴り響くや否や、美凰を閉じこめていた水の格子があえなく崩れ去った。

水飛沫をかぶりながら、美凰は立てつづけに二本の矢を放った。手のひらに残った火傷が消える前に、その熱から出現させた火矢だ。炎の鏃は高牙と如霞を磔にしている蓮の茎の根もとに命中した。茎は赤い炎にわっと包まれ、見る間に燃えて霧のように消える。それを目視してすぐさま黝弓をかまえなおし、翬飛矢をつがえた。目で楊慎を捜すが見当たらない。あたりには夜陰が沈殿しているだけだ。

「ここだよ、翡翠公主」

甘い声に耳朶を撫でられ、背筋が粟立った。だしぬけに右腕を引っ張られてたたらを踏む。見れば、蓮の茎が巻きついている。ふりはらおうとすると、べつの茎が左腕に巻きついてきた。茎の出どころは地面ではない。上空にひろがる闇のなかだ。それらは美凰の両腕を左右から引っ張って、身体をつりあげようとする。呪をとなえようとしたが、喉がつまって声にならない。上空からのびてきた三本目の茎が美凰の首にからみついて、じわじわと絞めあげたのだ。つま先が地面を離れる。肩を引きちぎられるような痛みと、首を絞められる苦しさに顔をしかめた刹那、暗い視界を檳榔子染の官服が横切った。直後、両腕と首にくわえられていた力がふっと途絶える。

「ご無事ですか、皇太后さま」

地面に落ちた美凰のそばに、文泰が膝をついた。その手には斧が握られている。花妖の茎を断ち切ったのだからふつうの斧ではない。晟烏鏡の霊威を帯びた化璧だ。

「私のことはよい。それより、宋祥妃は？　無事か？」

「いまは眠っていらっしゃいます。お疲れのご様子でしたので」

文泰の手につかまり、美凰は上体を起こした。

「皇太后さまが夢にお入りになったあと、玉応殿の結界が破られ、黒い石が消えました。妖物の気配がありましたので、その残滓をたどってきたら、ここにたどりついたんです。念のため、寿鳳宮のまわりに結界をほどこしました」

よくやった、と安堵の息をもらす。文泰の背後で高牙と如霞が楊慎の攻撃を防いでいる。茎を焼かれたことで妖力を削がれたのか、先ほどより楊慎の動きがにぶい。

「ただ、長くはもちません。私の力がおよばず……」

「ならばこれを使え」

美凰は匕首を出して自分の手のひらをざっくりと切った。白いたならからこぼれおちた鮮血を手巾にたっぷりふくませ、文泰に手わたす。

「私の血を使えばすこしは長持ちする。妖気が漏れ出して妃嬪たちに危害がおよばぬよう、十重二十重に結界を張れ」

御意、と文泰は手巾を押しいただいた。

「玉応殿を襲った妖物の気配はふたつありました。ひとつは寿鳳宮に入りましたが、もうひとつの行方がわかっていません」

「寿鳳宮に入る際にひとつになったのだ。あれは双子の花……並頭蓮だからな」

生前から楊兄弟は片時も互いのそばを離れたがらなかった。四六時中、凶后のかたわらに侍っており、日に何度も顔を合わせていたにもかかわらず、どちらかがひとりきりでいるところを見たことがない。仲のいい兄弟なのだろうと単純に解釈していたが、彼らが花妖ならばべつの解釈ができる。

ひとつの萼にふたつの花が咲く並頭蓮――それが彼らの正体であろう。

「たとえ離れたくとも離れられはせぬ。並頭蓮から生じた花妖であるがゆえに、互いを分離できない。したがって兄がいるところに弟がおり、弟がいるところに兄がいる。

弟の楊慎がここにいるなら、兄の楊怜も寿鳳宮のどこかにいるはずだ」

行け、と美凰は文泰の肩を叩いた。

「私はここで花妖の根を燃やす」

文泰を送り出し、花妖から距離をとりつつ星羽を呼ぶ。美凰の髻から出てきた星羽はばつが悪そうにうなだれていた。

「ぼくも高牙たちみたいに戦わなきゃいけないのに……怖くて動けなかったの」

ごめんなさい、と泣きべそをかく星羽の頭を撫で、小さな耳もとに囁く。

「そなたには大事な役目がある。水脈にもぐって花妖の根を見つけてきてくれ」

「花妖の根？　どういうものなの？」

「あいつとおなじ気配がするから、近づけばわかる」

花妖の力の源は根だ。根を断たれれば妖力が尽きる。ゆえにどんな花妖も巧妙に隠す。凶后の明器なら、なおさらたくみに隠しているだろう。しかし、軀なき妖物は力を消耗しやすい。いちどきに多方面には対応できないので、妖力を注ぐ場所を限定する。いまは楊怜が軀を再生している最中であり、楊慎は高牙と如霞に気を取られている。すでに二手にわかれているのだ。その分、根は手薄になっているはず。

星羽が水脈にもぐるのを見届け、美凰は懐から黄麻紙(おうまし)をとりだした。ふたたび匕首で手のひらを切り、紙面に血をふくませる。それを何度か手早く引き裂き、虚空へばらまいた。飛び散った無数の紙片は鮮血色の化鳥となって夜空へ舞いあがる。化鳥の翼は火の粉をまき散らし、その小さな一粒一粒が高牙と如霞をとりまいている蓮の茎に舞い落ちてわっと燃えあがった。

蓮の茎はたちまち燃えて灰になり、暗闇にまぎれていた楊慎の姿があらわになる。美凰は翬飛矢をつがえ、狙いをさだめた。足もとでなにかが蠢く。とっさに飛びすさったとき、地面を這っていた蓮の茎が先端から霧のようなものを吐き出した。嘔気をもよおすほどの異香が鼻を刺し、美凰は袖で鼻先を覆う。

――また夢か。

まばたきをすると、そこは深紅の閨だった。花嫁衣装をまとう美凰の前に雪峰があらわれる。雪峰は愛おしげに微笑み、甘い言葉を囁く。美凰は心を閉ざして受け流す。雪峰が消え、舞台は刑場になる。群衆の罵詈雑言を浴びても動じない。今度は拷問の場面になる。残酷な刑罰がくりかえされるが、美凰は平静を保っている。両親、側仕え、凶后……さまざまな人びとが出てきて美凰を惑わそうとする。

いまさら動揺はしない。泣いたり怨んだりする時期はとうの昔に終わっている。美凰は冷静に周囲を見まわし、夢の出口を探す。宋祥妃の軀に入ったときに体験したものとちがい、急ごしらえの夢境だ。どこかにほころびがある。そこを射貫けば外に出られる。背後で羽音がした。ひとつやふたつではない。奔流のような轟音だ。ふりかえると、おびただしい飛蝗がこちらにむかって群れ飛んでいた。それらは一羽の巨大な怪鳥のような黒い翳となって美凰の頭上に覆いかぶさってくる。

怪鳥はぼたぼたと雨を降らせた。いや、雨ではない。飛蝗だ。ひっきりなしに降ってくる飛蝗が美凰に群がって肉を喰う。身体じゅうに走る激烈な痛みに耐えながら、美凰は翬飛矢を放った。黒々とした怪鳥の頭を、両翼を、胴体を射る。

――きりがない。

翬飛矢を放てば、射られた部分の飛蝗は燃えてなくなるが、なにぶん相手が多すぎる。射ても射ても飛蝗の数は減らず、手足に喰らいついた飛蝗ばかりが増えていく。

「美凰！」

名を呼ばれた。ここにいるはずのない人物の声で。はたと顔をあげれば、大きな背中が眼前に立ちはだかっていた。檳榔子染の官服を着た天凱だ。天凱が剣をひと振りすると、黒い怪鳥は見る間に炎に包まれ、粉雪のように灰が散り落ちた。

「大丈夫か」

「どうしてそなたがここに……」

「皇宮で異変が起きているのではないかと案じて、急いで戻ってきたんだ」

深い安堵が胸にひろがる。天凱が戻ってきた。それだけで救われた心地がする。

「俺も花妖の霧でここに落とされた。手分けして出口を探そう」

うなずいて二手に分かれようとした刹那、うしろから天凱に斬りかかられた。斬撃は美凰の左腕を襲い、血飛沫があがる。なぜ、と考える前にさらなる攻撃をよけ、間合いをとる。血まみれの剣をひっさげた天凱を見やり、美凰は唇を嚙んだ。

——こいつは偽者だ。

外見は天凱にそっくりだが、日輪のような強い陽の気がない。

「愚かだね。素直に私たちとあのかたのもとへ行くなら痛い目に遭わずにすむのに」

天凱の偽者は楊慎の声で言う。

「どうしても抗うのなら仕方ない。ばらばらにして持って行くよ」

偽の天凱が斬りかかってきた。美凰は呪符を放って応戦する。つねならばとっくに元通りになっているはずの左腕が肩の下で断ち切られた状態のまま、傷口から絶えず鮮血を滴らせている。片腕では翬飛矢を射ることができない。呪符で動きを鈍化させるのが精いっぱいだ。

——これは私の夢。私の心が見せる幻だ。

飛蝗の群れも偽の天凱も、すべてはまやかしにすぎない。ありったけの呪符をばらまいたあと、美凰は懐から鏡を出した。自分の姿を映して、鏡を地面に叩きつける。甲高い破壊音とともに、剣をふりかぶって襲ってくる偽の天凱が消えた。

左腕の激痛はおさまらない。そこは断ち切られたままだ。

「なあんだ、まだ左腕しか取っていないのか」

背後から楊慎の声が聞こえて、美凰ははっとしてふりかえった。されども、そこには暗がりが沈んでいるだけ。こっちだよ、と耳もとで笑い声が響く。

「さて、次はどこを切ろうか。そうだ、首を切ってみる？　君は不死身だから、首なしでも動けるのかな？　試してみようか」

前方から斜めにふりおろされた蓮の茎が刃のように側面をとがらせて美凰の首を刎ね飛ばそうとする。すんでのところでかわしたが、幞頭（ぼくとう）と髻（もとどり）を断ち切られ、ほどけた黒髪が流れ落ちた。間髪をいれず、蓮の茎が右手側から鞭のようにしなって襲ってくる。よけられない、と思ったとき、漆黒の妖虎が視界に躍り出た。高牙は咆哮をあげて緑の刃に喰らいつき、生々しい音を立てて噛みちぎる。

体勢を立てなおした美凰の足もとで妖気が蠢いた。緑の刃が右足を狙ってくる。飛びすさろうとしたが、背後からも緑の刃が斬撃をくわえようとしていた。逃げられないと衝撃を覚悟したものの、痛みは襲ってこない。緑の刃が急速に枯れてしまったからだ。まだら模様の蛇が蓮の茎にからみついている。如霞が放った毒蛇だ。

高牙と如霞が楊慎を食い止めてくれているあいだに、美凰はその場を離れた。

――腕を取り戻さなければ。

左腕がなければ、たとえ花妖の根を見つけたとしても彼らを祓えない。妙策はないかと楊慎から距離をとりつつ考えをめぐらす。

「美凰……！」

だれかが薄闇の帳を破ってこちらへ駆けてくる。それが白遠だと気づき、またしても偽者があらわれたかと美凰は身がまえた。

「どうしたんだい、その腕は……」

蒼白になった白遠を注意深く見やる。彼がまとう気配に——天凱ほどは強くないものの——陽の気を感じてほっと胸をなでおろす。

「花妖に取られた。そなたこそ、なぜ結界のなかに入ってきた？ ここは危険だぞ」

「天凱から君に危険が迫っていると聞いてね。急を知らせようとしたら比翼門が開かなかった。妖気が錠をかけていたんだ。それを破るのに手こずって……」

背後から忍び寄った蓮の茎がふたりの頭上に刀剣のごとくふりおろされた。危ういところで高牙が体当たりして払いのける。蓮の茎は多数の触手のように縦横無尽に動きまわる。如霞が毒蛇で枯らしていくが、またべつの茎があらわれる。

反射的に翬飛矢を射かけようとして、美凰は左腕がないことに思い至った。

「私が君の腕の代わりになろう」

白遠が黝弓を持ってくれる。美凰は白遠の胸に身体をゆだねるかたちで翬飛矢をつがえた。銀の鏃でたてつづけに蓮の茎を貫いていく。

「見つけたよっ」

足もとでちゃぷんと水音がした。地面から星羽がひょっこりと頭を出している。

「そなたもついてきてくれ、白遠」

美凰は胸に手をあてた。白遠を連れて花影（かえい）に入る。花影は祲華（しんか）のなか。晟烏鏡でいう鏡殿にあたるもので、真っ赤な死人花（ひがんばな）に囲まれた園路（みち）だ。

「こっちだよ！　美凰！」

園路のむこうで星羽が手をふっている。ふたりしてそちらへ駆けて行くと、ぴょんぴょん飛びはねる星羽の数歩手前で地面がくずれた。吸いこまれるようにして水中に落ちる。ふしぎと息苦しくはない。ほの暗い水のなかに身体がどんどん沈んでいく。

「ほら、あれだよ！」

星羽が指さした先に巨大な巣のようなものがあった。古びた根が複雑にからみあって大きな籠のかたちを成しているのだ。むせかえるような甘ったるい妖気のむこう、幾重にもなった根茎のなかに、ふたりの赤子が入っていた。赤子は向かい合って浮かんでいる。水の寝床に身をゆだね、心地よさそうに寝入っていた。

美凰は白遠の腕を借りて二本の翬飛矢をつづけざまに射た。銀の鏃が赤子の小さな身体を貫くまで、まさに転瞬（てんしゅん）の間（かん）。静寂ののち、すさまじい鬼（ばけもの）の叫喚が轟きわたった。

外からゆすられたように水が振動し、根茎の揺籠が炎に包まれる。荒々しく暴れまわる火炎が根茎から根茎へと燃え伝わり、視界が猛火に染まった。

狂暴なまでの火柱を見ていると、なにかが美凰の心に流れこんできた。

それは元気なふたつの産声からはじまった。生まれたばかりの双子の嬰児(えいじ)がおくるみにくるまれて母親の寝床に寝かせられる。すると母親は金切り声をあげた。

「双子なんて気味が悪いわ！　始末してちょうだい！」

ふたりの嬰児は産婆の手で産湯に沈められた。場面が変わる。四、五歳の双子が林のなかを必死で駆けている。身なりは粗末で、裸の足は傷だらけだった。

「双子を殺せ！　さもないと、また洪水が起こるぞ！」

松明(たいまつ)を持った男たちがふたりの幼子を追いかけながら怒号を放つ。双子は崖のそばまで追いつめられた。男たちが詰め寄ると、双子の片割れがあとずさりした拍子に崖から落ちてしまう。残された童子もまもなく男たちに突き落とされた。

次の場面で双子は七、八歳になっていた。きれいな衣を着せられ、小舟に乗せられている。小舟はどんどん川を流されていく。流れは急で、川端は途方もなく広い。櫂もない小舟の上でふたりの幼子はなすすべもなく身を寄せ合い、震えている。

その様子を岸辺から眺めている大人たちがいた。老人たち、壮年の男たち、中年の婦人たち、青年たち、若い娘たち。みな安堵したふうに微笑み合う。

「龍神さまに双子をお捧げすれば、村は安泰だ」

急流にのまれていく小舟を見やって、大人たちは歓声をあげた。また次の場面になる。双子は富豪の御曹司のように丁重にあつかわれていた。年のころは十三、四。豪華な部屋で暮らし、きらびやかな衣をまとい、食卓いっぱいのご馳走を食べている。まわりにいる大人たちは双子を主人のように崇め、うやうやしく仕えていた。

「双子は神仙の使い。大事にすれば村を守ってくれる」

季節が移りかわって年の瀬。大人たちの顔つきは一変した。

「双子は十五になると鬼になる。年が明ける前に焼き殺してしまわねば」

追儺の折、双子は火刑に処された。泣き叫ぶふたりの周囲で人びとは歌い踊る。

――楊兄弟は幾度も生まれ変わり、身勝手な人間たちの手で殺されてきたのだ。

五度目の転生で、ふたりは親族を皆殺しにした。前世の記憶を持って生まれた彼らは自分たちが双子であるがゆえに遠からずだれかに殺されることを予期していた。親族を殺した双子を、村人たちは恐れた。自分たちに禍がおよぶ前に双子を始末しようとした者たちは、先手を打った双子にことごとく殺され、村には屍の山が築かれた。生き残った者はほうほうの体で逃げ出し、空っぽの村は双子のものになった。

双子はしばらくふたりだけで暮らしていたが、いずれそれにも飽きて旅に出た。各地を転々としたが、あくせく働くことはなかった。人を殺し、持ち物を奪えば食うに困らなかった。あるとき、双子は美しい少女と出会う。ふたりはひと目で彼女を好きになってしまった。さっそく近づいて三人で一緒に暮らそうと誘った。ふたりは少女を共有するつもりだった。少女が自分たちのような双子を産んでくれたらどんなにすばらしいだろうと思った。だが、少女は許婚がいることを理由にふたりを拒絶した。双子は少女の許婚を殺した。そうすれば少女が自分たちのものになると考えたのだ。ふたりの期待は裏切られた。少女は許婚の死を嘆いて自害した。双子は残念がったが、悲しいという感情は生じなかった。代わりの少女を見つけるのがいささか面倒だと思っただけだった。

少女と許婚の親族は双子に怨みを抱いた。城肆（まち）から城肆へ放浪するふたりの居場所を突きとめ、屈強な男たちを遣わして双子を襲わせた。双子は応戦したが、多勢に無勢。深手を負ってしまう。命からがら林に逃げこんだ。無我夢中で駆けて池にたどりつき、水辺に身を隠して追跡をやり過ごそうとしているうちに息絶えた。

池にはきれいな青い蓮が咲いていた。屍から離れたふたりの魂魄は妖しく咲き乱れる蓮の花に憑依し、花妖として生まれ変わった。

積もり積もった怨みを妖力に変え、ふたりはにおいたつ美貌とふしぎな色香で次々に女人たちを惑わし、生き血をすすって肉を喰らった。数十年もすれば精気のみを吸いとるすべを学び、がらんどうの屍には見向きもしなくなった。

年を経るにつれて双子の花はよりいっそう精彩を放った。歳月がふたりの憎しみを研磨し、増幅させたからだ。

花妖となって数百年後のこと。ふたりはいつものように美しい少女に目をつけた。彼女の容貌は人間時代にそろってひと目惚れした、あの少女に似ていた。甘い言葉で誘惑し、精気を喰らおうとした瞬間、ふたりは黒塗りの矢で射貫かれてしまう。

その矢こそが翬飛矢(きひや)であり、その少女こそがのちの凶后であった。

明器として凶后に仕えることは、ふたりにとって幸福だった。凶后はふたりを可愛がってくれた。ふつうの人間のように双子を忌避することもなく、それぞれにおなじだけの愛情を注いでくれた。双子は満ち足りていた。この幸せがとこしえにつづくと思っていた。ところが、それは唐突に終わった。凶后が殺され、双子の軀もばらばらに壊されてしまった。ふたりは離れ離れになってしまったのだった。

凶后がすこしずつ力を取り戻し、双子も再会したが、以前のようにいつもそばにいることはできなくなっていた。どちらか一方が外に出ているとき、どちらか一方は内側にいなければならない。ふたり一緒に外の世界で暮らすには、完全な軀を取り戻す必要があった。計画は順調に進んでいた。あとすこしで軀を再生することが叶うはずだった。なにもかも元通りになるはずだったのに、こんなところで、あまつさえ凶后が鍾愛(しょうあい)していた美凰の手で、千年来の絆が断ち切られてしまうとは。

憎悪と混乱と、深い悲しみを残して、花妖の気配が薄らいでいく。根茎の揺籠が燃え尽き、炎が消え、水が消え、両足が地面を踏む感覚と、身体に馴染んだ左腕の重さが戻ってきた。月光がさしこむ視界に楊慎の姿はない。

「高牙、如霞！　よかった、無事だった――」

こちらに駆けてくるふたりに笑みを見せたそのとき、美凰の足もとがたわんだ。強力な妖気が脈動し、地面に落ちた濃い翳から鬼が飛び出してくる。右足に強打されたような衝撃が走ったかと思うと、身体がうしろに吹き飛んだ。

「美凰……！」

なおも美凰に襲いかかろうとした鬼めがけて、妖虎に変化した高牙が跳躍した。鬼の姿は当初、巨大な山犬に似ていた。高牙に嚙みつかれると咆哮をあげて三つのくちばしを持つ怪鳥となり、如霞が放った大蛇に巻きつかれると百千の羽虫となった。鬼は目まぐるしく姿かたちを変えていく。共通しているのはどれも高牙と如霞が気おされるほど凶暴で、示し合わせたように青い色をしているということだけだ。

――根は燃やしたのに。

美凰は激痛に耐えて唇を嚙んだ。右の腿のなかばから下が、ない。鬼に喰いちぎられたのだ。またしても再生しない。花妖は消滅していなかった。おそらく片割れが残っている。根を燃やす直前、楊怜が完全な軀を取り戻したのだろうか。

――いや、完全ではないはずだ。

軀が完成されていたなら、最初の一撃で美凰は身体の半分を失っていただろう。片足だけですんでいるのは、楊怜がいまだ不完全である証左。根茎の揺籠が燃え尽きる前に軀の再生を途中で切りあげて根から離れたのだ。

「来るな！」

駆け寄ろうとした白遠を呪符で遠ざける。楊怜の狙いは美凰だ。楊怜は弟を殺されたことで憤っている。美凰に近寄れば白遠も標的にされかねない。

地面に座りこんだまま身体を起こし、美凰は翟飛矢をつがえた。鏃の先で鬼をとらえようとするが、くるくるとかたちを変えていくせいで狙いが定まらない。

鬼は喉笛に喰らいつく高牙をふりはらい、如霞が操る毒蛇の群れを払いのけて、わき目もふらずこちらにむかって疾駆する。蛟（みずち）のような姿をした鬼が、荒れくるう巨浪（きょろう）さながらの勢いで上空を駆け、美凰の目前まで迫った。

翟飛矢をむける間もない。まばたきをする暇さえなかった。身体を千々に喰いちぎられることを覚悟したが、美凰に襲いかかったのは痛みではなく浮遊感だった。それは地面の下からやってきた。突如として翳から躍り出た馬の乗り手が美凰を横抱きにして上空へ駆けのぼったのだ。

「……天凱！」

自分を抱いているのが天凱だと知って、美凰は目を見ひらいた。精悍な横顔や広く逞しい肩は見慣れたものだが、一抹の疑念が胸をよぎる。

「そなた、本物か？」

「俺の偽者が出回っているのか」

「先ごろ、まんまと騙されたところだ。花妖はよく人に化ける。それも巧妙に」

「偽の俺はあなたに悪さでもしたのか」

「悪さどころか、腕を切り飛ばされた。そなたの姿に惑わされ、油断した結果だ」

口惜しさをこめて言うと、天凱は「そちらもか」と美凰の右足に視線を投げた。

「これはやつに喰われた。あれを仕留めるまでは元に戻らぬ」

馬は――馬のかたちをした化壁は逆流する瀑布のごとく夜空を疾走する。その尾を追って、美凰を喰らい損ねた蛟が暗がりを突き破りながら駆けのぼってきた。

「……すまぬ。戻るのが遅すぎた」

天凱が痛ましそうに眉をひそめ、低く詫びる。気にするな、と美凰は応じた。

「そなたのせいではない。私がうかつだったのだ」

「して、あれをどう仕留める？　花妖ではないようだが」

「花妖ではない？　なにを……」

蛟の咆哮が尾先にまで迫ったとき、馬が急降下しはじめた。蛟は青い鱗に覆われた胴体を波立たせて虚空を蹴り、猛然とあとを追ってくる。

——花妖の気配がない。

妖気が変質している。肺腑を糜爛させるような甘ったるい邪気が、ただただ胸が悪くなる激しい毒気になっていた。前者が花妖のものなら、後者は明器のもの。花妖としては亡びたものの、明器としてはかたちが残っているのだろう。

——明器の残滓になっているのなら、方法はひとつしかない。

地面に激突する寸前で馬がふたたび上昇しはじめる。蛟は巨大な頭をもたげ、青い胴体で地面を打ち据えて夜空に駆けあがった。

美凰は傷口から自分の血をすくいとった。呪をとなえてそれを翬飛矢の鏃に塗り、矢をつがえる。血染めの鏃が狙うは、奔流のごとく駆けのぼってくる蛟の眉間。

——そなたたちの役目は終わったのだ。黄泉へ下れ、楊兄弟。

弦音が耳もとで弾けた。翬飛矢は稲妻のごとく夜の帳を引き裂き、蛟のひたいを射貫く。とたん、蛟の頭部に亀裂が走った。薄い玻璃の肌に生じたような繊細なひびは首から胴体へとまたたく間にひろがっていく。

寸陰のしじまが響き、蛟は砕け散った。無数の青いかけらが星の破片のようにきらめきわたり、ひそやかに白みはじめた夜天を玲瓏と染めあげる。

明器にはふたつの軀がある。ひとつが妖鬼のもの、もうひとつが明器のものだ。これを壊すには禝華の持ち主の血を用いる。本来は明器に下した本人の血でなければならないが、妖鬼としてのかたちが消失し、明器としてのかたちだけがかろうじて残っている状態なら、主の血でなくても明器を解放することが可能だ。これは駆鬼ではなく鎮魂である。明器として主に忠節を尽くした鬼魂を泉下へ送り出したのだ。

馬はゆるやかに夜空を駆けて地上に舞い降りる。蹄が方塼敷きの地面にふれたときにはもう、天に散った蛟のかけらはあとかたもなく消え去っていた。

「美凰！　無事かい？」

こちらに駆け寄ってきた白遠が手をさしのべてくれる。「見てのとおりだ」と答えながら、美凰は彼の手につかまって馬上からおりた。

「……なんだ？」

地面に降り立つなり、白遠が上衣を着せかけてくれた。寒くないのにと言おうとして、彼の心遣いに気づく。左腕を切られ、右足を喰われたので、どちらも素肌がむき出しになっているのだ。不死ゆえ身体は戻ってくるが、衣は戻らない。戦闘に集中しすぎて、肌が夜風にさらされていることを忘れていた。

「ようやく失せやがったか。しつけー野郎だったぜ」

人の姿に戻った高牙が明けの空に向かって悪態をついた。

「あんたが弱っちいのがいけないのさ。老頭子のくせに役に立たないねえ」

「てめーこそ老婆子のくせにろくな働きもしてねえじゃねえかよ」

「か弱い女にしてはよくやったほうだろ。あんたを何度も助けてやったじゃないか」

「俺だっておめーを助けてやっただろーが」

「ふん、当然のことだろ。なんのために陽物をぶらさげてると思ってるんだい」

「狐狸精老婆子のためじゃねえことだけはたしかだよ」

高牙と如霞がおさだまりの口争いをしていると、足もとでぴちゃんと水音がした。

「怖かったよう！」

翳から飛び出してきた星羽が美凰に抱きついた。

「花妖がすっごく怖かったけど、がまんして根をさがしたの。役に立った？」

「大助かりだったぞ。花妖を射ることができたのはそなたのおかげだ」

「えへへ。ぼくね、美凰のためにがんばったんだー」

「おいこら、星羽。実年齢は五十四の、小鬼のふりしたおっさん。さりげなく美凰の素足に抱きつくんじゃねえ。離れろよ」

「やだよー。ぼく、美凰のこと大好きだもん」

「べたべたさわるなって言ってるだろ！　離れやがれってんだ！」

高牙が星羽を美凰から腕ずくで引き離し、星羽がじたばた暴れて抵抗する。その様子を微笑ましく眺めつつ、美凰はふりむいた。

「そなたは大丈夫か、天凱。綺州で襲撃されたのでは――」

鞍上からおりようとした天凱の身体が大きくかたむいた。すぐさま駆け寄って顔をのぞきこむ。頬にふれてみてぎょっとした。氷のように冷え切っている。

「高牙、天凱を部屋に運べ」

「やだね。死体運びはごめんだぜ」

「縁起でもないことを申すな。気を失っているだけだ」

晟烏鏡を使いすぎたのだろう。一刻も早く身体をあたためてやらねば。


「綺州の蝗害はおさまったようだね」

綾貴が欄干にもたれて紫煙を吐いた。皇宮をのみこむ夕映えの光が女のような細面を朱に染めている。

「悪政の根であった綺州知州事が捕縛されたことが事態を好転させたらしい。後任の知州事も決まっているそうだから、主上はじきにご還御なさるだろう」

「そうか！　朗報だな。主上がお戻りになれば安心だ」

勇成はひさしぶりに晴れやかな気分で夕空をふりあおいだ。綾貴が所属する皇城司は宮城各門の管理や宮中警備だけでなく、諜報や探索もつかさどる。各地に散らばった密偵からさまざまな報告が届くので、綾貴は耳ざといのだ。

「昨夜、後宮でひと騒動起きたらしいね。後宮女官から聞いたけど、蒐官が寿鳳宮に結界を張っていたそうだよ」

「寿鳳宮に結界!?　鬼が出たのか！　はっ……もしや凶后が戻ってきたのか!?」

勇成はさーっと青ざめる。さあね、と綾貴は気のない返事をした。

「まあ、大丈夫なんじゃないかい。もう結界はとかれたようだし」

「大丈夫とは限らんだろう！　各地の霊山に骸を封じられているとはいえ、凶后が完全に滅びたとはいえない以上、いつ復活してもおかしくないんだぞ！　ひょっとすると、皇太后さまが例の奇しき力で凶后を生きかえらせるやも……」

「まだそんなことを言っているのかい。見鬼病事件のあとでは、凶后に対抗するために皇太后さまが必要だとかなんとか言っていたくせに」

「あのときはそう思ったんだが、よく考えてみれば、皇太后さまを信用しすぎるのも危険だ。なんといっても凶后の姪で、凶后とおなじ怪しげな力をお持ちなんだからな。それに凶后は皇太后さまを溺愛していた。いまも執着しているやもしれぬ。皇太后さまにその気がなくても凶后に利用される恐れはあるだろう」

可能性は否定しないけどさ、と面倒くさそうに言い、綾貴は煙管をくわえる。

「目下の課題は皇太后さまより後宮だろう。銭貴妃がお隠れになったから、いまや皇后も貴妃も空位。六夫人の筆頭は淑妃になってるけど、柔弱な胡淑妃に妃嬪を統率できるとは思えない。後宮には女主がいないわけだ。思わしくない事態だよ」

「しかりしかり。妃嬪を束ねる婦人がいなければ、事件が出来したときに対処する者がいなくなる。政務でお忙しい主上が後宮のいざこざまでお引き受けになるのでは、玉体がもたない。皇后がいらっしゃらないなら、貴妃くらいは決めないといけないな。欲を言えば主上がどなたかを立后なさるのがいちばんよいのだが……」

鳳冠を望む妃嬪はいるだろう。だれもが皇后の位を虎視眈々と狙っていることは明白だが、肝心の今上はどの妃嬪も寵愛していないうえ、立后にも消極的だ。親族の娘を鸞晶宮の主にしようともくろんでいる高官もいるだろう。

「さしあたり、皇太后さまに妃嬪を束ねていただくしかないんじゃないかい？」

「皇太后さまか……うーん、それはあまり歓迎できぬな。また口さがない連中が醜聞を流して騒ぎたてるかもしれぬゆえ」

「内乱だのなんだのって？　言いたいやつには言わせておけばいいさ」

「そういうわけにはいくまい。万民の父たる天子には人倫にもとる行いなど許されぬ。たとえ実際には道を踏み外していなくても、官民に疑念を抱かれれば人心が乱れ、天下の陰陽の均衡が崩れて騒乱を招きかねない。他者から見て疑わしいと思われる行為さえ、ひかえねばならぬのだ」

天子はふたつのまなこで四海を睥睨しているが、同時に億万のまなこで見あげられている。玉座に在るその姿には、ひとかけらの瑕瑾もあってはならないのだ。

視界いっぱいに満天の星がひろがっていた。涼やかな夜風が頬をくすぐり、おやみない虫のすだきが耳を騒がせている。

「こんなところでなにしてるの？」

さかさまの美凰の顔が星明かりをさえぎり、天凱――烱(けい)は舌打ちして目をそらした。

「見ればわかるだろ。夜空を眺めてたんだ」

「宴を抜け出して？」

「退屈だったからな」

「あなたの誕辰(たんしん)祝いの宴なのに」

「祝ってくれと頼んだおぼえはないね」

凶后によって皇宮に連れもどされてから数月経った。贅(ぜい)を尽くした宮廷の暮らしにも慣れてきたが、いまもって宴には慣れない。百皿をくだらない豪勢な料理に、奇天烈な楽器を用いた西域(さいいき)の音楽に、脂粉のにおいをふりまいて舞う美姫たちに、お追従に余念がない着飾った官僚たちに、神仙の術のような幻術や曲芸に、宴席を構成するすべてのものにえずくような嫌悪感を抱く。

――あんなものは全部まやかしだ。

皇宮の外は骨と皮ばかりに痩せ細った窮民であふれている。路傍には餓死者の骸(むくろ)が転がっている。市場では子どもが売られ、老人は川に沈められる。身を寄せ合って糊口をしのいでいる一家は盗賊に襲われ、盗賊は仲間割れして互いを殺し合う。人心は荒廃し、死が積みかさなり、王朝のかしぐ音が耳をろうするほどだ。

おぞましい現実が鼻面まで迫っているのに、宮廷の人びとは朝な夕な空疎な享楽を貪り、まるで天下泰平であるかのようにふるまっている。乱痴気騒ぎが好きな凶后のために三日にあげずひらかれる宴はその最たるもので、芬々たる欺瞞の臭気に反吐が出そうになる。炯が宴の主役の座から早々に逃げ出して園林に駆けこみ、地面に寝転がって夜空を見あげていたのは、まさしくその嘔気のためだ。

「大勢で祝う宴に慣れていないのね。じゃあ、わたくしとふたりで宴をひらく？」

きらめく星空を背景に、美凰がにこにこと微笑んでいる。苦労知らずの笑顔が恨めしくて、炯は彼女を睨みかえした。

「うるさいな、さっさとどこか行けよ。あんたに用はないんだ」

「こら、『あんた』はだめっていつも言ってるでしょ」

白い手がのびてきて炯の頬をつねった。

「意地を張らないで。年に一度の誕辰だもの、ふたりだけで祝いましょう」

「ふたりだけで祝うって、なにをするんだよ」

「なんでもいいわ。あなたがしたいことよ。そうだわ、舟遊びはどう？　楽しいわよ」

「べつに舟遊びなんか……」

「いいから行きましょうよ。競争するの」

強引な美凰に腕を引っ張られ、炯は池に連れていかれた。星屑を散らしたように光る水面に二艘の小舟が浮かんでいる。美凰はいそいそと片方の小舟に乗りこんだ。

「あちらの岸に早くたどり着いたほうが勝ちよ」

「ふん、馬鹿馬鹿しい。女相手に勝負なんかするかよ」

「まあ、勝つ自信がないのね。あなたがそんなに意気地なしなんて知らなかったわ」

「勝負にならないって言ってるんだよ。男のおれが勝つに決まってる」

「そういう台詞は勝ってから言いなさい。負け惜しみだと思われたくなければね」

美凰に挑発され、炯はむきになって小舟に乗りこんだ。ふたりで呼吸を合わせていっせいに漕ぎはじめる。櫂を動かすたび星辰を映した水面が波立ち、舳先が前進する。簡単に勝てると思ったが、あとすこしのところで美凰に先を越されてしまった。

「〝男のおれが勝つに決まってる〟？」

美凰がにやにや笑うので、炯はもう一度勝負を挑んだ。二艘の小舟は池の端から端へ幾度も行ったり来たりした。結局、炯が勝ったのは最後の一回だけだった。

「あんた、なかなかやるな。千金小姐のくせに」

疲れ果て、ふたりして池のほとりに寝転がった。

「あなたはまだまだね。もっと練習しなくちゃ」

「そうやって威張れるのもいまのうちだ。来年はおれが全勝するぞ」

「目標を立てるのはいいことだわ。たとえ達成できなくてもね」

先輩風を吹かせる美凰が癪にさわったが、鬱々とした気持ちはいつしか消えていた。

「そこまで言うなら受けて立つ。これからは毎年、勝負しよう」

「いいわよ。そんなにわたくしに負けたいのなら」

「おれが勝つさ」

力強く宣言すると、美凰はくすくす笑った。そのほがらかな横顔に見惚れて、でもそれを彼女には悟られたくなくて、炯はわざとそっぽを向いた。

「……あんたは、どういう男が好きなんだ？」

「なあに、藪から棒に」

「暇つぶしの雑談だよ。あんたは笄礼もすませているし、いちおう大人の部類に入るんだから、こういう男が好きだとかいうのはあるんだろ」

「あるわよ。わたくしはやさしい人が好きなの。たとえばそうね……わたくしが背伸びをして花の枝を手折ろうとしているとき、代わりに枝を手折ってくれるような人」

星をつかもうとするように、美凰は夜空に手をのばした。

「あなたは？　どういう女の人が好きなの？」

「おれは女になんか興味ない」

「そう？　きれいな人が好きなんじゃないの？」

「さあね。女の見てくれなんかどうでもいい。まあ、しいて言うならうるさくない女がいいな。あんたみたいなのは絶対だめだ。ああしろこうしろってうるさいから」

「わたくしはあなたの未来の皇后よ。口うるさくもなるわ」

「どうせ皇后とやらを娶るなら、もっと物静かな女がいいよ」

「物静かになってあげてもいいわよ。あなたが将来、立派な皇帝になればね」

「……立派な皇帝にならないと、あんたはおれが嫌いか？」

得体のしれない不安が胸をつまらせ、美凰を見ることができない。

「嫌いだったら一緒に舟遊びなんかしないわ。いまでも十分好きよ。でも、あなたが立派な皇帝になったら、もっと好きになると思うわ」

ふうん、と気のないそぶりをしつつも、ふわふわと身体が浮きあがるような気持ちになった。美凰は炯が好きなのだ。なぜかそれは、愉快なことのように思えた。

「つまり、おれはやさしい人ってことか？　あんたの代わりに花の枝を手折るような」

「いまのあなたにはちょっと難しいかな。わたくしより背が低いから」

「じきに追い越すさ。どんどん背が伸びて、あんたを見おろすようになるんだ」

楽しみね、と美凰が笑う。甘い笑い声をふりきって立ちあがると、美凰も立ちあがった。ならんで立てば、やはりいまは、炯が美凰を見あげる恰好になる。

冠礼（かんれい）まであと七年。十五になれば美凰より背が伸びているはずだ。身体つきも逞しくなって、美凰に子どもあつかいされなくなるはずだ。そのときにはきっと……。

ふいに思考が途切れる。きっと——なんだろう？


最初に感じたのは快い重さだった。次に感じたのは遠い昔に親しんだゆかしい香り。ゆるゆるとまぶたをあげ、それが視界に入ったとたん、天凱は目を見張った。

蒐官姿の美凰が天凱にしがみつくようにして寝ていた。これは夢のつづきだろうか。呪詛の残り香が見せる幻だろうか。判然としないまま目をしばたたかせていると、美凰が身じろぎした。何事か寝言をつぶやき、いかにも重たげにまぶたを開ける。

「なんだ、目覚めていたのか」

寝ぼけまなこに天凱をとらえ、美凰は億劫そうに上体を起こした。

「気分はどうだ？　すこしは楽になったか？」

「ああ、まあ」

「まだぼんやりしておるな。無理もない。あれほど無茶なことをしたのでは」

美凰は天凱の左袖をたくしあげ、素肌をあらわにした。腕の傷を調べているらしい。

「だいぶよくなっている。呪符が効いたな。念のため、雄黄酒で浄めておこう」

「……訊きたいことがあるんだが」

ふりかえった美凰は「なんだ？」と眠たげにあくびをした。

「どうしてあなたが俺の寝床にいるんだ？」

「そなたは晟烏鏡を使いすぎて消耗し、凍りつかんばかりに身体が冷え切っていた。呪符であたためようとしたが、腕の傷にも呪符を用いねばならぬ。複数の呪符を同時に使うと、それぞれの効き目が弱くなるものだ。ゆえに人力に頼ることにした」

美凰は枕辺に置かれていた酒壺をひきよせ、手巾を雄黄酒にひたした。

「ひらたく言えば添い寝だな。ここで問題が起きた。そなたの帰還は伏せておるゆえ、妃嬪たちを呼ぶわけにはいかぬ。婢女に頼むにしても、そこから話がもれる恐れがある。仕方がないので貪狼に頼んだのだが、あやつめ、なんと申したと思う？『半刻につき銀八十両かかりますよ』だそうだ。『かかりますよ』だぞ。なんだ、それは。側仕えの宦官が龍床に侍るのに、なぜ料金がかかる？　しかも法外な値段だ」

「……龍床に侍る、という言いかたは語弊があるな」

「天子の値段と考えれば銀八十両くらい惜しくはない。なれど、私は大金を持っておらぬ。寿鳳宮の調度を売ればよいと貪狼は言ったが、私の持ち物でもないのに勝手に売りさばくわけにはいくまい。悩んでいると、貪狼が年利九割で銀子を貸してやると言う。高利ではないかと私が驚けば、やつは『皇太后さまは市井の暮らしをご存じないでしょうが、今日日それが相場ですよ』とのたまうのだ。私は金貸しとかかわったことがないので、利息のことなどわからぬ。貪狼が事細かに数字をならべて講釈するのを聴いていると、そんなものかなという心地になった。熟考のすえ、言われるがまま借用書をしたためていたそのときだ。これはおかしいと気づいた。貪狼から借りた銀子で支払いをすれば私に残るのは莫大な借金だ。まるでペテンではないか」

「〝まるで〟どころかペテン以外の何物でもないな」

「それにもうひとつの事実にも気づいた。私が自分でやれば無銭なのだと」

危うく借金を背負うところだった、とぼやき、手巾を天凱の左腕にあてる。

「そういうわけで、私が添い寝していたのだ。眠るつもりはなかったが、ついうとうととしてしまった。なにか文句があるか？」

「ないが……やけに気が立っているな。あなたらしくもなく」

「銀髪の銅臭宦官のせいだ。そなた、側仕えの人選がまちがっているぞ。意地汚い守銭奴をそばに置かずとも、ほかにいくらでもふさわしい者がいるだろうに」

迷惑をかけたな、と天凱は笑みまじりに謝った。

「あなたはどうだ？　傷の具合は」

「傷？　怪我などしておらぬが」

「花妖に襲われていただろう」

「とっくに治っている。そなたも見たであろうに」

美凰が傷口を手巾で浄めてくれるので、呪詛の残滓が徐々にやわらいでいく。

「不死者の傷を癒すにはどうすればよいのだろうな」

「癒す必要はないだろう。傷など端から存在しないのだから」

「目に見える傷はな。しかし、記憶には傷が残る。適切な手当てをして、しっかりと癒さなければ、いつまでも苦痛があなたを蝕む」

「私を案じる前に、自分自身をいたわれ。そなたは無茶が過ぎる。まだ呪詛が残っているのに鏡殿(きょうでん)を駆けぬけるなど、正気の沙汰ではないぞ。見鬼病のときもそうだったが、己を酷使するな。後宮のことは私に任せたのだから、そなたの出る幕はなかったのだ。綺州で血を降らせたばかりで、無理をして帰ってこずともよかった。まったく、自分が皇帝だという自覚はあるのか？　そなたの身になにかあれば、億万の民に影響が出るのだぞ。いついかなるときも、そなたの安全が最優先だ。ほかのことはすべてあとまわしでよい。私のことなど、ほうっておけば……」

「ほうっておけなかった」

天凱は手巾ごと美凰の手を握る。たならに感じるぬくもりが奇妙になつかしい。

「あなたを失うわけにはいかなかった」

われながら妙な言いまわしだと思いながら、急かされるようにつづける。

「凶后が皇宮になにか仕掛けていると感づいて、真っ先にあなたの身が案じられたんだ。凶后の狙いはあなただとわかっていた。禝華のあつかいに慣れている凶后を相手にすれば、あなたとて苦戦するだろうと……だから、一刻も早く――」

「心配性だな、そなたは」

美凰はふっと表情をやわらげ、天凱の手に空いている自分のそれをかさねた。

「正直に言って、そなたが帰ってきてくれて助かった。あのままでは、私は花妖に軀を奪われて身動きできなくなっていただろうから」

ありがとう、と甘い囁き声が落ちる。胸にしみいるようなその音がわれ知らず感情を高ぶらせた。美凰はここにいる。天凱のそばに。

「無理をしたかいがあったよ。あなたを奪われずにすんで」

「それとこれとはべつの話だ」

声色が変わるや否や、右手の甲にかるい痛みが走った。美凰にぺしと叩かれたのだ。

「私はそなたが帰ってきてくれて助かったが、そなたはこのとおり疲弊しておる。己を馬車馬のように働かせて精根尽き果てたことをしかと反省するのだな。私が迅速に手当てをしたのでひと晩で回復したのだぞ。大いに感謝せよ。貪狼に添い寝をさせずにすんだことにもだ。あやつが添い臥していたら、そなたはいまごろ借用書を突きつけられていたぞ。やつのことだ、銀八十両どころではすむまい。その数倍の金額に幾分か上乗せした数字を嬉々としてそなたの鼻面につきつけたであろう」

「あなたは俺のために債鬼を祓ってくれたというわけだ」

感謝しなければな、とひとしきり笑い、美凰の手を引く。はらりと落ちてきた肢体を危なげなく受けとめ、天凱は深く息を吸った。

「……寝ぼけているのか、天凱」

困惑気味のくぐもった声。胸板にかかる重さ。腕のなかにおさまったまどかな体温。美凰をかたちづくるものを抱いていると、あてもなく歩きまわったあとで大切な捜し物を見つけたときのように人心地がつく。

「きっとあなたの夢を見ていたせいだな」

「私の？　どんな？」

一緒に舟遊びをする夢だと言うと、美凰はこらえきれぬふうに小さく肩を揺らす。

「舟遊びといえば、そなたの誕辰にふたりでやったな。初年は私の圧勝だったが、翌年はそなたに惜敗した。そなたは手にまめができるまで稽古していたんだったな」

「あなたに負けたくなかったんだ」

「負けず嫌いめ。舟遊びなどほんの児戯にすぎぬのに、そなたときたら戦にでも出るかのように意気込んでいた。稽古のしすぎで筆を持つのに難儀するありさまで。いや、それどころか箸のあつかいかたさえも怪しくなっていたぞ」

高低の笑い声がさざ波のようにわき立って、闇の暗がりを打ち震わせる。

「こんなことを思ってはいけないとわかっているのだが……ときどき、あのころがなつかしくてたまらなくなる。けっして戻りたいわけではないけれども。ただ、なつかしいのだ。郷愁のような情動に胸を射られるのだ。どうしようもなく……」

ふたりとも子どもだった。美凰が無知であったように、天凱も無知だった。凶后の毒牙から美凰を救い出す手立てを知らず、彼女と歩むであろう未来をあさはかな童子の心で無邪気に思い描いて、上ずった気持ちに酔いしれていた。

過去には戻れない。たとえ血を吐くほどに渇仰(かつごう)しても。うしろ髪をひかれつつも前に進むしかないのだ。古傷がうずく足で地面を踏みしめて。

「また舟遊びをしようか」

「言っておくが、私はこの十年で腕をあげたぞ」

「お互いさまだ」

天凱は微睡(まどろ)むようにまぶたをおろした。かさなり合う鼓動を数えていると、きざしてはならない願いが胸裏に生じてしまう。

このまま幾久しく──美凰とともに在りたいと。

久方ぶりの勝負は栄周王府で行われることになった。

「はいどうぞ、婢女のお仕着せです。舟遊びをするならこれくらいの軽装が動きやすいですよ。ああ、大丈夫です。私の分も用意してますから」

貪狼に賄賂をわたして話を聞きつけた宋祥妃が自分も行くと言い張ることは予想していた。宋祥妃の地獄耳からは逃れられたためしがない。

「皇太后さまって案外お転婆なんですねー」

肩で息をしながら宋祥妃は木陰の庭石に腰かけた。手のひらでぱたぱたと顔をあおぐ。美凰もまた、せわしない呼吸をなだめつつ宋祥妃のとなりに座った。

栄周王府の内院に満月形の大きな池がある。夏の名残の西日に照らされ、鏡のように輝く水面に二艘の小舟を浮かべて、美凰と天凱はどちらが先に向こう岸へたどりつくか勝負をした。はじめのうちはひとりずつ漕いでいたが、せっかく白遠と宋祥妃もいるのだから二人一組でも面白かろうと、相手を替えながら競争した。

「深窓の令嬢でいらっしゃるから、もっとか弱い感じかと思ってましたよ」

「そなたこそ、どこが深窓の令嬢だ？　そなたが荒っぽい漕ぎかたをするから、哀家は何度も落ちそうになったぞ」

すみません、と宋祥妃はすこしも悪びれずに笑い飛ばした。天凱と白遠は向こう岸の木陰でやすんでいる。兄弟が仲睦(むつ)まじく笑い合っているのは微笑ましいものだ。

「なにも訊かないんですね」

「なんのことだ？」

「皇太后さまが私の夢でごらんになった人のことですよ」

花妖が見せた宋祥妃の夢のなかで美凰は男に会った。花婿衣装に身を包んだ、やさしげな青年。彼が甘い言葉を囁くと、石を投じた水面のように宋祥妃の意識が乱れた。

「咎め立てはせぬ。入宮前に恋人がいたとしても――」

「……恋人じゃないんです。私が一方的に好いていただけだから」

あのかたは蒐官でしてね、と宋祥妃は夕映えの空をあおぐ。

「はじめて出会ったのは十五のときでした。私ね、坊肆(まち)に鬼(ばけもの)が出たと聞いて取材に出かけたんですよ。その鬼は馬に似ていて凶暴で、人を喰うといわれていましてね」

「みずから危険に首を突っこむのがそなたの悪い癖だ」

「まったくね！　えーと、それで、火点しごろ、鬼が出たという通りを歩いていたら悲鳴が聞こえたんです。声のするほうへ駆けて行くと、そこにおぞましい妖鬼が」

人を喰らっていた妖物は、物陰から飛び出してきた宋祥妃――麗詩(れいし)に目をつけた。

「一瞬見ただけでぞわっとするような気持ち悪い目で！　目玉のなかにいっぱい小さい目玉が入ってたんですよ！　うわっと思って逃げようとしたんですけど、転んで尻餅をついてしまって。気づけば鼻の先に、妖鬼のぞわぞわする目玉が迫ってたんです。動けないばかりか、息もできませんでしたよ。だってほら、私は皇太后さまみたいに術なんか使えないですから。ただ喰われるのを待つだけでした」

「絶体絶命のとき、その蒐官が助けに来てくれたわけか」

「颯爽（さっそう）と登場して長槍（ちょうそう）のかたちをした化璧（かへき）で妖鬼の脳天を一突きですよ！　かっこよかったわあ。私すっかり見惚れちゃいまして、妖鬼が消えたことにも気づかなかったんですよ。鬼なんかどうでもよくなっちゃいました。あのかたが素敵すぎて」

　当時の禜台（えいだい）にはまともな蒐官がいなかったが、彼は本物だった。

「ひと目惚れだったのだな」

「まさしく！　翌日からあのかたをつけまわしましたよ。案の定うっとうしがられたけど、そんなことではへこたれません。助けてもらったお礼に差し入れをしたり、蒐官の仕事について取材してるんだと言い張ったりして食い下がりました」

　好奇心旺盛な少女に追いかけまわされ、ほとほと困り果てる蒐官の姿が目に浮かぶ。

「最初は仕事ぶりを見て満足してたんですが、どこに住んでるんだろう、休みの日はなにしてるんだろうと興味がわいてきたので自宅を探しましたよ。どうやって？　簡単ですよ、宋家の伝手を活用したんです。あれだけ優秀な蒐官なんだから大豪邸に住んでるんだろうと思ったら、猫のひたいほどの古いあばら家でした」

庭院は荒れ放題、室内は嵐に見舞われたような散らかりようだったという。

「あの人、根っからの仕事人間でしてね、ほかのことはなあんにもできないんですよ。そのくせ病的な人間嫌いだから、婢僕も置いてなくて。そこらに変な虫がうぞうぞと蠢いてて地獄絵図と化してたんで、見るに見かねて片づけてあげたんです」

「名家令嬢のそなたに掃除などできたのか？」

「できませんでしたよ。でも、侍女に教えてもらっておぼえました」

「そなたのことだから、追いかえされてもめげずに押しかけたのであろう」

「とーぜんです。だって私、一途ですから」

蒐官が過労で寝込んでしまったときには、麗詩は喜び勇んで彼の看病をした。

「薬湯を作ってあげたり、粥を食べさせてあげたり、身体を拭いてあげたり。あのかたは全然喜んでなかったけど、高熱のせいか抵抗する気力もないみたいでしたねー。それをよいことに妻女気取りであれこれと世話を焼いてあげました」

蒐官の熱が下がると、蠟燭の明かりをはさんでふたりはしんみりと話をした。

「あのかたは捨て子だったらしいです。さる道観に捨てられて、そこで育てられたと。道士たちに可愛がられて質素ながらものんびり暮らしてたけど、八つのころ、道観が妖鬼に襲われて道士も皆殺しにされて、あのかただけ生き残ったんですって。その後、妖鬼祓いに来ていた蒐官に拾われ、禁台に入ったそうです。蒐官になったのは、道士たちを助けられなかった非力な自分を殺すためだって言ってました」

強くなることだけを考えて生きてきた。家族もなく、友人もいない。だれかと深くかかわるのは避けてきた。だれかと親しくなれば、その人を喪うのが怖くなる。その人が怪異に襲われたとき、もし助けられなければ悔やんでも悔やみきれない。

「私、絶対大丈夫ですよって言ったんです。あなたなら、今度はきっと守れますって。だけど、あのかたは全然自分のことを信じてなくて。また喪うかもしれないと恐れていました。だから、代わりに私が信じてあげようと思ったんです」

やがて、ふたりの関係は醜聞となって先帝敬宗(けいそう)──雪峰の耳に入る。

「先帝はあのかたのことをとても重用なさっていらっしゃいました。もし、あのかたが望むなら私と結婚させてもいいとさえおっしゃったんです」

麗詩を後宮に入れるつもりだった宋家はうろたえた。皇上(みかど)に重用される蒐官とはいえ、所詮は宦官だ。宦官に娘を嫁がせるなど、末代までの恥である。

「私はちっとも気にしませんでしたよ。宦官の妻だと世間にうしろ指をさされたっていいと思ってました。だって、ほんとうに好きでしたから」

ところが、彼はきっぱりと麗詩を拒絶した。

「……私のことが嫌いだって言いました。押しつけがましくてうんざりしていた、目障りだって。そんなことわかってたけど、面と向かって言われるとこたえます」

宋枢密使は麗詩を邸に軟禁して外出を禁じた。

「どうしても会いたくて。軟禁されてから一月後、監視の目をかいくぐってあの人の家に行ったんです。まるで十年も訪ねなかったみたいでした。私が片づけてあげた部屋は元どおりの惨状になってたんですよ。また片づけてあげなきゃって作業にとりかかったとき、あのかたに声をかけられて、びくっとしました。怒られると思って。でも、叱責は飛んでこなくて、意外にもやさしく微笑んでくれるから、気持ちが抑えられなくなってあのかたに抱きつきました。泣きじゃくりながら……」

麗詩は知らなかった。それが蒐官に化けた鬼だということを。

「妖鬼に襲われそうになったとき、あのかたが助けてくれました。そのおかげで私は無傷でしたが、あのかたは妖鬼と戦って大怪我をしたんです」

鬼による負傷は医者では治せない。麗詩は巫師を呼んで治療させようとしたが、巫師は手の施しようがないと言った。

「あのかたの枕もとでひたすら謝りました。私のせいで、ごめんなさいって……」

彼は麗詩を責めず、ただこのことは忘れるようにと言った。

「何度もくりかえすんです。俺のことは忘れてまっとうな男に嫁げって……。そんなのはいやだってしつこく言いかえしましたよ。私が嫁ぎたいのはあなただって」

苦しそうに胸を動かして、「物好きな娘だ」と彼は色褪せた唇に笑みを刻んだ。

「じゃあ、こうしよう。来世ではおまえをもらってやるから、今世ではまともな相手に嫁げ。宦官なんかじゃなくて、おまえを守ることができる立派な男に」

「今世でもあなたに嫁ぎたいのに」

「わがままを言うなら来世でも娶ってやらぬぞ」

彼がかたくななので、麗詩が折れるしかなかった。

「ほんとうにほんとうね？　来世では私を妻にしてくれるのね？」

「約束しよう」

「来世で会って、私だってわかる？　まちがってほかの人と結婚したりしない？」

「まちがえはしない。おまえみたいな騒がしい娘はふたりといないからな」

彼が亡くなってから、麗詩は抜け殻のようになってしまった。宋家は麗詩を入宮させるつもりだったが、蒐官との仲が噂になっており、選から漏れた。

娘を早く片づけようとする父の努力もむなしく、縁談はなかなか見つからなかった。麗詩は嫁ぐ気がなかったので、それ自体は苦にならなかったけれども、いつまでも実家にはいられない。自活するため、女官になるつもりだった。父は猛反対した。宮中の女官は宦官と縁づくことがあるので、不名誉だという。

入宮が内定していた妹が見鬼病で亡くなり、その代わりとして天凱の後宮に入ることになったときには心から安堵したと麗詩は――宋祥妃は語る。

「ふつうの家に嫁いで夫を拒むのは至難の業ですが、後宮なら簡単でしょ？　夜伽をしたがってる美人がうじゃうじゃいるんですから。主上が色好みだったら面倒だなーと心配しましたけど、そうじゃなかったんで、ほっとしましたよ」

「その者のために貞節を守るつもりなのか」

「じゃなきゃ不公平ですからねー。あのかたは宦官で、私以外の女人を知らないんですから。私にとっての殿方もあのかただけ。お互いにとって誠実でいたいんです」

夕陽のしずくが宋祥妃の横顔に晴れ晴れしい化粧をしている。

「来世では、その蒐官はなにになってそなたを待っているだろうな」

「なんに生まれ変わってもいいけど、皇帝だけはだめだからねって言っておきましたよ。皇帝なんかになったら、私がひとりじめできなくなるから」

そうだな、と微笑して、美凰も夕焼け空を見あげた。灼熱の日々は過ぎ去り、季節は秋口に入っている。時は移りかわっていく。人の心と同様に。なれど、変わらないものもある。金石（きんせき）のごとき誓いが今生の彼方（かなた）で果たされることを願いたい。

「美凰は変わったね」

扇子をもてあそびながら、白遠は残照に目を細めた。向こう岸では水面から顔を出した星羽が宋祥妃を笑わせている。星羽は女人が好きらしい。天凱や白遠が呼んでもなかなか出てこないが、女人が相手なら呼ばれなくてもひょっこり出てくる。

「俺たちもだ。みんな、変わったよ」

天凱が吐息まじりにつぶやく。そうだね、と白遠は相づちを打った。

明威（めいい）元年春の政変――いわゆる紅閨（こうけい）の変（へん）を境に、すべては一変したのだ。

先帝・司馬雪峰の皇后として華燭の典を迎えた美凰は、ほかならぬ夫の命令で花嫁衣装をはぎとられ、刑場に引っ立てられた。白遠は美凰の助命を嘆願したが、雪峰は聞く耳を持たず、目を覆うばかりの残忍な方法で幾たびも彼女を処刑した。

ある日、白遠は皇城司（こうじょうし）の監獄・天牢（てんろう）にもぐりこんだ。無謀にも美凰を救出しようとしたのだ。獄吏に賄賂をはずんでなかに入り、最奥の獄房で美凰を見つけた。彼女はほとんど衣を着ていなかった。かろうじて残っているものは衣の残骸ともいうべき布切れだった。両足を鎖につながれ、血だまりに突っ伏して、美凰は気を失っていた。房内には多種多様な拷問具がならべられており、彼女が味わった惨苦はそれらが血まみれになっていることからもあきらかだった。

どう声をかけていいかわからず迷っていると、美凰がはたと目覚めた。悲鳴をあげ、四つん這いで壁際まであとずさって、壊れたように震える手で必死にわが身を守ろうとした。刑吏ではない、助けに来たのだと白遠は言ったが、彼女は震えながら「赦して、赦して」とくりかえすばかり。顔をあげようともしなかった。美凰がみじろぎするたび、細い足首を拘束する鎖がじゃらじゃらと冷酷な音を立てていた。結局、彼女を連れ出すどころか、言葉をかわすこともできず、べつの獄吏に見つかってつまみだされた。この一件で雪峰は激怒し、白遠を郡王に降封して京師から追放した。

——どの道、私には美凰を助けることなどできなかった。

弱い素鵲鏡しか持たない白遠が、雪峰を出し抜いて美凰を救出することなど不可能だ。そんなことはわかっていたが、それでも美凰を助けたかった。

美凰を救えなかったという罪の意識を軽減するために、白遠は多くの側妃を娶った。側妃はみな、貧農の娘や妓女などの卑賤の出身だ。粗暴な夫から逃げてきた妊婦や、妓楼で虐待されていた下働きの醜女、花柳病に冒されて死を待つばかりの妓女、石女とそしられて婚家から追い出された婦人、蛮族の子と蔑視され酷使される婢女……絶望的な状況に追いこまれた不運な女性たちを助け、よい嫁ぎ先を探して送り出した。そうすれば美凰を見捨てたうしろめたさがすこしはやわらぐのではと期待して。

なにもやわらぎはしなかった。白遠はやはり無力で、美凰を助けられない。花妖との戦いでもそうだ。彼女のそばにいれば白遠も花妖の標的になる。白遠には花妖の邪気を防ぐ力がないため、美凰に遠ざけられたのだ。

——なにもかもが変わったのに、私が非力であることだけは変わらない。

今も昔も白遠は美凰を救えない。傍観者に徹することしかできないのだ。

「兄として忠告しよう。未練は断ち切っておいたほうがいいよ」

「なんの未練だ？」

「とぼけても無駄だ。君自身がよく知っていることじゃないか」

天凱は素知らぬ顔で夕陽と戯れる池のおもてを見ている。

「容易に断ち切れぬから未練と呼ぶのではないのか？」

「なればこそ、未練は毒なんだよ。断ち切らなければ、のちの禍になってしまう」

「大兄も断ち切ったのか」

「私に未練はないよ。子どもも時代をなつかしむ、懐旧の念ならあるけどね」

「俺の場合も似たようなものだ」

「君は未来を見ている。彼女と歩むはずだった未来をつい思い浮かべてしまうだろう。それがいけない。過去はなつかしむためにある。立ち止まって過ぎし日に思いをはせ、郷愁にひたるために。いわばほろ苦い玩弄物なんだ。二度と戻らない昔日を、未来を夢見る材料にしてはいけないよ。明日はいつだって今日から生まれる。昨日ではなくね。まあ、あえて未練にそそのかされてみるのも一興だとは思うけど」

妙なことを言うんだな、と天凱は苦く笑う。

「未練を断ち切れと言ったその口で、今度は未練にそそのかされてみろと言うのか」

「どちらでもいいのさ。君しだいだよ。無辜を装うのも罪人の衣を着るのも」

「装う？」

「未練に囚われている時点で無実じゃないだろう。罪人の衣を着ていないだけで中身はおなじだ。いずれにせよ罪人にはちがいないんだから、思い切って正道を踏み越えてみたらどうだい。いまさら罪状が増えたところでたいして変わりはしないよ」

「俺をそそのかすのは未練じゃなくて大兄だな」

「私は悪い兄だからね。弟をけしかけて面白がっているのさ」

天凱が美凰を手に入れられないことを喜ぶ気持ちはたしかにあるのに、もし天凱が美凰を救えるなら、彼が失った未来を取り戻してもいいとも思っている。矛盾といえばそうだが、白遠は美凰に幸福を味わってほしいのだ。幼き日の彼女が無邪気に思い描いていた、ささやかな幸せを。ほんの一時でもいい、美凰が望むものを彼女に与えられる者がいるなら、白遠は彼の背中を押すだろう。

――だれであろうとかまわない。美凰を救ってくれさえすれば。

白遠にはできないことだ。どれほどそうしたいと願ったとしても。

天を引き裂くほどの雷鳴が轟くと、星羽が美凰の膝の上で文字どおり飛びあがった。

「ねえ、ほんとうに大丈夫？　ここに落ちてこない？」

「安心せよ。皇宮には落雷せぬ」

怯える星羽をなだめつつ、美凰は書物の頁をめくった。読んでいるのは市井で流行している恋愛小説。昨日、高牙を拝み倒して買いに行かせたものだ。

今朝がた、羈祆宮に帰る予定だったが、思わぬ悪天候に見舞われ、出立は延期することになった。とくにすることもないので、自室にこもって読書にふけっている。

「おい美凰。文字なんざ読んでなにが楽しいんだよ」

高牙は円卓の上であぐらをかき、蒸し栗でいっぱいの口をもごもごさせている。

「本読んだって腹はふくれねえぞ。栗でも食えよ」

「無駄さ、猫老頭子。読書中の美凰に話しかけたって聞こえやしないよ」

空中に寝そべっている如霞も書物をひらいていた。ただし、こちらは春宮画だ。

「美凰ったら十五、六の小娘みたいに初心なんだから。閨の場面がない小説なんか読みふけってさ。書物ってのは暮らしの役に立つものを読むべきなのに。たとえばこれだよ。ほら、ごらん。この閨技はいろいろと応用が効くよ。こうやってこうしたり、道具を使ったりもできるんだ。ま、あたしのおすすめはこっちなんだけどね」

如霞があの手この手で美凰の視界に春宮画を入れようとする。美凰はうっとうしがって、うるさい羽虫でも追い払うように手をふった。

「そんなものをちらちらさせるな。気が散るだろうが」

「ふふふ、気になってしょうがないんだろ。遠慮することはないさ。存分にごらんよ」

「けっこうだ。私は生々しい絵には興味がない」

視界にねじこまれる春宮画を払いのけるのに苦労していると、屏風(ついたて)の陰から天凱が出てきた。例によって蒐官(しゅうかん)姿だ。

「なんだ、その恰好は。ずぶ濡れではないか」

「すまぬが、あなたを帰せなくなった」

水底から這いあがってきたような天凱のいでたちに、美凰は眉をひそめた。

天凱は肩で息をしている。濡れそぼった袖から雨のようにしずくが滴った。

「なぜだ？　また、鬼(ばけもの)が出たのか？」

「羈袄宮に落雷があって炎上したんだ。いましがた、蒐官を連れて見てきたところだ。消火を急がせたが、火の回りが早すぎて間に合わなかった」

「全焼したのか？」

天凱がうなずくので、血の気が引いた。

「婢僕(めしつかい)たちはどうした？　年老いた者ばかりだから、もしや逃げ遅れて……」

「安心してくれ。全員助け出して皇宮に避難させた」

怪我をしているので手当てを受けさせているという。

「妙な胸騒ぎがしたので、羈袄宮の方角を晟烏鏡(せいうきょう)に映してみたんだ。鏡面には落雷が映った。単なる稲光ではない。むっとするほどの邪気が感じられた」

「なぜ私を呼ばない。一緒に行ったのに」

「知らせる暇もなかった。急いで鏡殿をとおって現場に駆けつけ、間近で見て確信した。あれは鬼道による落雷だ。雨に降られ、油を注がれたように燃えあがった。婢僕たちが負った怪我は煙火ではなく、あたりに充満した妖気によるものだ」

「鬼道による落雷だと……まさか」

羈袄宮をまたたく間に燃やし尽くす落雷。それほどの力を持つ者といえば。

——凶后……。明器を殺され、憤慨しているのか。

これは報復なのだろうか。もしくはほかの意味があるのか。判然としない。いまわかっているのは、美凰がまた居場所を失ったということだけだ。

―本書のプロフィール―

本書は書き下ろしです。

小学館文庫

# 廃妃は青き深淵に微睡む

## 耀帝後宮異史

著者　はるおかりの

二〇二二年八月十日　初版第一刷発行

発行人　石川和男
発行所　株式会社 小学館
〒一〇一-八〇〇一
東京都千代田区一ツ橋二-三-一
電話　編集〇三-三二三〇-五六一六
販売〇三-五二八一-三五五五
印刷所――大日本印刷株式会社



ISBN978-4-09-407170-2